CONTEMPORÁNEA

Juan Marsé nació en Barcelona en 1933. Hasta los veintiséis años trabajó en un taller de relojería. De formación autodidacta, su primera novela, *Encerrados con un solo juguete*, apareció en 1960, seguida por *Esta cara de la luna*, en 1962. *Últimas tardes con Teresa* (1966), que obtuvo el Premio Biblioteca Breve, constituye junto a *La oscura historia de la prima Montse* (1970) el punto de arranque de un universo narrativo que estará presente en toda la producción literaria del autor: la Barcelona de la posguerra y el contraste entre la alta burguesía catalana y los emigrantes. *Si te dicen que caí* (1973), considerada como su gran obra de madurez, fue prohibida por la censura franquista y publicada en México, y galardonada con el Premio Internacional de Novela México 1973. *La muchacha de las bragas de oro* (1978) le valió el Premio Planeta. En *Un día volveré* (1982) recupera algunos de los temas y escenarios más recurrentes de su narrativa. En 1984 publicó *Ronda del Guinardó*, en 1986 la colección de relatos *El teniente Bravo* y en 1990 *El amante bilingüe. El embrujo de Shanghai* (1993) fue galardonada con el Premio Nacional de la Crítica y con el Premio Europa de Literatura 1994. En el 2000 publicó *Rabos de Lagartija*, Premio Nacional de la Crítica y Premio Nacional de Narrativa.

JUAN MARSÉ

Encerrados con un solo juguete

DEBOLSILLO

Diseño de la portada Alicia Sánchez:
Fotografía de la portada: © Taxi

Primera edición: febrero, 2003

Printed in Spain – Impreso en España

ISBN: 84-9759-351-0 (vol. 158/9)
Depósito legal: B. 50.652 - 2002

Fotocomposición: Fotocomposición 2000, S. A.

Impreso en Liberdúplex, S. L.
Constitució, 19. Barcelona

P 893510

A mi madre

I

Barcelona, 1949

Su rostro, ladeado sobre la almohada, se volvió bruscamente hacia el techo. Los labios ya no estaban prietos y sin color como un momento antes, sujetos a la costumbre muscular de un largo mal sueño. Una mano rígida y semicerrada, como dispuesta a cazar una mosca, asomó entre las sábanas cargada de sueño y de torpeza.

Empezó a despertar. Junto a la cabecera, colgada en el respaldo de una silla, la americana desprendía un suave olor a coñac. La luz entraba escasa, apenas un recuadro rosado siluetando la contraventana. El dormitorio era un bloque de sombras traslúcidas y él permanecía quieto y con la sábana hasta el cuello. Tenso, haciendo un ciego esfuerzo en medio de un vacío vertiginoso, como si todo su cuerpo estuviese pegado a un amasijo de goma o como si un viento familiar lo chupara atrayéndolo hacia abajo, empezó a despertar y supo de nuevo que la penumbra no sonreía, que el techo era alto, que la mesa y los viejos libros seguían allí; otra vez el pestucio de ceniceros repletos, la estrechez del cuarto, el motor del taller mecánico en los sótanos. Quiso saber más y se asomó a mirar el suelo. Pero estaba limpio. «Quizá vomité en la calle, o en casa de ella, o en el mismo bar, qué más da», y dejó caer nuevamente la cabeza y cerró los ojos. Se ladeó. Notaba un pedazo de sábana arrugada frente a los párpados, rozándole las pestañas. No veía nada, no quería, respiraba en el diminuto espacio donde se debatía su impotencia y su desidia de todas las mañanas, acumulando ironía contra sí mismo. En alguna parte de su cerebro, oscuramente, aquellas arrugas de la sábana iban adquiriendo forma: un puñado de pliegues que olía a sueño y a infancia remota, ovillada sobre un hule no menos remoto, algo donde meter la soledad y la rabia, limitándolas allí para manosearlas a capricho con ilusorio ánimo, como si fuesen objetos personales de los que se puede fácilmente prescindir. Allí ponía todo, su madre, su hermana, la muerte de su padre, el mañana... Pensó en Tina Climent y en el olor de su piel, y pensó en el trabajo. «Hoy no tengo que ir al taller, qué bien. Ni mañana, ni nunca. He dejado el empleo...»

Se encaró con la pared y encogió las piernas. No le esperaba nadie ni nada, pertenecía a esta generación a la cual se le ha dado ya, dicen, todo hecho –símbolos, victorias, héroes que venerar, mármoles que besar– dejándola sin posibilidad de nueva senda, siquiera sin derecho a buscarla entre una marea de días prefabricados, dictados, días que se posan mansamente al pie del lecho todas las mañanas igual que perros apaleados. Bostezó, el pulgar y el índice en las comisuras de la boca. El camino es llano, pensó, y se puede recorrer con las manos en los bolsillos, callada y aburridamente.

Pero existe Tina, chaval. Cruzó las manos bajo la nuca, tumbado boca arriba, y procuró pensar minuciosamente en Tina, en la posición de sus piernas sobre la acera cuando le esperaba, en aquel anhelo de cálidas distancias que envolvía sus corvas, sus hombros, en su manera de estar cerca y de apretarle la nuca como desde lejos. Descubrió de pronto que las chicas como Tina existen realmente –en ese momento parecía increíble– y la sangre le golpeó alegremente el corazón. Repentinamente el día cobraba sentido.

Luego se cansó, y de un manotazo abrió la ventana. Abandonó la cama y fue al lavabo. Se miró largamente en el espejo, sin verse, mirando más allá de sus ojos grises y fríos, las manos apoyadas en la pared y el pijama desmayado sobre su cuerpo anguloso y pausado. El espejo estaba salpicado de jabón. Se frotó el rastrojo rubio del mentón, abrió el grifo y dejó las manos bajo el chorro. Se miró los dientes y luego se apretó el cuello con la mano pensando en los brazos de ella –que existía realmente, que ahora mismo, en alguna parte de su casa, aquella casa enorme y oscura cuyo jardín abandonado se deshacía lentamente tras la cristalera de colores de la galería, estaría haciendo algo completamente inútil: escuchando música en la radio, probándose algún jersey a rayas, leyendo una revista gráfica o mirándose las rodillas.

Sin mover los párpados, ausente, estuvo observándose en el espejo que tres horas antes su hermana Matilde había salpicado de jabón, se miró intensamente hasta que sus facciones dejaron de serle familiares, hasta conseguir, por un hábito que según él era muy saludable, que su propio rostro le pareciese el de un extraño –el de un tipo llamado Andrés Ferrán, una cara aniñada y glacial, unos ojos velados por una ceniza impenetrable bajo el pasmo de la frente: la sorprendente fisonomía de un desconocido que de pronto hace una pregunta inesperada.

Las once y media. En el comedor su madre levantaba el brazo con aquel gesto de todas las mañanas y sacaba una taza del aparador. Llevaba puesta la bata blanca de enfermera. Llenó la taza de café y la dejó sobre la mesa, entró luego en el dormitorio, cuya puerta daba al mismo comedor, y se dejó caer de nuevo en la cama sabiendo que ya no le sería posible seguir durmiendo: los servicios de noche se llevaban el sueño y algo más.

Andrés entró en el comedor, se puso la americana y empezó a beber el café. Se acercó al cuarto de su madre con la taza en las manos. La puerta entornada dejaba ver la mancha blanca de su bata en la penumbra, sobre la colcha. Sabía que ella tenía los ojos abiertos, que no dormía.

–¿Duermes, mamá?

–No.

Se internó en las sombras, se inclinó despacio y besó a su madre en la frente.

–Deberías dormir. Yo mismo puedo prepararme el café. ¿Cómo te sientes hoy?

–Bien...

De pie junto a la cama, él la observaba bebiendo el café a pequeños sorbos ardientes, por entre el humo que salía de la taza, replegando la memoria en los cálidos vapores de un día decisivo que también estuvo aquí de pie, mirando sin comprender a la vida yacente, aquellos pies enormes apuntando al techo, aquellas manos cruzadas sobre el sexo. Adivinó que ella no hablaría ahora, que no preguntaría nada acerca de la víspera. Los breves y concisos diálogos de antes, cuando la voz de su madre no había perdido aún su tono de alegre reproche:

«¿Dónde estuviste anoche, hijo?»

«Por ahí...»

«¿No quieres decírmelo?»

«No estuve con ellos, mamá. Estuve solo. Te juro que estuve solo...»

Pero ahora ni ella preguntaba ni él respondía, se habían cansado los dos. Andrés apartó la taza de los labios y dijo:

–Voy a salir.

Aún esperó. Su madre permanecía inmóvil y callada bajo la mancha blanca y él supo otra vez, por enésima vez, que su padre estaba muerto y creyó verle en aquella postura, enfriándose junto a la luz macilenta de la mesilla de noche, con el cuerpo acribillado y aquel asombro brutal en el rostro. Bajó los ojos. No deseaba enfrentarse con lo que ella debía estar pensando ahora –le gustaba suponerlo–, resultaba siempre incómodo: compararle con su padre, empeñarse en creer que era bueno y justo como él, que su juventud era una promesa y que por eso había que disculparle todo... y esperar. Regresó al comedor, la mano en el bolsillo, estrujando en su fondo un recorte de periódico que algún día guardó allí y que ahora ya no sabía exactamente para qué, obedeciendo qué impulso, qué maldición: ¿quizá para comentarlo burlonamente con Martín o con Tina? Qué tontería: ¿tenía algo que ver con la vida lo que llevaban los periódicos? Qué tontería, sí: acababa de captar, en la yema de los dedos, el paso del tiempo. Y recordaba cosas que su madre le había contado de la juventud de su padre, su voluntad, su generosidad, su fe; pero se cansó enseguida. Dejó la taza sobre la mesa y descubrió sus manos un tanto sucias. Su madre le observaba desde el lecho y sonrió tristemente: «Ni se ha peinado...»

Todavía estuvo él unos segundos con las manos extendidas, pero sin mirarlas –sus manos y los hombros desnudos de Tina, bajo una luz azulosa y trémula, como dentro de un acuario, en aquella casa antigua de largo corredor, cuyo jardín yermo, pavimentado a trechos con suave ladrillo deshaciéndose en polvo y sosegadamente entre la hierba y abandonado a su propia nostalgia desde hacía doce años, desplegaba cada invierno sus muertas primaveras, su historia truncada, un palpable efluvio de intolerancia y de firme voluntad de silencio en su derrota, como si se empeñara en rechazar la juventud de ellos, que nunca habían podido besarse allí.

Hundió las manos en los bolsillos y se encaminó hacia la puerta de la calle.

–Voy a comprar cigarrillos.

El bar era un local grande con paredes pintadas de verde y alegres azulejos hasta la altura de los hombros. Al fondo, en una ampliación hacia la izquierda, donde fue derruida una pared y ocupado un pequeño almacén de material de construcción, estaban los billares y una gran vitrina llena de trofeos deportivos ganados por otra generación –la del dueño del bar, en su época de atleta local y miembro de la Peña Recreativa y

Cultural–, enormes copas oxidadas, banderines descoloridos y estandartes acumulando polvo en los estatuarios pliegues. Sobre una mesa de mármol se amontonaban tableros de ajedrez, barajas y juegos de dominó, y en otra, a su lado, los periódicos, todos doblados por las páginas de fútbol.

El bar quedaba tres manzanas más abajo de la calle de Andrés, podía decirse que ya era otro barrio: no había en él ni la quietud ni el triste y viejo aire de abandono de su calle y todas las de aquella parte alta de la ciudad, llena de verjas chirriantes y de jardines descuidados, de antiquísimos pero siempre desconocidos vecinos que decían buenos días o buenas noches y nada más, sin voz y como sufriendo, como si realmente presintieran lo estéril de las palabras en aquel sector olvidado. Cerca del bar, en cambio, las construcciones eran nuevas, altas y rumorosas, la gente también nueva, distinta, emigrantes que aunque parecían haber perdido todo en algún naufragio, llevaban consigo a sus hijos y a sus hijas, y que por ellos y con ellos se movían animosos y dicharacheros, como si tuviesen otros problemas, mostrando una sonrisa menos difícil y fatigada.

Vio a tres de los muchachos hojeando periódicos cerca de las mesas de billar. Se dirigió al mostrador, tras el cual le aguardaba siempre aquella sonrisa irónica de Mario, el hijo del dueño, bien peinado y limpio y manteniendo constantemente echado hacia atrás un rostro redondo y especulativo, atento sólo a descubrir calenturas en todas las conversaciones de los mayores.

–¿Qué? –dijo–. ¿Tabaco?

–No. Una ficha.

–¿Lo apunto con lo demás...?

–Sí.

–Oye, que no vas a ganar para fichas. ¿Sabes quién ha estado aquí hace un rato? Martín. Y hablaba de ti. En serio... ¡Oye...!

Andrés ya estaba en la cabina. Marcó un número y esperó, pensaba en Barcelona, en sus calles, siempre que telefoneaba pensaba oscuramente en la ciudad, hasta que oyó la voz:

–¿Diga...?

–¿Magda? Soy Andrés. Avisa a Julita, hazme el favor. Sí, Andrés Ferrán.

–Creo que no está. Mandaré alguien a buscarla a su casa.

–Date prisa.

En la pared había números apuntados con lápiz, direcciones y algún dibujo. Le llegaba a través del auricular un apagado rumor de guitarras y palmas y cucharillas golpeando cristal: evocó el diminuto bar al otro lado del hilo y las vio a ellas sentadas en los altos taburetes de la barra, tomando café con leche y una pasta y parloteando como loros, sus caras mustias y con el olor del lecho subiendo aún de sus escotes igual que de un estuche antiguo; venciendo el malhumor y sin deseos como todas las mañanas, o puede que entusiasmadas viendo jugar al niño junto al estridente tocadiscos, sobre el mostrador, acaso dándole de beber cerveza aguada en el pequeño porrón. Todas le adoraban, al crío de Magda, le cubrían de besos y le traían chocolatines y caramelos. Era como si le hubiesen parido honestamente un poco todas ellas. Le cuidaban y mimaban con aquellas caricias agotadas y expertas a la vez, y él, con sus frágiles y tiernos dedos se cogía a sus manos flácidas de largas uñas rojas, se dejaba besar y ensuciar de carmín, envolver en el olor de agua de colonia y de jabón que emanaba de su piel manoseada. Cerca, la atenta mirada de Magda, su madre, que tendría el lápiz cruzado en sus cabellos como el tallo de un clavel...

–Dime.

–¿Julita...? Oye, mira, seguramente será un día de éstos. Hazme el favor de poner al corriente a tu hermana para que no nos fastidie. Queremos estar solos, ¿entiendes? Conozco a tu hermana, y si Tina sospechara que iba a encontrar alguien en el piso, todo perdido. Te pagaré lo prometido...

–¿Cuándo?

–Cuando me des la llave.

–Quiero saber el día exacto, necesito saberlo. Compréndelo, rico, no puedo estar pendiente de tus conveniencias de última hora.

–¡Pero todavía no lo sé, Julita!

–¿Entonces...?

–Lo digo sólo para que luego no me salgas con alguna de las tuyas. Y sobre todo por tu hermana. Tienes que encerrar a tu hermana un día de éstos, está loca.

–Bueno, mira, tú busca el dinero, convence a esa chica si aún no lo has hecho, y yo te daré la llave. De lo demás no te preocupes, es asunto mío, ni yo ni mi hermana te molestaremos para nada.

–Es que... todavía no tengo el dinero.

–¡Criatura! ¿Para qué me llamas entonces? En fin, ya me avisarás, qué quieres que te diga. Tengo que irme, adiós. Y no me olvides ¿eh?, a ver cuándo vienes a hacerme un rato de compañía.

Colgó. Él también lo hizo, pero despacio y sintiéndose ridículo. Había sido una estupidez llamar a Julita sin saber nada concreto de los deseos de Tina: un día lo deseaba y al otro no. Había que verla ahora mismo, tal vez con un poco de suerte la encontraría sola en casa, aunque no era fácil a esta hora. Salió de la cabina, compró dos pesetas de cigarrillos de hebra y fue hacia la puerta de la calle. Sentía sobre sí las miradas de ellos, aburridamente recostados en los billares y con revistas y periódicos en las manos. De vez en cuando se levantaban y pegaban la cara al cristal de la puerta: fuera, en la calle, dormían las motos relucientes y poderosas, agazapadas en su formidable promesa, envueltas en el espectro de mil aventuras, con los depósitos de gasolina cubiertos de emblemas de fútbol, siluetas de Gilda y de sonrientes desconocidas en traje de baño. Junto a las motos, inmóviles y pensativos sobre la acera, sin decidirse todavía a entrar en el bar, había siempre dos o tres muchachos observándolas y acariciándolas en silencio y con cierta expresión terrible y desolada en el rostro, como ante un hermoso enigma del más allá, como si se hallaran frente a objetos milenarios arrancados de la tierra.

II

La mujer estaba encogida sobre la cama, hecha un ovillo de incertidumbre y de reproches, de cara a la pared. En la otra cama, igual de pequeña y baja, se sentaba Tina Climent, atenta y con el busto erguido, las piernas cruzadas y el flequillo de negros cabellos arañándole media frente. Hacía escasas horas que había cumplido diecinueve años –justamente (aunque ella no lo sabía) frente al espejo del armario y mientras se miraba el perfil de los pechos y se probaba un nuevo jersey a rayas que había pertenecido a su madre– y sonreía maliciosamente, levantando las cejas. La luz de la lámpara de la mesilla de noche, entre las dos camas, le mordía la mitad izquierda de su rostro pequeño y altivo. La otra mitad permanecía en sombras.

Habían terminado de desayunar, tarde como siempre, y estaban todos en el cuarto de Tina. Siempre sería el cuarto de Tina –revistas de cine, *Primer Plano*, barras de carmín, polveras y frascos de perfume y medias por todas partes– aunque en él también dormía su madre: pequeño, el menos frío de la casa aunque sin luz del día, de paredes azul pálido, siempre con un vago olor a tabaco rubio. Estaban todos menos Ernesto, que debía vagar por cualquier parte de la casa con sus libros y cuadernos. Andrés permanecía al pie de las dos camas, apoyado en la pared y con las manos en los bolsillos, mirando a la mujer a través del humo del tabaco, a través del momentáneo silencio que envolvía aún la última palabra de Tina. Había sido una grosería, una de esas palabras que resbalaban de sus labios con una extraña, increíble naturalidad.

–¡Luis, la radio! –añadió–. ¿Es que no me oyes? ¡La radio!

–Cállate, anda –dijo su hermano con fastidio. Estaba agachado entre las dos camas y llenaba el calentador de goma con agua hirviendo, vertiéndola con un bote de aluminio.

Tina, furiosa, volvió el rostro hacia su madre, se palpó las caderas y suspiró. Bruscamente, se inclinó para coger una zapatilla y golpeó la mesilla con el codo; la lámpara se tambaleó, se desplazaron las sombras en la pared como reflejos en un acuario, y los cabellos de Tina, cortados a ras de nuca y con una sorpresa ondulante y airosa sobre las orejas, se estremecieron lustrosos bajo la luz igual que peces negros. Dijo:

–¿Lo ves? ¡Ya ni en mi cuarto puedo estar a gusto! ¡Ni recibir aquí a mis amigos y charlar un rato de mis cosas...!

–Tus cosas –dijo Luis en un murmullo de sarcasmo.

–¡Mis cosas, sí! –Colocó la lámpara bien. La luz torneaba con matices azules la arrogancia de su esbelto cuello de niña–. ¿No me oyes, tú? La radio nunca está donde debe estar, que es aquí, en mi cuarto. ¡Mamá! –chilló volviéndose a la mujer–. ¡No sé cómo lo consientes! Con la radio hacen lo que quieren, a veces la tienen en su habitación durante semanas enteras...

Se abrió la puerta y aparecieron las altas espaldas de Ernesto. Entraba al revés, despacio y frotando el suelo con las gruesas suelas de goma de sus zapatos. Era alto y delgado como su hermano Luis, con un cuello débil cuya flexibilidad a Tina le resultaba sumamente irritante. Tenía dieciséis años y se movía pesadamente y envuelto siempre en una indolencia insultante, hablaba sin mirar a nadie, con los párpados caídos, irresoluto. Como si arrastrara un saco de gran peso, de espaldas, llegó hasta la mesilla de noche y entonces se dio la vuelta dejando la radio encima. Se tumbó en la cama de su madre, empujando a ésta contra la pared hasta hacerse sitio. Tina cerró la boca, brillante de carmín mal aplicado, descruzó las piernas, se levantó de un salto y estiró furiosamente hacia abajo los bordes de su delgado jersey de lana. La tela clareó y podían verse los tirantes del sostén y una gran mancha de mercromina en el hombro. Cargó la radio con las manos y el pecho y, al salir al pasillo, miró a Andrés:

–Vamos, chico, porque aquí... Ya ves, un funeral. ¿No es desesperante?

–¡Estupendo! –exclamó Luis–. Éste se la trae aquí y ahora ella se la lleva.

Tina salió. Andrés no se había movido de la pared. Miraba el cuerpo encogido de la mujer sobre la cama con una mezcla de estupor y de fascinación. Al ver que ella abría los ojos, le sonrió:

–¿Tiene frío, señora?

–Sí –dijo ella cerrando de nuevo los ojos–. Un poco, hijo. Un poco.

–Ve con ella, puñeta –dijo Luis sin levantar la cabeza del calentador, en cuclillas–. Es una cursi insoportable. Llévatela y hazla bailar, Andrés, a ver si así nos deja en paz un rato.

Se escaldó la mano y lanzó un bufido. Movía las mandíbulas a un lado y a otro, como si no encajaran, y tenía siempre una saliva blanquísima en las comisuras de los labios igual que si estuviera comiendo almendras o avellanas continuamente.

La mujer se agitó en la cama y ocultó las manos entre los muslos. Llevaba una larga bata floreada de color rosa.

–Luis, dame la bolsa –dijo.

–Es para mí, mamá –respondió Luis–. A ver si lo entiendes: yo me he preocupado, he estado preocupándome de la bolsa desde que me he levantado. ¿Lo entiendes, mamá? La he buscado, la he encontrado, he calentado el agua y ahora la lleno para mí. Para mí.

Andrés le miró un momento como en sueños, pensando vagamente en aquella oscura y remota enfermedad de Luis, la anemia o algo parecido que a los cinco años le había dejado hecho un muñeco frágil y sensible –un bobo, decía su hermano Ernesto–. Su madre le miraba con los párpados entornados, sonriéndose:

–¿Qué hablas, pero qué hablas, Luis?

Se oyó la voz de Tina en el comedor:

–Ni el día de su cumpleaños puede una disponer de su propio cuarto para recibir a las amistades como Dios manda... Es desesperante.

–A ésa le está haciendo falta la mano de Martín otra vez –murmuró Luis meneando la cabeza pequeña y estrecha, afilada, con el perfil hundido tercamente en el vapor de agua–. ¿Verdad, mamá?

–Anda, hijo, termina con la bolsa y dámela. Sé bueno, que mamá tiene frío.

–No insistas. Yo lo he hecho, yo solo. Yo mismo he calentado el agua. Si no que te lo diga Ernesto.

Se oía en el comedor un ruido de sillas desplazándose y la lejana voz de Tina:

–¡Andrés, ven aquí! ¿Me oyes, Andrés?

Él dejó caer el cigarrillo sin que la mujer le viera y lo aplastó empujándolo debajo de la cama. Seguía mirándola a ella, estirada entre la pared y la espalda de Ernesto. Parecía dormida. Asomando por la bata, abierta en su último botón, sus piernas delgadas y oscurísimas, venudas, relucientes, daban la impresión de estar rotas en las rodillas y en los tobillos.

Andrés oía una música en el comedor. Estará buscando una emisora extranjera, se dijo. Y bajó la cabeza, miró luego a la mujer, cuyos ojos estaban ahora abiertos a un palmo de la pared y con las rodillas entre los brazos se rozaba la barbilla. Cesó, de pronto, la música en el comedor.

–¿No te lo dije? –murmuró Luis–. Ahí la tienes otra vez con el trasto, esa reliquia de la abuela... Ojalá venga Martín, ojalá, hombre.

Entró nuevamente Tina acarreando la radio, arrastrando por el suelo el cordón con el enchufe. Era una radio en forma de capilla con aires góticos en su madera labrada, renegrida. La dejó sobre la mesilla de noche, la conectó y le dio todo el volumen durante un instante y luego lo disminuyó, mirando a Luis despectivamente, desafiándolo. De nuevo se sentó en el borde de la cama subiéndose la estrecha falda, pellizcándola con los dedos como si tocara algo delicadísimo o pringoso, y permaneció quieta, con una rigidez impertinente y orgullosa frente a los dos cuerpos tumbados en la otra cama y el otro agachado sobre la alfombra. La luz volvió a teñir de azul la mitad izquierda de su cara y miró a Luis con los ojos redondos de desprecio, abiertos y fijos como los de una barata y feroz muñeca de feria, el pecho enhiesto y el flequillo caído sobre la frente. Andrés desvió la mirada sobre la radio y después sobre la cabeza de Luis, pero pudo ver cómo ella se encogía de hombros, cómo mojaba en la lengua la punta del dedo y luego lo refregaba a lo largo de la pierna extendida.

–Andrés –dijo en tono de súplica socarrona–, Andresito bueno, búscame música. Anda, no te estés ahí como un pasmarote, ¿no ves que nos aburrimos? –Le miraba y ponía la boca en forma de o–. Mientras estaba sola en el comedor he cazado una emisora extranjera... Pero se oía mal.

–¿Qué, no os lo he dicho? –gruñó Luis–. Ojalá venga Martín. Él sabe tratarla. Él sabe tratar a las mujeres como nadie.

Tina se puso a chillar.

–¡Cochino! ¡Mira el retrasado mental ése! ¡Desgraciado! ¡Eso quisieras tú, eso quisierais todos, incluso mamá! De ella es la culpa, desde luego, pero todos pensáis lo mismo...

La mujer había vuelto la cabeza por encima del hombro de Ernesto y miraba a su hija. Su rostro intentaba esquivar la luz de la cercana lámpara con una mueca temblorosa, un rostro desencajado, seco, de facciones extraviadas. Tenía los párpados caídos y algo torcidos sobre los ojos, como gorritos ladeados. Se apoyó en un codo y dijo:

–Escucha, hija, aquí nadie quiere nada, ¿entiendes? Nadie. Pareces una loca. Si Martín quiere venir, que venga, yo no puedo cerrarle la puerta. –Vio la sonrisa burlona en el rostro de Tina y añadió–: No estaría bien hacerle eso al chico. No puedo...

–Todos sabemos que no puedes, mamá –dijo ella con sorna.

–¿Qué quieres decir, mocosa? Que no eres más que una mocosa. ¡Si estuviera aquí tu padre!

–Pero no está. Y también sabemos por qué. ¡No por la guerra, no, ya sabemos que no fue sólo por la guerra! ¡Ya no nos tragamos el cuento!

–¿Quieres callarte?

Le lanzó una mirada de impotencia. Luego se dejó caer cansadamente sobre la almohada y miró a Andrés con expresión risueña:

–Tú ya eres como de la casa, Andrés, como uno más de la familia, y supongo que todo lo que aquí se habla...

–Descuide, señora.

–Es por la gente, ¿sabes? Este barrio vulgar y desconsiderado... Ya bastante hablan sin saber nada.

Tina se subió más el vestido y se tumbó en la cama. Andrés veía sus rodillas doradas. La radio daba una música de saxofones, larga, monótona. Luis se incorporó al fin, manoseando el calentador lleno de agua.

–Déjamelo un ratito –pidió su madre. Y se ovilló más sobre la colcha. Luis ni la miró. Salía del dormitorio abrazado a su bolsa, apretándola al pecho hundido con fervor, y su perfil corvo, sin barbilla, se humedeció en la tiniebla del pasillo. Se puso a silbar.

–A éste ni a palos –murmuró la mujer. Ahora formaba un arco con el cuerpo, sosteniéndose sólo con los pies y la nuca, mientras con las manos bajo la espalda hurgaba y estiraba la colcha con fuerza para sacarla de debajo del cuerpo inerte de Ernesto, que no se movió. Hizo pasar la colcha por encima de sus piernas y se tapó hasta la cara–. Ni a palos. Este chico se me quedó vacío, vacío...

Tina miraba a Andrés y dibujó con los labios las palabras: te quiero. Él sonrió. Ernesto levantó la cabeza de la almohada. El vello de su mentón se hizo iridiscente junto a la luz de la lámpara. Manipuló en la radio y bajó el volumen diciendo:

–¿Os gusta eso? ¡Mira que llegáis a ser borregos! Esta música es para borregos.

–¡Esta música me gusta! –dijo Tina.

–Por favor, hermana, no me chilles y respeta mis gustos exquisitos. Las mujeres sois el colmo; no solamente os pasáis la vida chillando sino que resulta imposible imaginaros haciendo otra cosa. Mamá, si yo estuviera en tu lugar ya tendría el calentador. Mejor dicho, ya habría obligado a tu hija a ir a comprar petróleo, a pesar de las colas; que la estufa es un trasto, pero yo aún la hago funcionar. Pero tú –se volvió a la mujer, a su lado–, tú no pareces nadie aquí...

–Y tú eres un crío y un payaso y haz el favor de callar –dijo su madre.

–Sé lo que me digo.

–Él sabe lo que se dice –añadió Tina con sorna–. ¿Por qué no va él, a comprar petróleo?

–Tú ocúpate de marcar los pechines y cierra el pico.

–¡Mamá! ¡Empiezo a estar harta de estas groserías! ¿Oyes? ¡Y delante de las amistades!

Oyeron entonces la puerta de la entrada, en el pasillo, rozando aquella baldosa levantada por la humedad. Andrés recordó que había dejado abierta la puerta. Vio a Tina que, sin aliento y sin apartar la mirada del umbral, tiraba precipitadamente los bordes de la falda sobre las rodillas; esas rodillas de oro, ¿no temblaban?

Apareció la figura alta y atildada de Martín. Se apoyó en el quicio de la puerta y con la manga se frotó cansadamente el oscuro rostro, despacio, sin mirar a nadie todavía y sabiéndose observado. Cuidaba siempre la figura y la expresión, se movía como dentro de una esfera de cristal que al menor gesto temiera romper. No era timidez, pronto se daba uno cuenta que aquella tendencia a la inmovilidad no era timidez. Andrés le miró de soslayo y sonrió ligeramente. Ernesto levantó el brazo:

–¿Qué hay, Martín?

–Hola.

Tina hizo como que no le veía. Él miró a la mujer, en la cama ya deshecha, ésta se incorporó, gateó sobre las piernas de Ernesto, deslizó los pies en las zapatillas y se escurrió por el pasillo. Martín se quedó observando aquella falda demasiado usada y corta de Tina, y ella, que presentía la mirada con aparente desinterés y adivinaba la intensa negrura del cabello lacio y partido como sin ganas a un lado de la frente, y el incipiente bigote sombreando apenas el labio superior, y aquella odiosa humedad del labio inferior, grueso y despectivo, cerró los ojos con fervor. Martín inclinó la cabeza. Colgó de sus labios una mueca íntima, como confirmándose a sí mismo alguna cosa, y se apartó bruscamente de la puerta yéndose por el pasillo hacia el interior del piso.

Entonces Tina se volvió hacia Andrés. Su hermano se había tumbado otra vez con un respirar sonoro y rítmico y parecía dormir.

–¿Crees que me importa nada? –dijo Tina–. Puede venir cuanto quiera, siempre que quiera, a mí me da igual. Puede seguir fanfarroneando y lanzando miradas asesinas, si eso le divierte. Ya todo me da igual, puesto que sé que el año que viene regresará papá y me llevará con él a Sao Paulo. Me lo dijo en una carta hace tres meses. Pero ellos no lo saben, mamá tampoco. Y tú cuidado, ¿eh?, no digas nada. Papá también debía estar bien harto de todo eso, y se largó en cuanto pudo. Yo haré lo mismo.

–Creí que se había ido para ganar más dinero. ¿No dice eso tu madre? Y sobre todo por lo de la guerra.

–Sí, también fue por eso, y gana mucho dinero. –Con cierto orgullo añadió–: Como comprenderás, un ingeniero textil bueno como papá gana lo que quiere en cualquier parte. Pero hubo otras razones, otras cosas, que tú no sabes... Sí, la guerra también.

–Fue lo más importante.

–No fue lo más importante. No seas tonto. Mamá lo dice, pero yo sé que es pura filfa. Vamos a ver: ¿tú crees que un hombre como mi padre, con su personalidad y su mandología...

–Mundología.

–... Ay, mundología, podía dejarse liar en esta guerra estúpida, de desarrapados? No seas ingenuo. Yo no me lo trago, aunque lo diga mamá. Además: el tiempo que ha pasado, y aún no nos ha reclamado, como prometió. ¿Por qué? Por ella, porque no la quiere...

–Aún no ha podido. Digo yo, vamos.

–¡Hijo, con diez años! No. Mamá está en las nubes desde que él la dejó –dijo Tina bajando la voz–, eso es lo que pasa. No hay más que verla.

Se dio la vuelta en la cama, sobre un hombro, y quedó de cara a la pared.

–¿Tú qué crees, Andrés?

Levantó una mano blanca y delgada, traslúcida un segundo al pasar frente al cuadro luminoso de la radio, y se la dejó en los cabellos de la nuca. Su hermano Ernesto se levantó adormilado y salió del cuarto sin decir palabra. Ella le estuvo mirando hasta verle salir y luego se incorporó despacio tendiendo la mano hasta tocar con ella la americana de Andrés. Le dio un tirón.

–Acércate. ¿Te dio la llave esa mujer?

–Esa mujer se llama Julia.

–Como se llame. Cuanto menos sepa de ella mejor. Acércate más, ¡caray! ¿Qué te pasa? ¿Estás enfadado conmigo?

–No, gatita, no.

Tina se arrodilló bruscamente sobre la cama y respiró hondo. Andrés se había acercado a ella con las manos en los bolsillos y se quedó ahí quieto ante ella, entre divertido y resignado, esperando una tras otra sus preguntas. Le cautivaba aquel despliegue de energía, aquella invencible disposición física por apresar el más humilde minuto de un tiempo que a él se le antojaba seco, canales obstruidos que no conducían a ninguna parte. Podía adivinar sin esfuerzo la cantidad de palabras que Tina iba a emplear, su tono de voz, la prisa, su impaciencia de siempre.

–¿Te la dio? –insistía Tina, resollando sobre la cama como un perrito–. ¿Hablaste con ella al menos? Hum, nunca me has hablado mucho de esa mujer, un día tienes que hacerlo. Bueno, ¿qué dices?

–Sí, la he telefoneado.

–¿Y?

–Está de acuerdo.

–Ya, pero ¿cuándo será? No me fío mucho de ésa... ¿Qué crees tú? ¿Será emocionante?

–No tengo ganas de hablar de eso ahora, Tina. ¿Tienes cigarrillos?

–No tengo cigarrillos, no señor. No tengo nada para ti mientras no me digas cuándo será...

–¡Pues no lo sé todavía, coño! Ya te avisaré. ¿O crees que no me preocupo? Hay un momento para todas las cosas.

Andrés chasqueó la lengua, contrariado consigo mismo. Ella frunció las cejas y le miró fijamente. Enseguida sonrió:

–¡Toda una noche fuera de casa! ¿Tú qué crees, será emocionante? –Volvió a cambiar de expresión–: ¿Qué te pasa? No has conseguido el dinero, ¿verdad?

–No.

–Ya. Lo sabía. ¿No ves que te conozco? Oye, ¿y ese amigo tuyo? Dijiste que se lo pedirías a un amigo tuyo.

–Fui a verle. Es un infeliz, tuvo miedo, no quiso prestarme nada.

–Miedo de que no se lo devolvieras, claro.

–No. Miedo simplemente. Él es así. Le he visto negarle la hora a uno que se la pidió, y llevaba reloj. ¿Lo entiendes? Es por vergüenza o algo así. Es un pobre diablo...

–Bueno, vale, fue idea tuya, no mía.

Andrés le acarició los cabellos.

–Lo sé, perdona. –Risueño, añadió–: Estoy jodido.

–Ven, siéntate a mi lado –dijo Tina–. ¿Fumamos?

Oyeron ruidos en el comedor, o en la cocina. Andrés se inclinó sobre ella y acabó sentándose a su lado, al borde de la cama. Sin sacar las manos de los bolsillos, relajó el cuerpo, mientras Tina dejaba caer de nuevo la cabeza sobre la almohada, suspirando, los ojos en el techo. La radio daba una música diluida, sin ritmo.

–¿Qué hacemos, Andrés? Cuéntame algo.

La mujer, con su cuerpo menudo y encorvado sobre el fogón, puso la olla a calentar en el hornillo eléctrico y luego se lavó las manos cuidadosamente. Lento, con los ojos en el suelo y envuelto en aquel aire frágil y sonoro, Martín se acercaba a ella por la espalda. Iba con los pulgares engarfiados en las solapas de la americana gris a cuadros, abrochada hasta arriba con los tres botones. Ella oyó crujir sus zapatos en el suelo de la cocina, sucio de tierra del jardín y detergentes.

–¡Vaya, vaya, quién está aquí! El simpático Martín en persona...

–¿Has hablado con tu hija? –cortó él, y la vio ponerse rígida, estirar el cuello, sin volverse aún.

–No. Lo siento. No quiere escucharme. Te juro que hago lo que puedo, hijo, pero no quiere saber nada más de eso. ¡Si supieras cómo es! Tú no la conoces, pobrecillo, no puedes comprender su carácter, sus... sentimientos, su modo de entender la vida. Es como su padre. Tú eres demasiado joven, lo mismo que Andrés, que cree conocerla y tampoco la conoce ni así. ¡Qué vais a saber! Mira, Martín, ya sabes que yo... –«Sabes que te aprecio, sabes muy bien que te aprecio...»–. Yo... –se volvió a él y apoyó las pequeñas y enjutas nalgas en el fogón de mosaicos mitad blancos y mitad azules, un poco encorvada, como haciendo equilibrio, una mano en el pecho–, sabes que te aprecio, quisiera ayudarte. Te prometí hacer algo y lo haré. Pero si te empeñas en querer resolver las cosas a lo bruto, lo vas a estropear todo. Ella es como su padre, no consiente siquiera que la aconseje.

Martín no la escuchaba; miraba su cuello largo y astillado, que ella intentaba inútilmente esconder manteniendo en alto el cuello de la bata y apretándolo delicadamente con la mano. Él permanecía inmóvil, un hombro más bajo que otro y todo el peso del cuerpo apoyado en una pierna. Alzó los ojos y lanzó un bufido entre dientes.

–Pensar que sólo tú tienes la culpa. Tu maldita neurastenia.

–Te van a oír...

–Que me oigan. ¿Qué clase de hija tienes?

–¿Por qué hablas así? Deberías saber que Tina, en el fondo, siempre te ha despreciado, incluso cuando erais aquellos novios que daba envidia veros... Ya te he dicho que no la conoces.

–La conozco mejor que tú.

–Yo he procurado hacerle ver que se trata de una chiquillada, un enfado sin importancia que no hay por qué prolongar más, pero me mira siempre de esa manera que no puedo soportarlo. No puedo. –Se llevó la mano a la frente, y luego la restregó por la mejilla, la mirada perdida en el vacío–. Sé las cosas que imagina, lo que piensa de mí, de su propia madre, ¿entiendes? Me insulta y ya no me obedece en nada. Y con ellos me pasa igual... Los he perdido, hace años que los he perdido.

–Naturalmente que Tina imagina algo. ¡Si estabas loca, aquel día en la playa, completamente loca!

–No alces la voz, por favor. –Rozó los labios del muchacho

con la punta de los dedos–. Y no me tutees más... Al menos no lo hagas delante de ellos.

Ladeó la cabeza, sonrió con aire resignado. El viento helado de enero se apretaba a los cristales de la galería, intermitente y furioso. Fugazmente, como oyendo en sueños un aleteo de gaviotas volando muy bajo, evocó la lluvia golpeando un techo de uralita en una caseta de baños de Mongat, y un rumor de olas muriendo en la arena.

–No –dijo–. No fue por eso. No fue por el interés que me tomé contigo... Tina ya no quiso saber de ti mucho antes, ya por la mañana, cuando venías de los merenderos y ella te vio desde la puerta de la caseta, peinándose. Cuando dabas la vuelta al patín ella entró y recuerdo que tiró el peine sobre el camastro de Luis y empezó a vestirse. Andrés ya estaba allí, y parece que ella le dijo: Ahí viene ése; pero está fresco si viene por mí, no pienso darle ni los buenos días. Ya ves tú, le dijo, venir desde Barcelona, con el trabajo que tiene, sólo para verme en traje de baño. Eso fue lo que dijo. Luis me lo contó más tarde...

El aburrimiento, o algo parecido, puso ahora en movimiento a Martín: le volvió la espalda, dio unos pasos por la cocina, regresó frente a ella. De nuevo adoptó su postura y su expresión perezosas y ella hundió el vientre como si le doliera.

–De modo que ya ves, criatura –insistió la mujer–. Es ella. Yo no puedo hacer nada...

–No volveré más por aquí. ¿Para qué? Lo sentiría si llegara a ocurrir, porque empezaba a gustarme esta casa. Me gusta todo lo que hay en ella. –Dio media vuelta y salió al comedor. Ella le siguió, encorvada y con los brazos cruzados–. Incluso este retrato. Fíjate en él, dice más cosas ahí que en todas las cartas suyas que puedas recibir.

Señaló, con un gesto que más bien parecía un saludo a un viejo camarada, el retrato colgado en la pared. Era una foto enmarcada y bajo cristal mohoso que databa de trece años atrás.

(«A mi segundo amor, el más querido, de su Alfonso. Mayo 1936.») Ella también la miró, era la última que le quedaba de su marido, la única que pudo salvar de las garras de Ernesto una tarde que éste la dedicó por entero a ponerles bigotes y gafas y narizotas a todas las fotos de su padre que encontró revolviendo el armario. En ésta, sobre el cristal, sólo apareció –aunque durante varios días, pues ella borraba y Ernesto volvía a pintarlo– una nubecilla como la de los tebeos que salía de la boca de Alfonso con las palabras «soy un hijo de puta» dentro, o bien «adiós imbéciles, ahí os quedáis». Pero Alfonso sonreía levemente por un lado de la boca, levantando el mentón, y sus ojos eran fríos, impenetrables, diminutos y como dañados por una luz; la frente ancha y altas, muy altas, las cejas.

–¡Menuda vida se estará pegando! –dijo Martín–. ¡Un vivales! Ahora que, mientras se acuerde de vosotros y os mande dinero todos los meses, no te quejes. Es más de lo que merecéis.

–Pero temo... –Se quedó mirando el vacío.

–¿Qué?

–No, nada.

La mujer le volvió la espalda y entró en la cocina. Cogió un trapo y agarró las asas de la olla. Dijo:

–¿Te quedas a comer? ¿Cómo sigue tu madre?

Tina estiró el brazo desde la cama y aflojó la bombilla de la lámpara. Quedó la leve claridad que esparcía el recuadro de emisoras de la radio, se extendió por la habitación palpando los bordes del velador, el pie de las dos camas, los pequeños sillones de mimbre y las medias y jerséis colgados en los respaldos.

–Me gusta escuchar música a oscuras. ¿Y a ti? –Tina aguzó el oído–. ¡Un momento, calla! ¿No les oyes hablar en el comedor?

–No.

Ella volvió a tumbarse en la cama, las manos bajo la nuca.

–Juraría que están hablando de papá –añadió–. A mamá le chifla recordar tiempos mejores, grandezas, fiestas... Y no le importa hablar de ello con cualquiera. En serio; a veces, cuando viene el cobrador de la luz, le suelta el rollo...

Andrés se levantó de la otra cama para sentarse en la de Tina. Con gesto maquinal dejó su mano sobre el muslo de ella y sintió el calor a través de la falda. Ella no dijo nada, no perdió el hilo de sus pensamientos:

–... Y el pobre hombre, que es un charnego muy simpático, y también muy hablador, a veces no sabe qué hacer.

Seguía con los ojos abiertos bajo las sombras, sin un pestañeo. Andrés inclinó la cabeza sobre ella, su espalda se hundió en la penumbra con lentitud, parecía beber arduamente la distancia que mediaba entre las bocas abiertas. Ella se retorció un rato, sin tocarlo con las manos ni con el resto del cuerpo, y luego despegó bruscamente su boca de la de él.

–Ahora no –dijo–. Cuéntame algo, anda.

–No hay nada que contar. Y nada que hacer...

–Oye, no empieces con tu rollo. Ahora no, te digo –atajando su nuevo intento de besarla–, mamá volverá de un momento a otro. Siéntate en la otra cama.

Él sonrió indiferente, la pellizcó levemente en el cuello y se sentó en la otra cama sin levantar los pies del suelo, girando sobre sí mismo. Tina le miraba y pensó un instante en su espalda desnuda, en la línea tranquila de sus hombros. Le vio levantarse enseguida con su vieja americana sin forma y aquellos pantalones grises y arrugados y pensó de nuevo en su piel quemada por el sol entre unas sábanas blancas, húmedas, bajo el repicar de la lluvia en el techo de uralita. «¡Cómo tarda el verano!», murmuró. Andrés sacó un cigarrillo, más arrugado que sus pantalones, del bolsillo de la americana.

–Creí que no tenías tabaco –dijo Tina.

–Es negro.

Ella soltó un profundo suspiro.

–La encuentro mucho a faltar, la playa. Yo estoy perdida, sin la playa. ¿Y tú?

Andrés se encogió de hombros. Encendió el cigarrillo y procuró animarse, hizo un serio esfuerzo por animarse:

–Por cierto, ahora que hablas de eso, ¿qué pasó exactamente aquella noche en Mongat?

–Nada... Nada que no sepas.

–Creo que todo el jaleo viene de allí. No sé, de algo que debió ocurrir aquella noche. No me gusta meterme en vuestros asuntos, nunca lo he hecho, pero a veces me pongo a pensar en aquellos días que pasamos juntos en la playa...

–¿Qué jaleo? –interrumpió ella. No esperó la respuesta–: Entonces ya no os hablabais Martín y tú, ¿verdad?

–Exacto.

–A propósito, este verano vendrás también con nosotros a Mongat, al menos los domingos. Yo te invito.

Observó cómo Andrés paseaba por el cuarto apurando el cigarrillo con fruición, minuciosamente, como si no hubiera realmente nada mejor que hacer. Ella bajó las manos hasta sus caderas irguiendo el busto.

–¿Cómo me encuentras? Chico, nunca me dices nada... ¿Qué clase de novio tengo? No te comprendo, la verdad, deberías estar alegre, ya soy tuya otra vez.

–Tienes razón –dijo él. Dejaba una estela rojiza en la penumbra con la brasa del cigarrillo entre los dedos. Ella, con los ojos ahora cerrados, levantaba la barbilla hacia la mano y el cigarrillo cada vez que pasaban a la altura de su cabeza.

–Secretamente tuya, qué divertido, ¿no? –añadió Tina–. Al fin se acabó tu papel de cor...

–No lo digas –cortó Andrés–. No hace falta.

Se sentó junto a ella y le tocó el cuello con los dedos. Tina dijo:

–Oh, si estabas furioso, no lo niegues. Siempre me has dicho que Martín fue tu mejor amigo. Fueron unos meses terribles, ¿verdad, cariño? –Le tiraba de la solapa, riéndose con los ojos–. Di que sí, necesito que lo digas.

–Sí. Estaba celoso.

–Pero ahora ya todo ha terminado. Yo no quiero saber nada de ese loco. Como si no existiera. –Apretó los labios dejando que los dedos de él se hundieran sobre el jersey amarillo. Pensaba que, de todos modos, fue divertido aquel tiempo en que veía su cara asomada a la puerta de todas las habitaciones de la casa; incluso al cuarto de baño se asomaba a veces para sorprenderles besándose. ¡Qué tonto! Tenía celos, y nunca dijo nada, ni siquiera a Martín. Amigos. ¿Qué quiere decir cuando dice que fueron amigos?, pensó.

–¿Qué clase de amistad te unía tanto a ese loco? –preguntó de pronto.

–Hablemos de otra cosa. Busca otra emisora, ¿quieres?

–Lo que pasa –dijo Tina– es que todavía te duele reconocer que fuiste desbancado por él. Desbancado en mi corazón, sí, en mi corazón, aquí.

Sonriendo maliciosamente cogió la mano de Andrés y la puso sobre su pecho. Él la acarició con ternura, con una rara especie de agradecimiento que nunca supo expresar. Luego dejó de tocarla, se quedó con los codos apoyados en las rodillas y medio vuelto de espaldas a ella, a su voz risueña y a sus malignos temas de siempre, insustituibles. Pensativo, empezó a darle vueltas a la caja de cerillas, se dejó absorber por el juego.

–Si no fuera porque se te puede besar –dijo–, besar y tocar, y porque en esta casa se está como fuera del tiempo...

–No digas eso –Tina le clavó las uñas en la nuca, le obligó a volver la cabeza y a mirarla a los ojos–. ¡No digas eso, no puedo soportarlo! ¡Nosotros somos como todo el mundo, como las demás personas! –Se calmó, añadiendo–: Y nuestro amor es lo único que ha de importarnos por ahora. Hay un momento para cada cosa, dices tú y es cierto. El tiempo que me queda de vivir en esta maldita casa no quiero que me lo amargue nada ni nadie. ¡Quiero ser como las demás personas, Andrés! ¡Tengo derecho! Y tú no hagas caso de lo que dicen de nosotros en el barrio... ¿Oyes? ¡Eh, ven acá...!

Andrés se había levantado. Dejó que Tina, después de incorporarse de un salto, se colgara en su espalda y buscara cigarrillos en el bolsillo superior de la americana.

–¡Dame uno! –rogaba ella–. Aunque sea negro. Probaré.

–Tengo que irme. Volveré después de comer y prometo dedicarte toda la tarde.

–¡Eh, no me sueltes aquí, que voy descalza! Déjame en la cama, por favor. Así, buen chico.

–Adiós.

Andrés fue lentamente hacia la puerta, sin volverse, mientras ella se dejaba caer de nuevo en la cama tendiendo la mano hacia el montón de revistas. La radio daba unos pitidos, se había perdido la emisora.

Caminaba bajo los árboles de su calle –los árboles fuertes, quietos, constantes, tranquilamente enraizados bajo las aceras– y se detuvo a mirarlos frente a la puerta de su casa. En aquel extremo alto de la calle todas las casas se parecían, la misma verja en forma de capilla y pintada de gris, como lanzas escalonadas –alguna punta rota, torcida– frente a las puertas de gruesa madera labrada, todavía con picaportes de mano y chirriantes mirillas.

Tampoco la calle, desierta, se diferenciaba apenas en nada a las otras de aquella parte alta de la ciudad, calles sin asfaltar, sin tráfico ni gritos de niños, con la doble hilera de plátanos y el viejo, insensibilizado silencio de los jardines cruzados de tarde en tarde por la encorvada figura de un anciano o por un niño terriblemente pausado, aprendiendo a jugar solo.

Andrés introdujo la llave en la cerradura después de abrir media verja; la otra mitad hacía años que no se abría –probablemente desde el día que enterraron a su padre–, estaba fijada en el pasador de hierro clavado en la piedra del portal. Entró, colgó la gabardina en la percha y se tumbó en la butaca del comedor. Sobre su cabeza, la ventana que daba a la calle estaba entornada. La abrió del todo. Vio la mesa dispuesta y pudo oír a su madre afanándose en la cocina.

Su hermana Matilde llegó a la una y media de la oficina, se quitó el abrigo y los guantes y él miraba desde la honda butaca su figura esbelta ceñida en el traje sastre un poco anticuado pero perfecto, estricto, su rostro ovalado, inexpresivo y reluciente como una porcelana.

–¡Vaya! –dijo Matilde al verle allí–. ¿Te dignas comer hoy con nosotras? ¿Será posible? –Se plantó ante la mesa, inspeccionándolo todo con rapidez, eficiente, erguida y con los brazos en alto, meneándolos para ajustar los brazaletes de hueso a las muñecas–. ¿Y mamá?

–Por ahí.

Después estaban comiendo los tres, silenciosos y extraños al principio –al principio todas las comidas eran igual: flotaba algo en la mesa que sólo emanaba de Andrés y sus vísperas, sus ausencias, y el silencio de su madre, su cariño inanimado pero presente quedaba como contrahecho y ridículo– porque Matilde estaba allí, ella y sus gestos seguros, confiados, adelantándose siempre al servirse los platos, al hablar... Matilde estaba allí.

–¿Dónde estuviste anoche? –preguntó.

–Déjame en paz.

–Seguramente en casa de ésa.

–Tiene un nombre.

–No me importa. Hay gente que no merece ni un nombre, y ni ésta ni su madre lo merecen. Qué raro que no llegaras borracho, como siempre. ¡Qué gran acierto, mamá, dejar que abandonara el empleo! ¿Pero qué se cree? ¿Y tú cuando vas a despertar, mamá?

–Déjale, Matilde.

Como siempre, él procuró terminar pronto. Se levantó con la naranja en la boca, era tan pequeña que se podía comer de un bocado, y se puso la gabardina. Antes de cerrar pudo oír la voz de su hermana:

–¡Hala! Otra vez allí, ¿no? ¿Te dan algo, en esa casa?

Cerró de golpe, pero había oído todo y quedó un poco triste pensando en su madre. Hacía frío. Se arropó con el cuello de la gabardina y vio el enorme eucalipto, en el jardín frente a su casa, ladeándose pesadamente y soltando su rumor frondoso e íntimo. Pensó fugazmente en el camino que le quedaba para llegar a la casa de Tina: «Quizá la encuentre sola y esta vez me anime a planear algo, a intentar algo...» Dobló la esquina, ya entre los altos bloques de casas nuevas que olían todavía a cemento y a ladrillo mojado, y al pasar frente al bar vio dentro a tres de ellos jugando al dominó con los amplios comandos verdes sobre los hombros y las violentas corbatas colgando bajo sus rostros inanimados.

Luego vio a Juli Puig caminar en dirección contraria a él. Adivinó que iba en busca de su hermana Matilde para ir juntos al trabajo, no sin antes tomar café en casa. Pronto serían novios. Bajó la cabeza para no tener que saludarle, pero observó que él ya la había bajado antes, sin duda por lo mismo, correctamente afeitado, con su aparatoso abrigo de felpa y sosteniendo la flamante cartera de piel con sólo dos dedos de la mano. Cuando ya le tenía a su espalda imaginó que tal vez fuese agradable meterse un rato dentro de Juli Puig –qué cosa: vivir un rato en él, en ese confort cuadriculado y abrigado, un rato o puede que siempre: daba la impresión de tenerlo todo hecho, solucionado, Julio Puig.

Se paró frente a la ventana de la casa de Tina. Más allá del cristal vio a Ernesto sentado tras la mesa del despacho, inclinado sobre un libro de texto, la cabeza en las manos. La puerta de la calle estaba abierta, era pequeña, de hierro y de cristal esmerilado. El zaguán terminaba en una escalera que conducía a la azotea. La vio entornada y la empujó, quedó abierta a su espalda mientras avanzaba por el pasillo, oscuro siempre –en la casa sólo entraba luz por la galería que daba al jardín y por una ventana, la del despacho que usaba Ernesto para estudiar: las demás permanecían cerradas. Conocedores del terreno, habituados a la inercia, en el pasillo nadie encendía nunca la luz (suponiendo que la hubiera) y él no sabía siquiera dónde estaba el interruptor.

La habitación de Tina estaba cerrada. Una ráfaga de aire frío penetró en el piso. Volvió atrás y cerró. Lo hizo con cuidado, respetando aquel silencio tan familiar, tan natural en la casa, un silencio en reposo, largo, silbante, que se metía en los oídos como una cinta. Colgó la gabardina en la percha y se coló suavemente en el cuarto de Tina, que estaba dormida sobre la cama, completamente vestida, con zapatos y medias. Permanecía de lado y chafando con el cuerpo las revistas ilustradas con la debida licencia –amoríos y más o menos veladas fornicaciones de ricos y aristócratas ociosos, de estrellas de cine, toreros, duques, princesas, cantantes y diplomáticos sobre cuyas sonrientes efigies se masturba mentalmente quién sino ella, yo, tú, Matilde, pensaba o casi Andrés–, las piernas encogidas y pegadas al vientre, la curva de la cadera muy alta y los brazos cruzados. La radio estaba encendida, pero muda.

Andrés volvió a salir al pasillo. Se dirigió al comedor. La puerta de la cocina estaba entreabierta y oyó voces dentro. Salía una cinta de luz que iba a romperse sobre la mesa del comedor, y él estuvo un rato allí, de pie junto al piano, escuchando las voces. Pudo contar cinco platos en la mesa, aún sin retirar, por lo que dedujo que Martín se había quedado a comer. Las voces, dentro de la cocina, le llegaban como un susurro: ella debe apretarse contra el fogón, y Martín delante, de pie, con su mirada de animal disecado y las manos en los bolsillos.

Regresó al cuarto de Tina pensando en despertarla. Pero se tumbó en la otra cama y se limitó a contemplarla un rato. Ella tenía la roja boca entreabierta y había manchado la almohada de carmín. La habitación era cálida en esa hora del día, era ya íntima, acogedora, y Andrés relajó el cuerpo y cerró los ojos.

Las voces llegaban ahora fuertes desde la cocina y él vagamente recordó: la jodienda esa que no tiene enmienda, todo empezó aquel domingo por la mañana, el verano último... Yo tomé el tren de las siete de la mañana en la estación de Francia...

De pronto oyó pasos en el corredor. Apagó la radio y el cuarto quedó completamente a oscuras. En su cama, Tina suspiró, sin moverse. Andrés pudo oír la voz de la mujer en el pasillo:

–¡Pero ahora no puede ser! Luis vendrá enseguida, ha ido al quiosco a comprar unas revistas... Y te repito que no depende sólo de mí. Haré todo lo que pueda, Martín. Te llamaré por teléfono. ¡Te digo que habrá una ocasión mejor! ¡Hijo...!

Después oyó abrir la puerta del piso, y más tarde pensó que debían seguir allí, hablando, porque aún no había oído el portazo que Martín daba siempre al irse. Encendió un cigarrillo. Estuvo fumando, tumbado en la cama, sin ver salir el humo de su boca. Están tramando algo..., empezó a pensar. Sentía la respiración de Tina, muy cerca, como si hinchara el aire y las sombras, como la vez aquella que estuvo toda la noche con los ojos abiertos bajo el techo azotado por la lluvia, en la caseta de Mongat. Sí, fue a partir de aquel domingo en la playa...

Había llegado a la estación con el tiempo justo, un poco más y pierde el tren. El viejo le miraba desde el otro lado de la ventanilla como si viera un pensamiento propio que se le hubiese desprendido, tan patéticamente embobado, mientras él hurgaba en los bolsillos buscando las diez últimas pesetas que estaba seguro de conservar aún. Levantó la mirada al reloj de la amplia pared del fondo. Marcaba las siete en punto de la mañana.

–¿Verdad que ahora sale un tren...?

–Supongo. ¡Venga, venga! ¿Estamos durmiendo? –decía el viejo al otro lado, una espalda asomando por encima de la cabeza.

–¡A mí qué me cuenta! –escupió él, aparentando un aplomo.

Dio por fin con el dinero. Billete para Mongat ida y vuelta. El resto lo empleó en cigarrillos. En sus oídos sonaba el griterío de la gente estacionada en la gran nave.

Se sentó junto al cristal y poco después el tren arrancaba. Los empleados del andén, cubiertos con guardapolvos grasientos o largas camisolas azules, las gorras torcidas sobre la frente y apoyados en escobas y montones de maletas, miraban hacia el tren con sus ojos arrugados y sin brillo como si vieran algo nuevo y curioso. En el último momento el vagón se llenó por completo de gente que iba a la playa. Llevaban sombreros de paja y gorritos de visera con un aire repentino e impersonal, improvisado, de día festivo que se echa encima y hay que aprovecharlo por encima de todo, y toallas y albornoces enrollados, sombrillas plegables de lona y cestillos y pañuelos de colores y críos y neumáticos de camión. Andrés vio en el pasillo, de pie y excitadamente inestables, a un grupo de muchachas chillando y empujándose con los hombros desnudos, sus nucas eran tersas y negras de sol y llevaban bolsas de plástico en las que asomaban revistas.

Junto a él había una vieja sosteniendo en la falda a un niño dormido. Era un niño demasiado crecido para dormir en la falda de la vieja, sus piernas largas y escuálidas le golpeaban a él las rodillas, obligándole a pegarse a la ventanilla cruzando una pierna sobre la otra. La vieja le miró. Él esbozó una sonrisa, como diciendo: No es por el pantalón... Seguramente, pensó, no hay nadie en el tren que lleve un pantalón tan sucio y viejo como el mío, así que... La vieja inclinaba la cabeza a un lado y miraba tristemente los brazos redondos y concretos de las muchachas, sus cuellos bruñidos y sus cabellos desordenados. Iban rodeadas de chicos que inclinaban sus cabezas sobre ellas, dejando caer bromas y palabras como brillantes mariposas.

Andrés apartó la cabeza y cerró los ojos con fuerza, apretó los párpados como si quisiera contener un llanto inoportuno

–en aquella frágil oscuridad salpicada de luces, vio a Julita tendiéndole la mano cordialmente frente al restaurante; él tenía trescientas pesetas en el bolsillo y no podía olvidarlo mientras cenaba con ella en un rincón... Nuevamente vio el piso de Julita, sucio y acogedor, anónimo, sin historia, oliendo a polvo y a zapatos húmedos, con la ventana abierta a la noche y ella tendida en el diván, la cabeza descansando sobre la vieja mancha de brillantina producida por el roce de quién sabe cuántas cabezas y cuántas horas salvadas (sin historia también: salvadas, rescatadas simplemente a la vida manipulada a distancia como por un poderoso ser de hierro, sin entrañas, inflexible) fumándose sus cigarrillos arrugados y frotándose de vez en cuando la mejilla con el hombro desnudo. Volvió el rostro a la ventanilla. Sintió que le entraba sueño, un aire tibio –el lecho y el cuerpo de ella (pagar la cena y luego diez duros más) le envolvieron todavía un instante con calor y ternura mientras se vestía apresuradamente, de madrugada, en su habitación empapelada con enormes rosas azules. No hacía ni media hora: desde la cama, medio dormida, la voz ronroneaba como la de un gato celoso: «Procura dejar la puerta bien cerrada.» Y luego otra vez, fatigada, sumergiéndose en oleadas de sueño: «Deja el dinero en la mesilla... ¡Mira que irse ahora a la playa...!»

–¡Andrés!

Se volvió bruscamente. Sabía que le habían llamado desde el grupo, vio una muchacha conocida que se abría paso entre la gente con el brazo en alto. Sonreía, y al llegar ante él ladeó la cabeza con aire divertido, esperando ser reconocida. Llevaba los cabellos recogidos en una gruesa trenza que mantenía quieta sobre el pecho con la mano.

–Ah, Nuria –dijo Andrés.

–¡Hola! ¿Adónde vas?

–A Mongat.

–Nosotras también. ¿Vas solo...?

–Sí.

–Oye, ¿cómo lo consigues?

–¿El qué?

–Eso, ir siempre solo. Toda la vida te he visto así...

–Muy fácil. Hay poco dinero.

Ella amplió la sonrisa, sus ojos claros e inocentes chispearon alegres:

–¡Tienes mucho rollo, Andresito!

Andrés la miró con simpatía.

–Me juzgas mal. Pero me gusta, siempre me ha gustado que la gente del barrio me juzgue mal...

–Qué cosas dices, hay que ver. Eres de lo más dive.

–¿Cómo?

–Divertido.

–¿Invertido?

Ella se echó a reír, agitándose como una culebra. Andrés añadió:

–Me esperan los Climent. Tienen una caseta.

–El otro día vi a Tina –dijo Nuria–. Está muy mona.

–Sí... ¿Quieres sentarte?

–No, gracias. Voy con ésos. –Se encogió de hombros, como resignándose a ir con ésos–. Como siempre. Te he visto y he pensado: mira, saludarás a Andrés, hace siglos que no hablamos. Y qué, qué dices.

–Pues nada, ya ves.

Entonces vio la mirada blanca de ella deslizarse por su pantalón desgastado y su americana amplia y calurosa. Cruzó las manos sosteniendo con ellas una rodilla al aire. Volvió el rostro al cristal y se dejó mirar con indiferencia.

Habían pasado ya San Adrián. El cielo estaba nublado, y el mar, a unos doscientos metros de la vía del tren, era una lámina gris y desagradable. De vez en cuando lucía el sol y surgían manchas opacas a lo lejos, sobre el agua. Andrés pegó la frente al cristal y vio pasar veloces cañas verdes, que parecían alzarse debajo de las ruedas del tren. La voz, lejana y apagada, dulce entre el rumor de conversaciones con aristas de chillidos que reinaba en el vagón, no conseguía penetrarle:

–Andrés... –como una tonadilla. Ella estaba allí todavía, de pie, apoyando la mejilla en la palma de la mano, más allá sus amigas mirándola por encima del hombro con curiosidad–. Andrés...

Él se volvió:

–Perdona, Nuria Casas, estaba distraído. Pensaba que el día no es muy bueno. ¿Qué decías?

Ella soltó una risa al oírse llamar por su nombre y apellido. Se llevó la mano a la boca:

–¡Qué horror! No vuelvas a llamarme así, me recuerda el colegio. Eres un despistado. Te estaba diciendo que parece como si hoy te hubiesen arrancado de la cama.

–Casi. Verás, se lo había prometido a los Climent, pero en el fondo a mí la playa no me gusta. Sí, ya sé que a ti te gusta mucho, no hay más que verte.

Había sacado un cigarrillo y lo estaba encendiendo. Chupó con fuerza, y ella miraba sus manos largas y oscuras.

–Ya ves –añadió él, tocándose la cara– cómo estoy de blanco. En cambio tú, pareces de chocolate.

Tuvo la impresión de que la palabra chocolate quedaba un buen rato en el aire, colgando como un trapo sucio: Nuria no había reído; alguien se abría paso tras ella, empujándola por la espalda, obligándola a inclinarse sobre la vieja y el niño. Su cara colgó un instante sobre la cabeza de Andrés, que se volvió a ella para decir:

–La verdad es que estás muy morena, Nuria –y dejó deslizar la mirada por su escote y sus brazos negros. Ha cambiado, pensó. ¿Cuándo dejó de ser una niña? Nunca se entera uno. Ella se dejaba mirar, los ojos bajos y sujetando la trenza con la mano. Luego dijo:

–Eres muy amigo de los Climent, ¿no? Aquellos chicos son raros, sobre todo el mayor, y nunca salen de casa... Yo iba al colegio con Tina. La conozco bien. Huy, si la conozco...

Puso los ojos en blanco, sonriendo maliciosamente, y murmuró algo lo bastante bajo para que él no pudiera entenderlo.

–Nos conocemos de niños –dijo Andrés con cierta sequedad.

En Badalona se apeó mucha gente, pero los asientos quedaron aún ocupados. Minutos después, en Mongat, Andrés saltó al andén. No vio a Nuria Casas, sin duda se había unido a sus amigas. Empezó a caminar junto a la vía, hacia el túnel, mirando obstinadamente el suelo y con las manos en los bolsillos. Cuando levantó el rostro, ella lo esperaba un poco más allá, de pie sobre un raíl y con la toalla de colores y la bolsa colgadas al hombro. Más adelante caminaban las demás, balanceando las bolsas calladamente y con la cabeza gacha –pisaban el suelo con una atención casi fervorosa, moviendo suavemente el cuerpo y teniendo gran cuidado de los pies, como si temieran romper sus leves sandalias de tiritas de plástico multicolor– y un poco más atrás iban ellos, mirándolas, las amplias camisas con dibujos tropicales por fuera del pantalón, los gorritos encasquetados en la nuca, corrían en equilibrio sobre los raíles y daban patadas a una pelota de goma metida en una red.

Andrés y Nuria fueron caminando juntos unos metros detrás de ellos. Penetraron en el túnel. Allí dentro, en la oscuridad, el rumor del mar se hacía más profundo y siseante, como arena agitada dentro de una gran esfera metálica. Las vías del tren relucían en la sombra, recibían un destello de luz que entraba por las dos bocas del túnel. Tres muchachos alumbraban con linternas eléctricas el senderillo junto a la húmeda pared y ellas introducían en los haces de luz sus pies morenos de uñas laqueadas de rojo como en un baño voluptuoso. Ruidosas, alegres, los colores de sus vestidos diluyéndose en la tenue oscuridad, de cuando en cuando se volvían y les miraban a ellos dos por encima del hombro, eran ojeadas llenas de curiosidad. Nuria seguía hablando a su lado, él notaba en el brazo el roce de su hombro desnudo.

–¿Es cierto lo que me han dicho, Andrés?

–¿Qué es lo que te han dicho?

–Que ya no trabajas, que dejaste el oficio de joyero. ¿Es verdad? No me tomes por una chafardera, ¿eh?

–¿Por qué? Si no me importa. Mira... no he pensado aún qué es lo que haré, si es eso lo que quieres saber.

–¡No, pero si a mí me es igual! Lo preguntaba sólo porque en el barrio...

–Ya sabemos cómo es el barrio. A mi madre le han ido alguna vez con cuentos de los Climent y de mí, no creas que no lo sé; que si esta mujer ha sido una fulana desde que la dejó el marido, que si la hija será lo mismo, que si son raros, que si estarán locos, que si no salen ni para ver el sol durante meses enteros... ¡Qué sé yo! También dicen que viven como cerdos a pesar del dinero que les envía el padre, y que la mujer llama a los hombres desde el jardín... Pero no es cierto. Nada de eso es totalmente cierto. Tú conoces la calle donde viven, ¿verdad? Es una calle en la que nunca ocurre nada, tampoco.

–No voy casi nunca por allí. Como no hay tiendas ni nada. Pero la gente habla.

–A mí no me importa. ¡Total...!

–Qué.

–Cómo qué. La gente, toda esa gente que no tiene nada que hacer como no sea hablar.

–Eso ya se sabe. Yo tampoco hago caso de nada, porque sino... No saldría de casa. Ahora, que Tina... Fuimos juntas al colegio, ya te lo he dicho, ¿no? ¡Vaya una!

–Vive su vida.

–Bueno, no es que fuera mala chica ni nada. Pero era muy así, ¿comprendes? Hacía lo que le daba la gana, su madre nunca apareció por allí. Tina es muy mona y... en su casa tuvieron mucho dinero, y todavía lo tienen.

–No tanto, no hagas caso de lo que dicen.

–¿Yo? ¡Mira éste! No me conoces.

Delante, una de las chicas se paró y recostó el hombro en el muro del túnel. Levantó una pierna y empezó a atarse la sandalia que le colgaba del pie.

–¡Tú, Jorge! –gritó–. ¡Acércate con la antorcha!

Uno de ellos se volvió corriendo y enfocó su linterna en el pie de la muchacha. Luego, de pronto, y lanzando algo parecido a un vibrante grito de guerra, la enfocó en las nalgas. Ella soltó un chillido y se refugió entre sus compañeras. Andrés oyó la risa de Nuria a su lado.

–¡Son el colmo! –dijo Nuria. Y añadió–: No quisiera meterme en lo que no me importa, Andrés. ¡Cómo te dejas ver tan poco últimamente! No sé qué pensarás de mí, de nosotras... A veces te veo pasar por la calle. Siempre pienso: ¿qué hará? Siempre pienso que te traes algo importante entre manos, no sé, algo que te tiene ocupado por completo...

Andrés se quedó pensativo, casi se paró. Miró a Nuria y dijo:

–¡Qué tonterías dices!

–Insisto en que tú das esa impresión.

–Mi madre piensa lo mismo. Es curioso. Lo que ocurre es que me aburro como un camello. Eso es lo que ocurre.

Y se rió con cierto sarcasmo: sabía que allí la oscuridad ocultaba un tanto la palidez y el desafecto que solía mostrar su cara, el tedio y la indiferencia metidos en la misma piel y en los apagados ojos (le gustaba suponerlo) sin un destello, como brasas bajo ceniza que sólo sabían calentar muy de cerca...

–También oí decir que te marchabas al extranjero –dijo Nuria.

–No sé. Veremos.

Llegaban a la salida del túnel. Las muchachas corrían delante. Una explosión blanca de luz aureolaba sus cabezas y encendía sus faldas siluetando los muslos.

Al salir, Nuria se paró, sonriente, y él le tendió la mano. Sus amigas ya estaban en el sendero que conducía a los merenderos y a las casetas azules y simétricas, puestas en hilera sobre la arena y bajo un cielo lechoso y desgarrado. Estaban inmóviles, vueltas a medias hacia ellos, esperando a Nuria mientras los chicos, a su lado, guardaban las linternas eléctricas y miraban ansiosos la quietud del mar.

Después, ya solo, él siguió caminando todavía unos trescientos metros junto a la vía del tren, a la sombra de los cañaverales. Descendió por un senderillo entre rocas hasta llegar a la arena y divisó a lo lejos la caseta de ladrillos rojos del tío Anselmo. Era la primera de una serie de diez, todas idénticas. La segunda pertenecía a un club excursionista y tenía ducha, la única de por allí. El sol estaba todavía bajo en el cielo enmarañado y las construcciones tendían su sombra azulosa y larga sobre la arena, rozando la falda del terraplén por el que se deslizaban los raíles del ferrocarril. Más lejos, arrapada a la pendiente de la colina, se veía la cinta blanca de las paredes del cementerio ciñendo un manojo de cipreses.

Andrés sentía los pies hundiéndose en la arena, crujiente como musgo seco. Se paró a coger dos piedras y las tiró al agua. Se oían límpidos gritos, lejanos y asexuados, en el aire.

Tina se ceñía el albornoz sosteniendo con los dientes el cordón. Su cabeza caída sobre el pecho era como una madeja de lana negra extraída del agua. Mientras se frotaba el cuerpo con el albornoz, vio sobre la rejilla de madera del suelo la sombra de Andrés, parado en el umbral y arrojando al mar la última piedra. El tabique tras el que se ocultaba le impedía verle a él, que enseguida volvió la cara hacia el interior y miraba el palanganero de hierro oxidado y el jarrón lleno de agua, junto a la pequeña mesa cubierta con hule y sosteniendo una botella de vino, platos, cubiertos, conservas y embutidos. Debajo de la mesa estaba el hornillo eléctrico.

Tina asomó la cabeza y le sonrió:

–¡Hola! Ya empezaba a creer que no vendrías.

–¿Y tu madre? –Andrés fue a sentarse en el camastro donde dormía Luis. Le cogió un pie, se lo retorció–. ¿Y éste, todavía roncando?

Había dos camastros, uno en cada rincón tras los tabiques de madera, y entre los dos una alfombra desgastada y rota.

–¿Y tu madre? –repitió Andrés.

–Fue al merendero a comprar. ¿Quieres un poco de leche fría?

–Bueno. –Se quitó los zapatos y les sacudió la arena–. ¿Y Ernesto?

–No ha venido. Tiene que estudiar si no quiere que vuelvan a catearle. ¡Mamá está de él! ¡Figúrate! Toma. –Le dio la taza–. Quítate la americana, anda. Luego iremos a bañarnos.

¿Martín...?, pensó. El primer sorbo bajó lento y frío por el cuello. Luis se movió en la cama. Abrió los ojos y vio a Andrés sentado en la misma y quitándose la americana. Dijo:

–¡Hombre, quién está aquí! ¿Traes alguna revista?

–No.

Media hora más tarde, Tina, peinándose en el umbral de la caseta, divisó a Martín viniendo de los merenderos. Le veía caminar fatigosamente, con los relucientes zapatos negros en la mano y hundiendo los pies hasta los tobillos en la arena.

–Ahí viene ése –murmuró. Andrés, desde dentro, miraba su espalda y las anchas y pesadas mangas del albornoz agitándose furiosamente bajo las muñecas mientras se peinaba. Adivinó que llegaba Martín. «Y ahora qué. Luis se tumbará ahí fuera a leer, haciendo como que les vigila mientras ellos se soban y se besan en el agua, y yo...» Vio a Luis vertiendo agua en el palanganero, bostezando, arrugado y medio caído el pantalón del pijama sobre sus blancuzcas nalgas. Tina entró violentamente y tiró el peine sobre el camastro, cogió con ambas manos su taza de leche –estaba vacía, él sabía que estaba vacía– y apoyando la espalda en el tabique empezó a beber, o a simularlo, a pequeños sorbos y sin despegar la taza de la boca. Apoyó el pie en la pared dejando que se abriera el albornoz, liberando una piel rojiza, de seda. Por encima de los bordes de la taza, sus ojos miraban obstinadamente hacia el mar.

Martín entró, se quitó las gafas negras y las dejó dentro de uno de los zapatos, que puso en el suelo. Sonreía levemente. Se acercó a Tina desabrochándose la camisa.

–No dirás que no soy puntual. Te dije que vendría en ese tren... Nena... –Le rozó el cuello con los dedos y ella seguía «bebiendo» a pequeños sorbos y mirando fríamente al mar por encima de los bordes de la taza, como agazapada. Era evidente que tampoco miraba a ninguna parte. De pronto se apartó de él y le dejó con la mano en alto. Retrocedió para dejar la taza sobre el camastro y salió fuera. Sin volverse siquiera, Martín dijo a Luis:

–¿Qué le pasa a tu hermana? –Pero no parecía interesado en oír la respuesta, pues se calzó de nuevo y se puso las gafas y se quedó mirando el mar.

–No lo sé –dijo Luis–. Está loca. Siempre ha estado loca.

Martín salió fuera. Cerca del agua, Tina se desprendió del albornoz, lo extendió en la arena y se tumbó encima levantando las rodillas. Mientras se arremangaba los bordes del pantalón, Martín vio a lo lejos a la mujer caminando descalza y despeinada, tambaleante con el capazo lleno de comestibles. Llevaba atado al cuello el viejo pañuelo color perla moteado de estrellitas brillantes e hilos de plata: una baratija que sólo ella podía llevar con tanta dignidad. Martín la esperó inmóvil, la chaqueta al hombro, los cabellos al viento, los negros cristales de las gafas blanqueando al sol. Cuando la mujer hubo llegado, preguntó él:

–¿Qué diablos ocurre ahora? –Y señaló a Tina, que juntaba y separaba las rodillas tendida sobre el albornoz. Ella miró a su hija un momento, se encogió de hombros, se encaró con Martín y le dijo ladeando la cabeza, sonriendo gentil, recuperando una antigua autoridad y coquetería perdidas:

–¡Qué delicioso acontecimiento! Pero, criatura, ¿estás realmente enamorado de esa cabeza vacía? –Se llevó el dedo a los labios, pensativamente–. Habrá que hacer algo, digo yo. Se trata de un encantador juego de niños y quisiera participar, ayudaros, y opino que francamente...

–¿Pero qué dice? ¡Qué puñetas dice!

–Opino que todo se arreglará a su debido tiempo, hijo –añadió ella, y, sonriendo con languidez, se tocó con la punta de los dedos el pañuelo frágil y como de polvo y luego llevó la mano hasta el pecho de Martín, que la apartó sin brusquedades y sin dejar de mirar por encima de ella hacia donde estaba Tina. La mujer añadió, siempre en un tono sumamente femenino, volátil–: Buenas maneras. Eso es, buenas maneras es lo que os hace falta. No comprendo cómo se puede vivir sin buenas maneras. Alfonso me decía siempre que... En fin, hoy no quiero perder mi sonrisa por nada del mundo. No consentiré que ninguno de vosotros me estropee el día con vuestras chiquilladas, querido.

Martín bajó bruscamente la vista hasta ella pero permaneció quieto e inquisitivo tras los helados cristales de las gafas, donde ella, reflejándose con otro gesto exquisito e imposible de aquella mano sin vida tanteando el pañuelo como de polvo, veía oscuramente dos pedazos de playa con parasoles de colores y cuerpos tumbados al sol. Volvió a sonreír con una mueca temblorosa y le dio la espalda a Martín lentamente, sin despecho, más bien con aire compasivo:

–Como lo oyes –dijo–. Hoy me siento de lo más bien, de lo más feliz. Es esta luz; me recuerda tantas cosas, esta luz. Pero pasa, hijo, no te quedes ahí como un pasmarote.

–Déjeme en paz.

Martín se quedó fuera. Dentro, ella empezó a sacar envoltorios del capazo y los puso sobre la mesa. No se sentía muy segura. Allí, en el rincón del tabique y la pared de ladrillo goteando un sorprendido cemento seco, detenido en su caída, su sonrisa se iba esfumando con levísimas sacudidas de la boca –un esfuerzo imperceptible, la extraña sensación de soportar un peso absurdo y fastidioso en las comisuras de los labios, como cuando se hizo recientemente aquella foto para el carnet–, la mirada otra vez volcada en el vacío. Pero renovó el esfuerzo, sacudió la cabeza como si ahuyentara algo y se puso a canturrear entre dientes obstinadamente.

–¡Hola, Andrés! –dijo al verle–. ¿Cuándo has llegado? ¡Qué guapo con ese bañador! Por cierto, ven acá, hay algo que no me gusta. Ven, déjame que le dé un toque. ¡Esos jóvenes de hoy, tan modernos que quieren ser!

Andrés acercó a la mujer su cuerpo que flotaba de pronto en una ternura y tibieza que no habría sabido definir; fue hacia ella cabizbajo y ceñudo, dócil como un niño. Ella le dobló cuidadosamente el borde superior del slip y luego retrocedió mirando primero complacida y después ausente –un recuerdo, dulcemente apretado y redondo como una cereza en la boca, sin morder, dándole vueltas, vueltas, vueltas– aquel cuerpo oscuro y perezoso que bañaba en un aire de timidez ingrávida el más leve gesto del hombro o de la cadera.

–¿Cuándo...? –musitó ella, absorta, la mano en el pañuelo como deshaciéndose en polvo y los ojos velados.

–¿Cómo dice? –preguntó Andrés.

Ella parpadeó, como si acabara de descubrirle allí.

–Nada... Así está mejor. El bañador. ¿No comprendes que hace feo tan subido? Tú eres un muchacho esbelto, y el bañador pequeño siempre favorece más.

–Ya.

–Veo que hoy te has decidido, no venías desde el año pasado.

–Sí, he venido.

–Tal vez llueva, pero es igual. Organizaremos nuestra vida aquí dentro, como pacientes hormiguitas. –Jubilosamente ordenaba la mesa, sonriendo, una mano siempre en el pañuelo del cuello–. Ayúdame a colocar todo eso, ¿quieres? Buen chico... Cuando abandonas esa hosquedad sabes ser simpático y elegante. ¿Te gusta la ensaladilla?

–Mucho.

–Hijo, ¿por qué estás siempre tan triste?

–¿Yo...?

–Algún día tienes que contarme tus problemas, me gustaría ayudarte.

Ella se rió con una risa breve, sin abrir la boca. Había vuelto la cabeza al portal y miraba a Martín, que se apoyaba en el quicio con los ojos clavados tercamente en Tina.

Carmelita, la hija menor del tío Anselmo, entró como una tromba y se paró frente a la mujer, jadeando y echando hacia atrás sus rojizas trenzas.

–Buenos días, tía. Papá dice que hoy no le esperes porque no puede venir. Tía... ¿Me oyes, tía? –Sus cejas eran color calabaza y espesas, muy arriba en la frente pecosa y combada–. ¿Sabes?, se le rompió la caña de pescar...

–Mi hermano es un sinvergüenza –dijo ella mirando a Andrés–. No tiene ninguna necesidad de hacerle decir mentiras a la niña si no tiene ganas de verme, ¿no te parece? –Miró a la niña sonriendo–. Está bien, hija. Eres un sol y has hecho muy bien en decírmelo ahora. Por la comida. Pero tú te quedas, ¿verdad?

–Sí, y dormiré aquí. Papá me deja. –Se desprendía del vestido con movimientos bruscos y quedó en bañador–. No quería, pero le he convencido. ¿Dónde está Tina? –Puso la ropa sobre la cama y dijo a Luis, que estaba lavándose los dientes–: ¡Luis, traigo tebeos!

Salió corriendo. Fue a sentarse al lado de Tina y se pusieron a leer las dos. A todo lo largo de la playa, frente a los merenderos, la gente hormigueaba entre los discos multicolores de los parasoles, pero allí cerca estaba casi desierto.

Al mediodía, el número de bañistas se había multiplicado. Luis y la niña recostaban la cabeza en un neumático de camión y leían tebeos. A unos metros de ellos, Andrés clavaba la barbilla sobre un montón de arena y sentía las dentelladas del sol en los hombros. Por entre el vaho que desprendía la arena, como si un fuego oculto ardiera debajo, vio a Tina salir del agua corriendo, el rojo bañador reluciendo al sol, los muslos con un destello de cobre bruñido y el flequillo aplastado sobre la frente.

Se tendió a su lado, resoplando. El bañador se le había encogido en las ingles y ella introducía los dedos por debajo y lo estiraba nerviosamente.

–¿Has visto? –dijo–. Ni siquiera se ha bañado. Sigue ahí, como una estatua, mirándome tras esas horribles gafas negras y con los pantalones remangados. Y no hace más que preguntar a mamá. Y precisamente mamá está hoy insoportable, ¡es su día dichoso, luminoso y evocador, con pañuelito y todo!

–¿Qué os ha pasado? Que yo sepa, anteayer todo iba bien. Novios muy unidos.

–Sólo hasta el mediodía. ¡Qué imbécil! No lo entiendo. No puedo entenderlo, debe creer que soy boba o algo así.

Él miraba los hilillos de agua resbalando sobre sus muslos suavemente combados que se secaban rápidamente. Tina temblaba un poco, apretando las piernas, completamente estirada sobre el albornoz, con los ojos cerrados y la barbilla levantada al sol. Empezó a darse crema en la cara.

–¿Qué estará esperando? –añadió–. ¡Es insoportable!

–La verdad, tal como están las cosas no me siento muy seguro a tu lado –dijo él riendo–. Es muy celoso...

–No digas tonterías. Martín está loco, bueno, pero es un cobarde. Además, que nunca ha sospechado nada de nosotros...

–Eso crees tú.

–Ni siquiera me lo pregunta. Y nunca ha querido hablarme de ti, de vuestra antigua amistad, tan profunda por lo visto. ¿Por qué? –Con la punta de los dedos, pegajosos de arena y crema, deslizó los tirantes del bañador a lo largo de sus brazos y luego replegó los bordes del escote hacia dentro, hasta la mitad de los pequeños senos. Seguía con los ojos cerrados y la barbilla enhiesta, como si lo único que le importara en aquel momento fuera la quemadura del sol en su rostro–. He terminado con él para siempre. Esta vez va en serio. Y lo que es más importante: lo hago tranquilamente, sin violentarme, sin escenas, esas escenas que siempre me criticas. ¡He soportado demasiado! ¡Si supieras!

–¿Qué hace ahora? ¿Le ves?

Tina se incorporó sobre un codo y pudo verle igual que antes, mirándoles tras sus gafas negras con aire paciente e irónico, de espaldas en la pared de la caseta, las manos cruzadas en la nuca.

–Sigue lo mismo. No hay quien le entienda, por algo su padre murió loco en la cárcel. ¿Sabías esto?

–Sí. Fue hace siete años, en Alicante. Murió junto a un hombre que escribió un libro de versos, Martín me lo prestó varias veces...

–¿Por qué no os habláis? –interrumpió ella–. Nunca me has dicho qué pasó.

–Nada –dijo él. Se dio la vuelta, cara al cielo–. Nada importante.

–Cuéntame, anda. –Se echó también, sobre un costado, y veía el perfil de él sobre un nebuloso fondo de gente abigarrada y de mar.

–Dejamos de hablarnos un día, sin advertir, de mutuo acuerdo... –dijo Andrés– pero sin ponernos de acuerdo, ¿entiendes? Fue como si nos hubiésemos adivinado el pensamiento. Siempre ha sido así con él. Era un domingo por la mañana, habíamos ido al parque Güell todo el grupo. Había un aburrimiento, empezó el merdé de siempre. Yo ya estaba más que harto de ellos por aquel entonces. Martín también, me consta; lo habíamos hablado muchas veces...

Miraba una nube traspasada por los rayos del sol, como un trozo de algodón engarzado en las púas de un tenedor.

–Reconozco que es distinto –dijo Tina–. Incluso inteligente y... ¿cómo diría? Es un cochino y un presumido, pero distinto a ellos, a todos esos del bar. ¿No crees?

–Había que cambiar de vida, no sé, puñeta, hacer algo... Aquel día estábamos de acuerdo en que había que escarmentarlos, imponernos a ellos de alguna manera, y luego mandarles a paseo para siempre...

–¡Qué fastidio, esa nube!

–... apartarnos de aquellos tontainas. Había que cambiar de vida, era eso. Recuerdo que estaban Segovia y Millá, y Tomás, y Juan Manuel. Todos. Yo me había echado en la hierba, esperaba una señal de Martín...

(Se tapaba la cara con la mano; por entre los dedos podía ver la rama de un pino bajo la tirantez del cielo de marzo. Alguien, por detrás, le quitó un cigarrillo que guardaba en el bolsillo superior de la americana. Era Martín. Los otros permanecían tumbados en el suelo y entonando canciones obscenas, y cuando pasaban chicas alzaban la voz y las cabezas engomadas, meticulosamente peinadas. Era un sendero que subía entre los pinos hasta la carretera, con escalones de piedra improvisados en los tramos más abruptos, y que ellos ocupaban para ver pasar las parejas de novios y las familias con los cestos de la comida. Era un sitio estratégico para asustar a las chicas. Cantaban a pleno pulmón *(¡caritat caritat senyora, caritat pel meu germà, que va néixer sense braços i no se la pot pelà!)* y las muchachas que iban solas no miraban, no se atrevían a levantar los ojos, y la humillación ponía una gravedad en sus caras, una tirantez avejentada y triste –las más feas dejaban ver, por un segundo, una expresión de abandono inhumano, como si de pronto para ellas no existiera ni Dios– y subían los tres escalones con los brazos pegados al cuerpo y la cabeza gacha. «Dame una cerilla, Andrés», dijo Martín. Andrés se incorporaba. Miró la ciudad aplastada junto a Montjuich, gris y rumorosa, algún barco dibujado sobre la sucia uniformidad del mar en un paisaje demasiado chato, sin profundidad, como un decorado ingenuo de fotógrafo ambulante; y abajo, a sus pies, la plazoleta en forma de herradura abollada, con los niños jugando. «Vámonos, Martín. No aguanto más a esos bestias. ¡Eh, adiós, yo me largo!», gritó Andrés a todos. Y vio que Martín, en vez de seguirle, se sentaba con una terca indiferencia (mirando fijamente a Andrés, haciéndole *ver* lo que hacía) en medio de la pandilla. «¿No vienes?», aún preguntó él. Ellos se habían callado y le miraban con curiosidad: «¿Qué le pasa a éste?» Martín, tumbándose de espaldas con el pitillo en la boca y sosteniendo bajo la nuca la americana doblada, murmuró: «Me quedo.» Él estuvo mirándole un buen rato, sin comprender. –Habría que intentar cambiar, le había dicho una vez en el bar, mientras ellos, recostados en el mostrador, llenaban una vez más el vacío de sus mentes burlándose de Nuria Casas y haciéndola enrojecer por causa de aquella particular forma de la botella con la que siempre venía a comprar vino–. Miró a Martín todavía un rato, esperando una reacción, pero él seguía tumbado cara al cielo y fumaba pensativamente. «Está bien, adiós», dijo y echó a andar camino abajo justo cuando tres de ellos, encorvados y riéndose como conejos, arrinconaban a una muchacha que llevaba alpargatas nuevas y un jersey sobre los hombros y pañuelo rojo en la cabeza, la acorralaron contra un matorral espinoso que ella se vio obligada a saltar corriendo despavoridamente con las faldas sobre las rodillas, chillando. Cayó de bruces al otro lado y entonces ellos se inmovilizaron bruscamente. La chica se levantó despacio, mordiéndose el labio de dolor o de rabia, y se alejó cuando ellos reanudaban ya su risa conejil, estúpida. En ese momento, al volverse, Andrés vio a su amigo observándole fijamente, quizá esperando una reacción: era una mirada entre irónica y resignada, y él se fue, y durante un buen trecho de camino fue escuchando nuevos insultos y cantos a espaldas suyas. La voz de Martín dominaba rabiosamente a las demás en los vocablos más indecentes...)

–...Yo hice lo que habíamos convenido, lo que tenía pensado hacer un día u otro. Él no, con él nunca se sabe, y quizá por eso... Lo cierto es que desde entonces hemos terminado. Y con los demás también, por supuesto. Al menos yo, porque ellos puede que no se hayan dado cuenta. Eso es un poco jodido, ¿no crees?, es como si solamente yo fuera consciente de una vergüenza que nos afecta a todos...

–No me hagas llorar –dijo ella con sarcasmo.

En realidad no le escuchaba desde hacía rato, desde que él había dejado de contar hechos concretos. Se frotaba el cuello y los hombros con crema.

–Te quedarás a dormir, ¿verdad? Anda, sé bueno.

–No sé. Tu prima también se queda. No habrá sitio.

–Dormirá conmigo y con mamá, las tres en mi cama. Y tú con Luis. Tenemos sábanas limpias y mantas por si hacen falta. Hay un jergón de paja. No sé si Martín se quedará... Como ahora no trabajas, podrías quedarte dos o tres días. Mamá se va mañana.

–Y yo también, en el primer tren. Hace dos noches que no duermo en casa. Y tú no sabes cómo es mi hermana.

–¡Oh! ¡Miedoso!

Al anochecer, luego de una fugaz media hora de optimismo general y de chistes –Martín paseándose a lo lejos, cerca del rompiente– sentados en la arena frente a la puerta de la caseta y bebiendo el aire fresco con los rostros ardorosos de sol, pasaron dentro y se sentaron apretadamente en torno a la pequeña mesa. Martín llegó enseguida. Después de una cena rápida e incómoda bajo la luz macilenta y espesa de la única bombilla, colgada demasiado alta en el techo y como dotada de una extraña y maliciosa facultad de absorber cualquier intento de optimismo –Tina con un tebeo frente al plato, leyendo, y su madre canturreando entre bocado y bocado, sonriendo a todos incongruentemente– Martín abandonó la mesa y fue hasta la puerta, donde recostó el hombro. Cuando hablaba de marcharse, empezó a llover. Era una lluvia fina y pulverizada, sin peso. La mujer cortó un pedazo de pan y fue a comérselo junto al tabique, detrás de Martín, las facciones dispersas en su rostro, desplazadas repentinamente, como si buscaran y no encontraran su lugar exacto: el rítmico movimiento de sus mandíbulas tenía más relación con el nerviosismo que con el hecho de masticar. La niña, ya dentro de la cama, hojeaba tebeos y reía con Tina, que estaba sentada a su lado y se apretaba las solapas del albornoz sobre el pecho. El rumor de la lluvia en el techo y el poco espacio de la caseta parecía tenerles a todos repentinamente desconcertados. Luis se acercó a Andrés y le dio con el codo:

–Ven, ayúdame. Pondremos la colchoneta. Aquí hay que espabilar, ¿sabes? –Entre los dos sacaron una colchoneta de la cama que estaba libre y la pusieron en el suelo, arrinconada tras el tabique–. Mamá, las sábanas. Mamá...

La mujer miraba la nuca de Martín. Sin dejar de comer, se despegó de la madera y se acercó más a él. Detrás de su espalda se paró y bajó la cabeza. Martín tenía la puerta entreabierta y escuchaba el rumor blando e inalterable del agua sobre la arena, los ojos fijos en la cortina de lluvia recibiendo la luz de dentro. Más allá, en el rompiente, las olas seguían lamiendo la arena monótonamente, con siseos desmayados. Ella adelantó el rostro junto al hombro de Martín:

–No lo pienses más, es una locura irse con este tiempo pudiendo hacerlo mañana. Hay un tren a las cinco y media si quieres irte temprano. Puedes dormir en esta colchoneta. Martín, hijo, ¿no me oyes?

Andrés se desnudaba detrás del tabique. Por entre las rendijas vio cómo Tina, desde la cama, miraba a Martín con el rabillo del ojo.

–¿Eres tú el que duerme conmigo, Andrés? –dijo Luis sonriendo divertido.

–No te preocupes. Tengo un sueño profundo y no molesto.

Martín se acercó a la colchoneta y empezó a desnudarse mirando el suelo, con gestos resignados. Luis le sonrió con aire estúpido, oprimiendo aquella saliva blanca en las comisuras de los labios, y él le miró un instante como sin verle, y luego parpadeó, suspirando, y le devolvió la sonrisa –por un momento pareció desarmado, sin afectación ni postura y con un aire insólitamente inédito en sus bellas y graves facciones, como cansadas ya de retorcerse y falsearse a sí mismas continuamente: así le vio Andrés durante unos segundos; y enseguida enfundó y guardó en su americana las gafas negras y se acostó envuelto en la manta.

La mujer cerró la puerta y luego sacó las sábanas de una vieja maleta de madera guardada debajo de la cama.

–Levántate, por favor –dijo a Martín–. Hay que poner eso...

–Lo haré yo –respondió él incorporándose.

–Vamos, vamos, eso es cosa de mujeres...

–¡Lo haré yo!

Ella sonrió penosamente, dejó caer con cerebral delicadeza las sábanas sobre la colchoneta y se quedó inmóvil, la mano en alto, desagraviándose en su mismo empeño de exquisitez.

–Calma –susurró–. Debemos procurar mantenernos en buena armonía, esto es como un refugio... Es muy importante estar en armonía. Cuando dejes de ser joven lo comprenderás.

–Vete.

Carmencita leyó un chiste en voz alta y Tina rió violentamente, dejándose caer de espaldas en el lecho.

–¿Acabarás de hacer tonterías? –dijo su madre.

–¡A mí no me líes!, ¿quieres, mamá? ¡Que yo no tengo la culpa de nada!

Poco después, todos estaban acostados. Luis apagó la luz desde su cama y se oyó en la oscuridad la voz de su madre:

–¿Estamos todos cómodos? ¡Esto sí que es un veraneo pasado por agua! ¿No os parece? Escuchad: ¿podéis oír la lluvia sobre nosotros?

La niña rió. Andrés y Tina estaban en las esquinas y alargaban el brazo intentando cogerse de la mano. Él podía oír la respiración pausada de Luis a su lado, que ya estaba de cara a la pared. Le parecía imposible que se hubiese dormido tan pronto. La oscuridad se enmarañaba concretando hilos y luces sobre sus ojos todavía inundados de sol, y cuando la mujer dejaba de hablar por un instante –¿qué diablos estaba contando acerca de un encantador refugio en los Pirineos y un pretendiente ruso, un joven teniente que consiguió engañar a su marido... pero sólo políticamente, esta última palabra lanzada entre una tristísima, histérica risotada?–, el silencio gemía oprimido por la presión incesante de la lluvia en el techo de uralita, un silencio frágil, hinchado, que hacía temer que iba a desgarrarse, a abrirse como una naranja oprimida entre las manos.

–Mamá, termina con tus historias de una vez y no tires de la sábana, tengo frío –dijo Tina.

–Embustera, no exageres. ¡Con lo bien que lo estamos pasando!

La ardiente mano de Andrés tropezó al fin con la de Tina, a mitad de camino entre cama y cama, y la apretó. Se pasó la otra mano por la cara rozando los resecos labios y las mejillas rojas de sol. Ahora el fragor de la lluvia sobre el techo de uralita le llegaba apretado y alto, en tensión, un desmedido acorde final arrojado al infinito, y adivinaba los ojos de Tina abiertos y maliciosos bajo las sombras –cerca, la boca susurrante de su madre deslizando en su oído aquella cantinela en tono de súplica, la voz ronca y quebrada igual que un interminable carraspeo, intentando mimosa persuadirla hasta que ella cortó: «¡Basta! No quiero oír hablar de eso, mamá, ¿entiendes? ¡Ya está bien!»

Mucho después tuvo la vaga idea de haber perdido la noción del tiempo, seguía lloviendo aunque reposadamente y en alguna parte se oía como el tictac de un reloj, pensó que sería una gotera sobre un bote en el suelo, y recordó oscuramente a Nuria Casas y los vestidos de colores de sus amigas fundiéndose en el túnel, las linternas eléctricas, las uñas rojas de sus pies calzados con sandalias de tiritas de plástico, y sus nalgas subidas, pequeñas y apretadas huyendo del disco de luz... aquella pelota enfundada en la red... Tal vez algún día conseguiría mezclarse de nuevo con ellos, participar en sus risas, recuperar la brutal y boba inocencia, acaso llegaría a jugar con aquella pelota o a llevar también un gorrito de colores... Pensó en Martín y en sus conversaciones juntos, en el bar, las tardes del domingo, en tantos proyectos ahora olvidados, un minucioso plan de perfección, progresivo, rebelde, un alerta constante, una juventud distinta... ¡qué ridículo todo, ahora! Ya ves, chaval, los dos aquí de nuevo, sin aliento, quemados, siempre como en un fuego o sobre un alambre haciendo equilibrios alrededor de Tina, huyendo de la misma ira y cruzándonos en el mismo hastío. Mala cosa odiar la tierra que uno pisa y el aire que uno respira...

Notaba que los párpados se resistían a subir, como si los tuviera cosidos, dulcemente cosidos... Y le pareció entonces, durmiéndose ya, que en la leve claridad que se hizo al abrirse la puerta, aquella mancha blanca desapareciendo detrás de sucesivas cortinas de lluvia era la camisa desabrochada y suelta de Martín, que se alejaba cabizbajo con un caminar lento e ingrávido sobre la arena, y que hubo un profundo suspiro sin voz cuando la mujer se levantaba del camastro y pasando por encima del cuerpo de Tina salía silenciosamente tras la mancha blanca –la piel del brazo, doblado frente al rostro, recibiendo a intervalos su propio aliento cálido, ya demasiado tarde para reaccionar puesto que sobre el fondo oscuro de la visión iba cayendo un velo, más oscuro aún, y el rumor del agua sobre el techo fue apagándose y se hizo lejano. Su mano había caído después de soltar la de Tina, inerte desde hacía rato.

(Ya no pudo verles cuando volvieron. No les vio entrar, encorvados bajo la lluvia y completamente empapados, ella delante de él y tirando pacientemente de su mano. Como borrosas figuras de un tapiz confundiéndose con el fondo de lluvia, sus siluetas quedaron un momento enmarcadas en el umbral. Luego, arrodillado sobre la colcha, exangüe, pegada al tórax como una piel de seda la camisa abierta y mojada, desfallecida la cabeza sobre el pecho y circundada aún en el penetrante olor a lluvia y a noche, Martín lloraba silenciosamente pero sin agitación alguna, inmóvil, dejándose secar los cabellos y el cuerpo con una toalla que ella movía en sus manos con hábil, maternal y suave eficiencia y sin dejar un solo momento de desgranar a flor de labios la misma cantinela monótona y mimosa que antes había dedicado a su hija: «Pero ¿por qué? ¿Por qué eres así, criatura? Todo pasará, cálmate, no llores, todo pasará y volverás a creer en la vida y en todas las cosas hermosas, volverás a tener fe y a tener amigos. Mira que yo sé mucho de esto, yo te ayudaré, hijo, te lo prometí, yo te ayudaré...»

Terminó de desnudarle, le tendió sobre la colchoneta y le cubrió con la sábana y la manta. Entonces se desprendió ella del camisón mojado, se frotó el cuerpo con la misma toalla y luego, siempre sin dejar de hablarle muy quedo, inclinada sobre su oído, se acurrucó a su lado doblando las rodillas frente al pecho...)

–¿Quién está ahí? –dijo Tina volviéndose hacia la otra cama, donde alguien fumaba boca arriba–. ¿Andrés?

–Sí.

–¡Qué susto me has dado! ¿Qué estás haciendo?

–Nada.

Tina encendió la lámpara, se quitó los zapatos haciéndolos saltar hábilmente con los pies y se acomodó poniendo la almohada entre la espalda y la pared.

–¿Se ha ido ya ese tipo? –dijo simulando indiferencia.

–Hace un rato. Tu madre anda por ahí.

–¡Qué pesado! Fíjate, me he echado sólo para esperar que se fuera y me he dormido.

Encendió la radio, abrió el cajón de la mesilla y empezó a revolver entre polveras, pintalabios, frascos vacíos de esmalte para las uñas y botes de crema y pañuelos sucios de carmín. Encontró un cigarrillo, se lo puso en la boca y siguió buscando.

–No hay más.

Andrés le dio el suyo para encender.

–Tíralo –dijo antes que ella se lo devolviera.

Tina torcía los labios, su boca era grosera con el cigarrillo allí. Los ojos le parpadeaban soñolientos y dulces, clavados reflexivamente en el perfil de Andrés, que permanecía tumbado en el lecho mirando a lo alto.

–¿Qué hacías? –dijo Tina.

–Nada. He estado pensando. Recordando cosas del verano pasado. Y tengo la impresión de que se me ha olvidado algo importante... No sé. Cuesta creerlo, pero por lo visto no pasó nada.

Tina se rió burlonamente.

–¿Y eso te extraña? ¿No eres tú quien dice siempre que en este país no pasa nada, que no puede pasar nada?

Andrés cruzó las manos bajo la nuca. Ella sonreía con malicia, mirándole de reojo y sosteniendo el cigarrillo con dos dedos sobre el pecho. El humo la hizo toser y parpadear cuando dijo:

–Es tu rollo favorito. Como los loros. De risa, vaya.

Él levantó la mano pidiendo silencio y se incorporó a medias para pegar el oído a la radio. Tina añadió:

–¿Me escuchas o qué?

–Espera... –Seguía con la mano en alto.

–¿Espera qué? ¿Oíste lo que te dije o no?

–Bueno. ¿Qué fue? –Se dejó caer de nuevo, boca arriba.

–Pues eso del rollo.

–¿Un rollo, guapa? –Andrés seguía el hilo de sus pensamientos–. ¿Qué quieres decir? No entiendo una palabra.

Tina se sulfuró:

–¿Quieres hacer el favor de decirme por qué a veces eres tan bobo, hijo? Estás a mil kilómetros, no sabes ni de qué te estoy hablando... Era por hablar de algo, desde luego, pero es que parece siempre como si tú la escucharas a una muy atentamente y luego resulta que lo que una ha dicho y nada es lo mismo. Estás en la luna. ¡Siempre haces que me sienta tonta...!

–Tina, ¿por qué no podemos hablar, siquiera una vez, de otras cosas...?

–Qué, a ver.

–No sé... Háblame de lo que odias, por ejemplo.

–¡Qué ocurrencia! –Tina se inclinó hacia él, riendo, y le acarició el pelo–: ¿Y por qué no de lo que amo, chatito?

–Es más importante lo otro.

–¿Ya empiezas? –Enfurruñada de nuevo, alargó el brazo y manipuló en la radio cambiando de emisora–. ¿Sabes por qué me gustan las canciones francesas? Pues porque no entiendo casi nada. Creo que si las entendiera descubriría que son cursis, como las nuestras. Por eso a veces hasta me gusta el cante jondo, porque tampoco entiendo la letra... Del mismo modo prefiero no comprender tus rollos más que a medias.

–¡Y dale con el rollo!

–Dichosa política...

–Cállate ya. Quién habla de política.

–... No le veo la importancia. ¡Bonita pareja de amargados, Martín y tú!

–¿Quién está aquí amargado? Con él se podía conversar, al menos.

Andrés se sentó al borde del lecho. Puso los codos sobre las rodillas y encajó el mentón entre las manos. El suelo olía a colillas mal apagadas. La radio emitía unas notas limpias de piano, que enseguida dieron paso a una pastosa voz de mujer. Tina se inclinó de repente hacia la radio y apoyó en ella el codo. La voz, espesa y descuidada, crecía ahora desafiante sobre un fondo claveteado de notas profundas de piano que repetían briosamente el tema, como un eco. Tina le dio más volumen al receptor.

–Escucha eso.

Andrés, inclinándose despacio, dejó una mano en la nuca de ella y la acariciaba.

–Prefiero aquella otra...

–¿Cuál?

–Aquella que habla de los inocentes que se fabrican un sol para ellos... ¿Cómo es?

–Ah, no me gusta.

–Es igual. ¿Cómo es?

–No me acuerdo... Déjame escuchar.

–¿No te acuerdas? Pero si eres mi caja de música.

Ahora Andrés sonreía, más erguido, había una renovada disposición en su mirada, en sus gestos, en sus manos acariciándola. Tina se dio cuenta, y mirándole con ternura ladeó la cabeza con sumisión, entrecerrando los ojos. Cogió la mano de él y la besaba.

–Escucha. Qué no daría yo por haber nacido con una voz así. ¡Tú no sabes lo que daría!

Él escuchó un rato y luego volvió a echarse en la cama. Todo seguía igual, y su mano, insensibilizada, como desprendida del cuerpo, se dejaba rozar por los labios calientes y secos de ella, que se había levantado y ya estaba sentada a su lado y se inclinaba sobre sus ojos con otra mirada no obstante saber él que todo seguía igual, que no había posibilidad de otro diálogo, siquiera de distintos gestos, expresiones o tactos, y la veía cayendo sobre sus ojos lentamente, envuelta su cabecita de cabellos cortos y ralos en aquel tufo tierno y lechoso semejante a efluvio de recién nacido.

–Andrés, cariño, ¿cuándo me llevarás a pasear, o a bailar? ¿Qué clase de novio tengo? ¿Cuándo me sacarás de aquí?

Él sonrió:

–No puede ser. Eres mi caja de música.

–¿Cuándo me secuestrarás? –Tina frotó su nariz con la suya–. ¿Qué clase de novio tengo?

Permanecieron así, cogidos por los hombros, ella sobre él, mirándose al vacío de los ojos.

–Mi pequeña caja de música –repetía él entre los besos.

III

Los días ya no tenían aquella luz de antes, del último verano, de todos los veranos pasados –cuyo fulgor era ciertamente lo más estable entre una masa inerte, inservible y odiosa de recuerdos grabados en las paredes y todavía no olvidados del todo: burdos retratos estampillados, emblemas y símbolos, nombres y frases enteras entre signos de admiración cuya tinta aún fresca él había olido de niño cuando orinaba en la amplia y desierta pared de una fábrica al final de la calle, ya casi en el descampado– y ahora, sin embargo, el mismo frío antiguo y conocido estaba tristemente en las cosas y en el tacto con ellas cuando él, Andrés Ferrán, rodeó el áspero tronco helado de la acacia frente a la casa de Tina Climent. Como en un sueño donde se mezclaran los tiempos, lento y cabizbajo le dio tres vueltas al árbol y luego saludó distraídamente a un muchacho del barrio que pasaba presuroso. Miró las ramas sin hojas semejantes a una pasmada explosión de aristas arañando el azul crudo del cielo, y los balcones cerrados y sin voces dentro, y pensó en la ciudad con una profunda inquietud interior, anhelante y ciega, como si él estuviera lejos de allí, como si la ciudad estuviera hecha de árboles desnudos y balcones cerrados, y ni siquiera él los estuviera mirando.

Entró. La puerta del interior estaba, como siempre, entornada. Encontró a Luis en el pasillo buscando su gabardina entre los abrigos colgados en la percha.

–Toma –dijo Andrés quitándose la que llevaba puesta–. No deberías dejármela, yo no me acuerdo nunca de devolver nada...

–Ah, ¿la tenías tú? No, hombre, no me importa. Ya sabes, casi nunca la uso. Pero hoy voy a salir. –Se iba hacia la puerta hablando para sí entre dientes–. Lo he decidido... ¿Llueve?

Andrés estaba frente al cuarto de Tina. Se volvió.

–¿Cómo...? ¿Qué dices?

–Que si llueve. Me interesa mucho salir hoy, ¿sabes?

–Ya. Pues no, no llueve.

–Bueno, me voy –concluyó Luis.

Andrés vio luz en la habitación. Estuvo un instante escuchando una voz allí dentro y luego entró. La mujer estaba en el borde de la cama, desnuda de cintura para arriba, y tras ella, de rodillas sobre la revuelta colcha, Ernesto le rascaba pacientemente la espalda con las uñas. Al ver a Andrés, ella se tapó con un jersey apretándolo al pecho con la mano. Su largo cuello ajado surgía de entre los huesos de la clavícula como una raíz seca y calcinada. Seguía hablando:

–... Nadie puede negarme la razón. –Levantó los ojos a Andrés, que había hecho un leve saludo con la mano, y su voz adquirió de repente una resonancia más briosa–. Ellos pensarán lo que quieran de mí, pero yo seguiré teniendo razón. No pueden comprender. –Volvió el rostro hacia Ernesto, que exhibía una cómica expresión de fastidio–. No queréis comprender lo que para mí han sido estos años sin Alfonso. Vuestro padre también era así, a todo le quitaba importancia. Todo le era fácil. Quizá por eso ha conseguido situarse en el extranjero. Pero de volver, nada. Mira, otros lo han hecho y les ha salido bien... ¡Oh, claro, vosotros no le echáis de menos! –Se dirigía a Andrés con una mirada vehemente y extraviada, como si pretendiera incluirle en el «vosotros» con que se refería a sus hijos, o como si deseara hacerse entender sólo por él–. Pero todo el mundo sabe que el padre es distinto, que no se encuentra a faltar tanto como el marido. ¿Tengo o no razón, Andrés? Y luego aún se me recrimina, se me critica, se me chilla a todas horas. Todo me lo echan en cara. Todo son protestas y me llaman despilfarradora cuando a final de mes, por cosas que ellos nunca comprenderán, ya no me queda nada del giro de Alfonso. ¡Y precisamente todo el dinero se me va en ellos, ¿entiendes?, que no quieren que les niegue ningún capricho! ¡Cómo se ponen, madre mía! ¡Esa locuela de Tina no puede vivir sin perfumes, no señor, ni sin esos trapitos de moda! ¡Y me piden un tocadiscos! ¡Y las revistas, lo que se gasta, Dios mío, en revistas! ¿No tengo razón, Andrés? ¡A ver, cómo puede ser esto...!

–Ya está bien, majestad –cortó Ernesto con ironía–. ¡Vaya charrameca!

–¡Otro! ¿No te decía? Pues hay que añadir las matrículas y los libros de éste, y la academia, ¡y sólo en prepararse para el ingreso en la Escuela de Ingenieros, que luego vendrá todo lo demás!

Ernesto adelantó el rostro por encima del hombro desnudo de su madre, un rostro redondo, grasoso y salpicado de granitos de pus que sonreía con los ojos entornados, como dos bellotas reventadas, mofándose de ella:

–¿Qué diablillos decís, majestad? Sed más comedida.

–Y él, vuestro admirado padre, seguramente bien repantigado y tranquilo entre sus queridas. Porque seguro que las tiene, le conozco bien. ¡Ah, pero que nadie hable mal de su padre! Ellos no lo consienten, sobre todo Tina. ¡Su madre que reviente, porque una mujer no tendría disculpa, claro...!

–Sed más comedida, os digo –repitió Ernesto guiñando el ojo a Andrés–. Ya me estoy cansando...

–¡No me interrumpas!

Ernesto estiró el cuello junto a su cabeza:

–Me refiero a lo de rascaros la espalda, majestad. Hace media hora que estoy trabajando como una vulgar esclava de Cleopatra. Así que... –Saltó de la cama y salió del cuarto–. Voy a estudiar un rato, si me dejáis tranquilo con vuestras frivolidades.

–¿Tú crees que hará lo que dice? ¡Qué va! –exclamó ella dirigiéndose a Andrés.

Éste sonrió atentamente. Ella se subió los tirantes del viso y se puso un grueso jersey de lana. Oyeron el piano en el comedor, aquellas diez o doce primeras notas, solas y melancólicas pese a la evidente torpeza de los dedos, de la Pavana a la Infanta Difunta, y luego unos gritos de Tina. El piano enmudeció.

–¿Sabes, Andrés –añadió ella en un tono que pretendía ser más íntimo, mientras él se sentaba en la otra cama–, que acaso muy pronto tendremos que decirnos adiós? Pues sí, lo más probable es que nos marchemos todos de aquí. Tengo que informarme sobre lo de Ernesto, no sé si puede salir de España sin cumplir la milicia. Luis no me preocupa, está declarado inútil total. Verás, recibí una carta de Alfonso y me dice que a lo mejor... Bueno, él siempre ha sido un farsante, un embustero de lo más sobrecogedor, con una capacidad de disimulo extraordinaria, pero presiento que esta vez no me engaña. No veo motivo para que lo haga, no tiene ninguna necesidad de inventarse una mentira que no le sirve para nada, ¿comprendes? Él hacía siempre las cosas para sacar algún provecho... De modo que a mediados de este año, lo más tardar, creo que estaremos todos en el Brasil...

Calló de pronto, extática, como sorprendida y algo asustada de su propia deducción demasiado fácil, y permaneció completamente inmóvil y decepcionada sobre el lecho, recogidas las piernas bajo las nalgas y cerrados y escondidos los puños en las axilas.

Al cabo de un rato añadió:

–Hace frío, ¿no?

–Un poco –concedió él intentando oír la voz de Tina en el comedor y rumiando el modo de ir hacia ella sin parecer poco natural.

–He sido una tonta –decía la mujer–. ¡Oh, qué tonta he sido, Dios mío! ¡Y cómo necesito que lleguen a comprender algún día el valor de mis sacrificios! Porque yo todavía soy joven... («Vosotros no podéis entender eso, la juventud es algo que se lleva dentro, hijo, un fuego, un nervio tenso, un sabor que de vez en cuando se sube a la boca, qué sé yo...») o al menos me siento joven, que para el caso es lo mismo. He conocido a muchos hombres, para qué contarte, se me han planteado infinidad de problemas durante estos años, Andrés. Y estando sola... Creo que he sido una tonta. Sí, una perfecta tonta por estar siempre pensando en mis hijos y en el regreso de él. Todavía tengo atractivo, aún tengo ángel. Voy siempre desarreglada, ¿sabes...? («¿Para qué ponerme sostenes y medias bonitas, o maquillarme, si nunca salgo de casa? ¿Para qué, para quién? Pero aún puedo dar todo eso por lo cual se siente tan orgullosa cualquier mocosa de veinte años») Aún puedo –terminó en voz alta, los ojos fijos en el vacío.

–¿Cómo dice?

–Nada.

Tina se paró en mitad del pasillo, cantando entre dientes, y se enderezó la costura de la media. Inclinada hacia atrás, en posición incómoda, seguía cantando pero con cierto esfuerzo. Luego juntó las piernas y se levantó la falda para mirarlas. Entró seguidamente en la habitación y se tumbó en la cama donde se sentaba Andrés. Él le daba la espalda, y Tina empezó disimuladamente, conteniendo la risa, a sacarle los faldones de la camisa por debajo de la americana.

–¿Has terminado en la cocina? –dijo la mujer.

Andrés, también con disimulo, intentaba poner en su sitio la camisa, pero Tina volvía a tirar del faldón, riendo. Su madre no veía nada.

–No –dijo Tina–, no he podido. Lo haré luego. Mientras Ernesto esté allí no puedo, me pone nerviosa con el piano. Ahora está ante el espejo reventándose los granos de la cara, que parece un mapamundi. Pero no tardarás en oírle... ¡Oh, Andrés, tienes un boquete tremendo en la camisa! ¿Lo has visto?

–No.

–¿Me dejas coserlo? Es un momento. Anda, quítate la camisa. –Se levantó–. Pero vámonos a la galería, hay mejor luz que aquí.

La mujer ni les miró cuando salieron. Su mirada, bajo los párpados rugosos como bolsitas de goma podrida, colgaba desmayadamente de sus ojos. Quedó encogida en la cama y pensando en el frío de una manera fugaz, infantil, como si el frío fuera lo más natural del mundo. Después ocupó su pensamiento por completo –la tenía fastidiada, el frío, bien fastidiada. «Debo parecer una vieja», y era extraño, porque ella aún no se sentía vieja. Levantó la cabeza al aire, con los ojos redondos y húmedos por la inmovilidad, y pudo escuchar aún la voz de Andrés perdiéndose en el pasillo: «No quiero quitármela, Tina, hace frío, no llevo camiseta...» Luego creyó oír un ruido y se irguió bruscamente. No, era en el comedor. Pero no podía tardar. ¿Qué le diría esta vez? Sabía muy bien cuál sería la expresión de él, cuáles sus palabras y amenazas, pero ella no podía hacer imposibles. Si quería irse y no volver más, que lo hiciera. Abur. A fin de cuentas el chico no era sino una mezcla extraña de vulgaridad y distinción, de brutalidad y buenas maneras– la pureza de algunos rasgos, de su perfil soberbio y de sus ojos negros dulcemente desalentados cuando podía sorprendérsele solo, sin que se creyera observado, hacían pensar en un arcano origen noble, en la virginidad perdida de un linaje errante y orgulloso, pero el tono insolente en el vestir, la grosería del lenguaje y aquella sombra de bigotillo de adolescente junto con ciertas posturas de indudable origen cinematográfico, aquella manía de hablarle a uno ofreciéndole el perfil, siempre como si hubiese un tercero escuchando, habían estropeado casi por completo su capacidad de sinceridad.

No, no había que darle demasiada importancia. Si no quería volver, tanto mejor. Ella no podía hacer milagros, y se lo diría bien claro esta vez, aunque tuviera que resistir la presión de su mano en el brazo durante largos minutos, como el otro día, cuando la piel había vuelto a ponérsele tensa. Otra vez un ruido. Pegó un salto de la cama y se lanzó a la puerta. Cuando él hubo entrado cerró lentamente, sin hacer ruido, y el abanico de luz que se abría desde fuera se fue replegando entre sus pies. Terminó por cerrar la puerta de espaldas, apoyándose en ella.

–¿Vas a pasar dentro? –susurró.

–No es preciso –dijo Martín–. Ya veo que he venido a perder el tiempo.

Estaba frente a ella con una mano hundida en el bolsillo del pantalón y la otra rígida y pegada al costado, todo él un poco inclinado hacia adelante, como si fuera a marcharse o a caer. Ella le miraba con el rostro levantado y la boca abierta, encogiéndose como si temiera un golpe de lo alto. Muy despacio fue colocando las manos a la espalda, aprisionándolas entre la puerta y las nalgas.

–¿Hasta cuándo durará esto, Martín?

–Tú tienes la palabra.

–Martín...

Sus labios habían adquirido la tirantez violada de una vejiga de medusa reseca por el sol. El brillo de sus pupilas temblaba pálidamente en la oscuridad.

–Martín...

–¡Cállate! –siseó él apretando los dientes–. Lo presentía, mira. Es la última vez que vengo. No me verás más. ¿Crees que estás tomándome el pelo, o qué crees? ¿O acaso te has figurado que tratas con un chiquillo que sueña con la primera guarrada venga de quien venga? ¡Te dije que la quería otra vez a ella, a ella...! La necesito. La quiero.

–No hables así. ¡No puedes hablar así, criatura, no tienes razón! He hecho cuanto he podido. Pero Tina te odia, creo que en este momento eres lo que más odia en el mundo. –Se humedeció los labios rápidamente con la lengua y siguió–: Es una chiquillada todo eso, créeme. Y ella una niña estúpida que ignora la vida... –Su voz se hizo suave, casi puro aliento–. Tengo los nervios deshechos. Tú me pediste eso primero como un favor, y ahora exiges, y yo no puedo siquiera razonar contigo. No me dejas. ¿Por qué no quieres entender? Desde aquella vez ya no soy la misma, no duermo por las noches, Martín...

Se sostenía sobre las puntas de los pies y apretaba fuertemente las palmas de las manos contra la puerta, en su espalda. En los ojos de Martín no había ni un parpadeo cuando, húmedo y ligeramente salido el labio inferior, levantó la mano y atenazó el brazo de ella, quien, con un brusco movimiento desplazando el cuerpo hacia un lado, logró que la mano fuese a parar, sin que él mismo tuviera tiempo de comprender, sobre su pecho.

–¿Estás loca? Cumpliré mi palabra, pero antes... ¡Suelta, no seas niña! –La miró un instante con insolencia, sonriéndose levemente–. Antes no eras así...

Ella comprendió que se le estaba burlando. Antes. ¿Cómo era ella antes, y sobre todo, antes de conocerle a él? Dejó caer los párpados lentamente, sobrecargados de piel y con aquel extraño aire cómico de gorritos ladeados, y luego la cabeza sobre el pecho –donde notaba aún la mano de él y no sabía si la mantenía allí por compasión o porque verdaderamente le placía–, y sintió de pronto una infinita pena de sí misma y apartó aquella mano amorfa y pesada con ademán brusco, repulsivo al fin. Los finos dedos de él retrocedieron sin resistencia de la masa que se había hundido a su presión y que ahora recuperaba una inmovilidad agotada. Impaciente, Martín chasqueó la lengua y se ladeó. Ella hundió todavía más la cabeza, se miraba a sí misma pero sin atreverse aún a llegar a lo hondo. Se miraba sin verse: no veía la definitiva pesadumbre y melancolía de su piel desmayada, derrumbada sobre los huesos como un viejo toldo inservible que ocultara angulosos desechos, no quería ver sus manos arrugadas y llenas de incertidumbre, sus pechos sin forma, rendidos bajo la tela del jersey. Nunca lo lograría, seguía viéndose igual que la dejó Alfonso Climent aquella tarde de agosto en el aeropuerto del Prat: con su leve y corto vestido floreado, su cabeza rizada y sintiendo el viento y el zumbido de los motores golpear en sus sienes y en su corazón lleno todavía de esperanza. Aún le parecía oír las palabras de él: «...Y los niños también vendrán contigo, naturalmente. Estudiarán allí y entrarán en la misma casa a trabajar. Ya sabes, estas empresas americanas son como un seguro de vida. Pero todo eso cuando yo esté colocado. Y cuídate, no te me eches a perder... Cuídate...»

Martín se llevó la mano a la frente con gesto de fastidio. Su voz salió como rozando algo arenoso y falso, los ojos cerrados, inclinado sobre ella:

–De acuerdo, es una niña. De acuerdo, mujer, nadie te discute eso. Pero tú eres su madre. Háblale, oblígala a salir alguna noche, os llevaré adonde ella quiera... Nunca ha ido a sitios elegantes y me consta que lo desea. Ya sabes que yo tengo dinero para llevarla...

–¿Tú?

–¡Yo, sí! ¿Me entiendes? ¡La amenazas, la convences, la obligas de un modo u otro! Pero haz algo. ¡Tenemos que hacer algo!

Se había excitado un poco, con la mano se refregaba ahora el rostro oscuro y aniñado y había unas venas hinchadas en su cuello. Pero permanecía inmóvil, estirado, con los cabellos azulados perfectamente peinados hacia atrás y el traje negro bien cruzado y rígido, sin una arruga.

Al cabo de un rato, dejando resbalar sus ojos sobre la cabeza inclinada de ella, había ya vuelto a adquirir la fría, impenetrable desfachatez de su postura preferida:

–¿De acuerdo, mamá?

–No quiero que salga de casa –decía ella débilmente–, no quiero...

En el comedor, Tina se movía perezosamente, sosteniendo en la penumbra del rincón del piano una mancha blanca en las manos. Se quitó el dedal y lo arrojó al cestillo. La aguja la clavó en la madera del piano. Luego clavó más agujas, por divertirse.

–Mira lo que hago.

Dejó vagar la mirada por la espalda desnuda de Andrés, que a través de los cristales rojos y azules de la galería miraba afuera, a la alfombra de grava del jardín y a las ruinosas paredes cubiertas de hiedra seca. Tina conectó la radio después que se la hubo quitado a Ernesto en su habitación y empezaba a oírse una música flexible de trompeta ahogada que iba subiendo gradualmente de tono. Ladeó la cabeza pegando la oreja al receptor para reconocer la melodía.

–Andrés...

Caminó hasta la mesa, apoyó la cadera en el canto y se mordía los labios. Se cruzó de brazos y clavó de nuevo los ojos en la espalda de Andrés.

–Andrés, sordísimo, ahí tienes la camisa. Póntela, no vayas a enfriarte.

–¿Y por qué –dijo él volviéndose– no salís a la calle a comprar petróleo para la estufa, de una dichosa vez? Tu madre tiene razón, sois unos golfos.

–La camisa.

Andrés obedeció. Al inclinarse para coger la camisa, colgada en el respaldo de la diminuta silla policromada que fue de Tina en su niñez, su hombro desnudo quedó a unos centímetros del perfil enfurruñado y gracioso de ella, que repentinamente aplastó en la oscura piel de la espalda su frente combada y su naricilla airosa.

–Te quiero. Nunca me dices nada, nunca me besas... ¿Qué podríamos hacer ahora? –ronroneó Tina.

La radio soltaba una música lejana, como empujada por un viento discontinuo y débil.

–¿Oyes? –dijo ella–. ¿Conoces ese disco?

–Sí.

Andrés se puso la camisa, introdujo los faldones en el pantalón y se echó la americana sobre los hombros. Volvió a los cristales de la galería. Ella puso un gesto de desdén en su boca.

–Creo que tienes más miedo del que yo pensaba –dijo–. Antes no hacías más que buscar ocasiones para bailar, aprovechabas cualquier momento por inoportuno que fuese... ¿Qué te pasa? ¿Estás seguro de lo que tú quieres, hijo?

–Hacer el amor contigo, eso quiero, ya está.

–¡Mira por dónde! ¡Qué simpática manera...!

Andrés no se volvió. Su amplia americana formaba unos largos y tristes pliegues en la espalda. Sintió una presión en las sienes y cerró los ojos. Frunció el ceño y se volvió a mirarla por encima del hombro:

–No sé por qué diablos tiene uno que ser forzosamente simpático el martes por el simple hecho de haberlo sido el lunes.

–¡Mira éste! ¿Pero qué dices?

–No me hagas hablar porque sí. Odio hablar porque sí. Sabes que no tendría inconveniente en bailar contigo o en jugar a enamorados si me encontrara con el ánimo dispuesto...

–¿Jugar a...? Oye, ¿qué le pasa ahora a tu dichoso ánimo?

–Eres absorbente, Tina. Hay algo curioso en todos tus deseos. Otras veces hemos tenido mejores ocasiones que ésta, cuando no había nadie en casa, y apenas si has permitido que me acercara a ti. –Volvió la cara al jardín y acomodó la americana sobre sus hombros. Pero luego se giró de nuevo a mirarla y siguió así mucho rato, viéndola recostada en el canto de la mesa, aplastándose ligeramente los senos con los brazos cruzados y mirando al frente sin expresión alguna–. ¿No se te ocurre nada? ¿No hay nada además de bailar y besarnos?

Ella bajó los párpados y se posó un velo de decepción en sus facciones. Dijo:

–Entonces... ¿qué hacemos?

Andrés se le acercó sonriendo:

–Escúchame, calamidad. ¿Y tu madre? Me has sacado del cuarto con el pretexto de coserme la camisa, pero tu madre no es ninguna cría y te conoce mejor que nadie...

–¡Eres antipático hasta llegar al colmo! –exclamó ella. Y seguidamente soltó una risa agresiva–. ¿Y qué quieres decir?

–Te ha visto romperme la camisa con las uñas. Estoy seguro.

–No me ha visto. Pero aunque me hubiese visto, no cambia nada, y tú eres tonto de remate. Porque mamá no deseaba otra cosa. ¿No comprendes que le espera a él, que le está esperando desde que se levantó por la mañana? ¡Ay, hijo, cuándo aprenderás a moverte por esta casa! –Le miró un rato y añadió–: Anda, hombre, ¿por qué no dices lo que estás pensando de mamá? Dilo, anda. –Se echó a reír–. Dilo sin miedo, señorito escrúpulos.

–No me importa lo que hagan. Hay cosas que tú nunca comprenderás. Tu madre...

–¡Ni ganas! Tengo ya bastante trabajo en procurar entenderte a ti... Que eres más espeso, hijo –terminó haciendo un mohín.

Andrés, con un gesto inesperadamente rápido, la agarró por la muñeca.

–Ven aquí, fiera...

–Quita. –Ella se soltó y fue a la radio a cambiar la emisora–. Ven tú si quieres. Y si no quieres, pues vete a la porra.

–A ver si te oyen –advirtió Andrés.

Tina se había arrodillado sobre una silla junto a la radio y dejó que las zapatillas resbalaran de sus pies hasta el suelo. Puso una música suave y la escuchaba pegando la oreja al aparato, intentando aislarla de pitidos parásitos, y contoneándose suavemente. Andrés miraba obsesionado la costura de las medias, abriendo la pierna en dos. Fue acercándose mientras ella le miraba de reojo, la cabeza inclinada frente a la tenue luz de la vieja radio.

Le gustaba sentirse pequeña, apretada, vacía, sin proyectos ni deseos en los brazos de él, y en casa bailaba siempre descalza.

–Hijo, ¿eres tú...?

La vieja de amarillentos cabellos partidos sobre la frente estaba sentada en el musical sillón de mimbres, frente a la ventana, con el rostro y los vidriosos ojillos rojos clavados en el edificio de enfrente. Totalmente ajena a la labor de lana entre sus dedos –un pedazo informe de ganchillo, inaprovechable, sin principio ni fin–, la última luz de la tarde iba muriendo despacio sobre sus pupilas ávidas y levantadas a la ventana donde erraban nubes como pedacitos de algodón empapado de rosa en un mustio cielo gris.

El piso era un tercero, de habitaciones pequeñas y bien iluminadas. En el comedor había una mesa cubierta con un hule. En el centro, un jarrón con cuatro enormes tulipanes de plástico. El saliente de la mesa rozaba el respaldo del sillón de la vieja. En la mesa habían dispuesto dos cubiertos.

–¿Eres tú, hijo? –volvió a decir, sin obtener respuesta.

Levantó un poco más la cabeza. La configuración desolada, de parte posterior, en el edificio frontal con todas las ventanas rezumando humedad atraía su mirada durante horas en una postura que parecía ya fijada para siempre, pero sin ver nada, nunca llegaba la mirada más allá de los cristales de su propia casa; los mismos cristales la engañaban, se le aparecían blancos a pleno sol y esmerilados, opacos, al oscurecer. Detrás de ellos, desde hacía tiempo, no había nada. Y sin embargo, como si la ceguera no hubiese sido más que un cambio de intensidad en la luz de un proyector que seguía bañando los mismos objetos pero en un mundo más lejano y hostil, ella podía decir sin temor a equivocarse el número de ventanas del edificio de enfrente, el de los cristales rotos y el de las persianas que siempre permanecían echadas, en verano como en invierno, así como el instante más o menos preciso en que el inquilino del ático, aquel manco parsimonioso, recostaba la ancha espalda contra el cristal mientras hablaba con una mujer.

Oyó crujir la madera de un mueble y al gato arañando el hule de la mesa, a su espalda. El gato bostezó rumoroso, arqueando el lomo, y ella sonrió con su boca sin forma. La luz del crepúsculo le daba de lleno en el rostro y teñía de rosa la ceniza de sus cabellos. Más tarde pudo oír la llave en la cerradura y los pasos en el corredor, diciéndose que ahora sí era él.

–¿Martín?

–Sí, madre.

Se inclinó junto a su cabeza y la besó. Ella había dejado las agujas quietas en su regazo.

–¿Por qué tardas tanto, hijo?

–Es temprano. ¿Y Antonia, ya se ha ido?

–Me pidió de ir al cine. No pude negarme, trabaja tanto, pobre chica. Si yo pudiera ayudarla... Antes aún podía pelar patatas, o coser alguna cosa, pero ahora todo se me hace borroso. Como si no parara de llover. Sólo puedo entretenerme con las agujas y un poco de lana, sin saber ni lo que hago.

–Lo sé, madre.

Martín se acercó a la ventana y apoyó el hombro chafando los pliegues del visillo recogido. Abajo, el patio del colegio de párvulos estaba desierto y silencioso.

–Martín, ¿estás en la ventana?

–Aquí estoy.

–¿No quieres comer nada?

–No tengo gana.

Permaneció observando atentamente una ventana del edificio de enfrente: veía un comedor, con la lámpara de cristal suspendida sobre la mesa dispuesta para la cena, y una mujer completamente vestida de morado, alta y torpona, pausada, que daba vueltas alrededor de la mesa.

–Ahí está, madre, poniendo la mesa. A su marido el brigada le gusta cenar temprano y puntual. Es un jodido maniático. Pero a él, no le veo, aún no habrá llegado –Martín se pasó la lengua por los labios y entonces levantó los ojos a la ventana del ático–. En cambio el tipo ese sí está, paseándose con la mano metida en el bolsillo de su americana de pana verde. Como siempre. Tiene el brazo inútil. ¿Me oyes, madre?

–Sí, Martín, te oigo.

Había vuelto a coger las agujas y las movía con rapidez bajo la barbilla estatuaria. Al hombre, allá en su ático, no podía verle ya, pero recordaba sus hombros altos, sus cabellos pajizos y su brazo pegado siempre al cuerpo como el brazo rígido de un muñeco. Martín, allí mismo, era también una sombra sin contornos, seguía teniendo cabeza de niño, con su abundante cabello liso y bien mojado y peinado. Pero cuando hablaba...

–No sé cómo esa gente puede vivir así, no sé... –decía él–. Hace dos semanas que no ha subido. ¿Recuerdas cuándo fue la última vez, madre? Su marido el brigada estaba en cama. Ya te conté que le había visto en pijama cerrando la ventana, mientras ella estaba arriba, con el escultor. Por un momento les vi a los tres al mismo tiempo; Balart en su habitación, hablando con esa mujer, y el brigada debajo de ellos cerrando la ventana, sin sospechar nada, claro. Extraordinario. ¿Quieres saber qué hace el escultor ahora, madre? Está paseando por la habitación de un lado a otro, sin parar, aún no se ha quitado la bufanda y lleva esa mierda de pantalón caído. Seguramente la está esperando.

Ella suspiró.

–Pronto tendrás que salir de viaje otra vez, ¿no? –Él dirigió la mirada hacia la ventana inferior–. Martín... ¿Todavía no sabes cuándo te irás de viaje? Deberías decírmelo con tiempo, luego te quejas si no tienes la ropa preparada.

–Hablaré con Antonia. Tú no te preocupes de nada.

–Oye, Martín, dile una cosa a tu madre: ¿qué hacéis tantas horas en esa taberna, tú y tus amigos? ¿No tenéis amigas? ¿O se reúnen también allí con vosotros?

–Las chicas no vienen a esos bares, madre. Nosotros no tenemos amigas, organizamos nuestras tertulias solos. Ellas por su lado y nosotros por el nuestro... ¡Puñetera ciudad! Si supieras.

–Tonterías, hijo. Ya verás, encontrarás un día una buena chica y...

–Buenas chicas las hay a patadas. –Sonrió de pronto, bajando la cabeza junto al cristal de la ventana; cuando luego la alzó, sus ojos se clavaron de nuevo en la mujer que rondaba la mesa del comedor–. Mira, ahora se sienta en la mesa y parece esperar... Lleva ese vestido morado que se ponen las mujeres cuando han hecho una promesa... Ahora se ha levantado, se va. Se pone el abrigo. Pero vuelve a sentarse.

Su madre cerraba los ojos de vez en cuando, muy suavemente. El gato saltó de la mesa y se enroscó junto a sus pies. Ella notó en el tobillo, a través de la gruesa media de lana, el calor blando del cuerpo del animal y el ronroneo profundo de su garganta. Dejó la labor y apoyó las manos en los brazos del sillón.

–Acompáñame a la mesa, hijo. Ya está bien por hoy. Si supieras cuánto me desagrada estar sin hacer nada... Ah, han traído un traje del tinte, está en tu cama.

Martín levantó a su madre.

–¡Aupa, madre! Eso es.

La llevó hasta la mesa cogiéndola por las axilas, suavemente y sin dejar que rozara el suelo con los pies. Ella siempre se reía, pataleaba en el aire jubilosamente, como una niña. Martín hundía la nariz y la sonrisa en su olor a vejez, a cabellos agriados, a carne agostada. La dejó en la silla y la besó en la frente, demorándose.

–Esta noche –dijo ella– tendrás que poner tú mismo lo que falta en la mesa y traerlo de la cocina. No sé a qué hora volverá Antonia.

–Madre, ¿recuerdas por casualidad cómo se llama esa mujer?

–¿Qué mujer?

–Ésa de enfrente, al otro lado del jardín del parvulario. Me han dicho que antes, hace años, fue la criada del brigada, que ahora es su marido. Que se casaron porque sí. Y que los hijos que tienen no son de ella...

La vieja suspiró palpando los bordes del plato, el vaso, el cubierto. Seguía oyéndole, ausente, desposeída de él –él se le iba de las manos, desde hacía ya tiempo se le iba de las manos y de la voluntad, quizá desde que empezó a verle crecer.

–¿Cómo se llama, madre?

–No sé nada, Martín... Creo que se llama Maruja. ¿Por qué?

–Por nada.

–Lléname el vaso de agua.

–Está bien. ¿Te sirvo la cena?

IV

De codos en el mostrador, Andrés cruzó los pies y abandonó todo el peso del cuerpo en una pierna. Pidió un vermut. Vio los periódicos sobre una mesa, doblados todos por la página de fútbol.

–No me pongas sifón –dijo a Mario–. Lo sabes de toda la vida, y sin embargo, tú dale con el sifón. –Miró al fondo del local y vio a los tres de siempre apoyados en las mesas de billar, triturando palillos con los dientes, dejando pasar el tiempo. Observó la soledad de las mesas. Aquel individuo estaba allí sentado, como todas las tardes, fumando y leyendo noveluchas del Oeste. Recostaba la espalda en la pared, una pierna cruzada sobre la otra y el libro abierto en la mano derecha; la izquierda descansaba sobre el mármol de la mesa. Era ésta una mano larga, de una singular palidez morena, y en su abandono había una rigidez definitiva, como una hoja seca de maíz. El rostro era frío y bondadoso con aquellos ojos claros y hundidos y el cabello pajizo aplastado en diagonal sobre la frente. Llevaba una vieja americana de pana verde y sobre los hombros altos una bufanda gris, pequeña y como olvidada allí. Iba siempre sin cinturón y el pantalón le caía algo. Debía tener treinta y cinco o cuarenta años. Andrés recordaba ahora que algunas veces, tiempo atrás, había jugado ocasionalmente con él de pareja al dominó los domingos por la tarde, cargando a medias con el tedio abrumador y dominical de la mesa de juego.

Le vio levantarse y coger un taburete para acomodarlo a sus pies. Era alto, corpulento, se movía despacio y gastaba un aire resignado en cualquier movimiento. No se hablaba con casi nadie del barrio; nadie sabía exactamente de qué vivía –algunos aseguraban que había sido escultor, antes de que le destrozaran el brazo– y se le tenía por un infeliz. Se hablaba también de ciertas relaciones que tuvo con la sirvienta de un viejo brigada del ejército, una mujer de Almería que vivía en la misma escalera que él y que podía vérsela a menudo por las calles, cuando iba a la compra, caminando siempre con rapidez y como atemorizada, arrimándose a las paredes, con los cabellos negros recogidos en un moño sobre la nuca y aquel vestido morado que le colgaba más de un lado que de otro. Pero ella había acabado casándose con el brigada, casi en secreto, y ya nadie hablaba de sus relaciones con el manco como no fuera para decir lo peor.

Después de un momento de duda, Andrés cogió su vaso y fue hacia él.

–Hola –sonrió, fijándose en la inmovilidad perfecta de la mano sobre el mármol sucio de números a lápiz–. No comprendo cómo puede usted leer aquí, con la gente entrando y saliendo...

El otro levantó los ojos y le miró con simpatía.

–¿Por qué no? –dijo–. Hay más ruido en este libro que ahí afuera. –Le miró un rato en silencio, empujó el taburete con los pies y cerró el libro–. Siéntate.

Andrés se sentó. Volvió a mirar la mano y descubrió la cicatriz en la piel, una cicatriz amarilla como la huella de un pellizco; subía por el brazo escondiéndose bajo la manga igual que un lagarto con las patas abiertas atrapado allí. Andrés la señaló con un gesto de la cabeza:

–Eso fue en la guerra, ¿no?

–No, no... Te han engañado. Ignoro quién te lo ha dicho, pero te han engañado. ¡Tiene gracia! No. Fue que un día, trabajando en mi taller, me ocurrió algo en los nervios del brazo. Me operaron. Quedó la cicatriz y nunca más volví a mover el remo. Eso es todo.

–Ah, pues yo creía...

–Te informaron mal, Andrés. Te llamas Andrés, ¿no? A veces te veo por aquí, siempre solo, pensativo. –Sonreía, su voz era sosegada, afectuosa–. En otros tiempos me hubiese dicho: este chico trama algo, algo importante.

Le cayó ceniza del cigarrillo en la mano inútil y se inclinó a soplarla cuidadosamente, despacio, casi con mimo. Bebía cerveza directamente de la botella.

–¿En otros tiempos? –dijo Andrés–. ¿Y por qué no ahora?

–Ahora no –dijo cerrando los ojos claros y apacibles, pero sin dejar de sonreír y conservando aquel aire escéptico alrededor de su boca–. No creo, vaya.

Andrés asintió lentamente con la cabeza, cruzó los brazos sobre la mesa y apoyó la barbilla en la mano, mirando al tipo. Se sentía a gusto. El hombre dijo:

–Y qué, chico, qué cuentas. ¿Nada?

–Eso. Nada.

Y dejó caer de nuevo la mirada en la mano. Sonriendo ante la curiosidad del muchacho, el hombre se animó a contarle lo ocurrido mientras con los dedos de la otra mano acariciaba su piel translúcida, una cera levemente tostada por un sol extraño: ocurrió poco después de haberse ido ella, ¿no se lo contó alguno de por aquí? ¿No? Él se había quedado mirando su busto de barro y recorría con la punta de los dedos, de esos dedos, la línea desmayada y orgullosa de sus hombros. Fue en julio, a las dos de la tarde, en Gerona: su padre era entonces profesor de dibujo y grabado en la Escuela Municipal... El sol entraba por la cristalera del taller y él creyó ver luz, por un momento, en aquellos ojos de barro. Le había rogado que se quedara un rato más, pero ella se negó. Estaba cansada: dos horas allí, quieta, con la cabeza ladeada... Además, tenía miedo de que entrara su madre y la viera con los pechos al aire. Su madre era la portera. Si ella se hubiese quedado posando un rato más, acaso todo habría ocurrido de otra forma; tal vez él no se habría quedado tanto tiempo con los dedos rozando sus hombros, y su brazo no se habría cansado. Quién sabe. Lo cierto es que así fue y ya no hay remedio... Sí, se abrochó la blusa, se despidió y desapareció escaleras abajo, mientras él recorría con los dedos la línea de sus hombros de barro...

Hizo una pausa, bebió un trago de cerveza y se secó los labios con la manga. Añadió que recordaba, sobre todo, las yemas de sus dedos rozando aquellos hombros, sin apretar, porque no quería alterar aquella línea; recorría solamente la superficie húmeda, cálida, creía sentir el tacto de una piel auténtica; y al principio le pareció una sacudida, pero fue como si le hubiesen traspasado el hombro con un alambre de púas. Derribó el busto y con la mano derecha se sostenía este brazo, que pendía sin fuerzas, al margen de su voluntad. Sentía un dolor espantoso. Pensaba en aquellos nervios de los que ya le había hablado el médico, y creía, puesto que no era la primera vez que le ocurría, que no sería nada grave. Pero no fue así, tuvieron que operarle, y esta mano –sus ojos seguían mirándola y con la otra mano la acariciaba– quedó así de inútil, aunque no tan mal... ¿No crees? –añadió con una sonrisa–. Mi último trabajo antes de mandar cerrar el taller. No volví por allí. Como luego tampoco volví por mi casa... Todo se perdió. Pero bueno, ésta es otra historia.

Apuró de un trago el contenido de la botella y se relamió los labios. No habló más de ello. Andrés dibujaba monigotes en el mármol con un lápiz, y cuando levantó los ojos a él sospechó que había mentido como un niño, como podría hacerlo un niño pillado en falta –le veía con el mismo levísimo arco irónico y tristón en sus labios húmedos de cerveza, afirmando para sí con imperceptibles movimientos de cabeza todo cuanto había dicho: sus ojos tenían el habitual brillo ingenuo y protector, pero se adivinaba una diminuta y profunda batalla en las pupilas, en lo más hondo de su mirar–, comprendió de pronto que se le estaba derrumbando todo y simuló seguir dibujando en el mármol. Aquellos tres se habían puesto a jugar al billar y se oía el ruido pastoso de las bolas al chocar entre sí. «¿Por qué me habrá contado todo eso? Todo eso es mentira, no creo ni una palabra.»

A la noche, después de verle desaparecer tras el cristal de la puerta con su bufanda y su americana echada sobre los hombros, fue al mostrador y pagó. Mario le dijo que ya estaba pagado. Al abrir la puerta, Andrés se volvió:

–Oye, ¿cómo se llama?

–Mauricio. Si quieres un consejo, no hables mucho con él ni le hagas caso. Está medio chalado. Siempre anda metido en líos y se da aires de artista... ¡Puaf! Seguro que te ha estado contando el rollo de la mano...

Salió fuera cuando ellos entraban; se empujaban riendo y soplándose las manos, con los cuellos de las chaquetas de piel subidos; sus cabellos cuidadosamente peinados, con ondas falsas y llenas de brillantina, hacían pensar en un trabajo meticuloso y entrañable pero inútil, siempre como si tuviesen las cabezas dispuestas para una fiesta que aún no había llegado, que se les había escamoteado una vez más; se golpeaban los hombros con los guantes de cuero, lanzando una última y larga mirada de aprobación a las motos alineadas sobre la acera. Andrés hizo como que no les veía, pero todos le saludaron. Uno le palmeó la espalda: «Qué frío hace, chaval.»

–¿Está Martín ahí dentro? –le preguntó el último que entraba.

–No le he visto.

La cena estaba fría en la mesa, sobre una servilleta. Entraba viento por la puerta que él mantenía aún abierta, sin decidirse a entrar, y movía el flequillo rojo de la lámpara del comedor. Cerró y pasó dentro. Frente a él, al lado opuesto de la mesa, vio la puerta entornada de la habitación de su madre. Oyó su voz:

–Tu hermana no está. Creo que te ha dejado la cena en la mesa; si no, mira en la cocina.

–¿Estabas durmiendo, mamá? ¿Te encuentras mal?

Se sentó en la mesa y empezó a comer. La sopa estaba helada y en los bordes del plato quedó un círculo de grasa.

–No me pasa nada –dijo ella.

–¿No vas a la clínica? Son más de las nueve. –Oyó un suspiro de cansancio en el dormitorio–. Ah, es cierto, hoy no tienes servicio. ¿Dónde está Matilde?

–Fue al cine. Y me espera. ¡Si supieras las ganas que tengo de ir!

–¿Ha ido sola?

–Con Julio, ese que trabaja con ella en la oficina. No te extrañe, hace un mes que salen juntos.

Andrés se rió:

–Parece buen chico. Nunca le falta tabaco, ni cinco duros, ni algo que hacer...

–¿Cómo? ¿Qué dices?

Andrés se levantó para llenarse un vaso de agua.

–Nada, mamá, no me hagas caso.

–No dices más que tonterías...

Cuando volvió a sentarse, su madre estaba de pie en el umbral de la puerta y se abrochaba los botones de su bata de enfermera, el moño algo torcido y deshecho en la nuca, los pliegues níveos de la bata largos y rígidos, como si la estuviesen apuntalando para que no cayera. No apartaba los ojos de él, del cuello sucio de su camisa, de los hoyos bajo los pómulos macilentos y de los cabellos ásperos y demasiado largos sombreando su frente inclinada sobre el plato.

–Por una vez siquiera, Andrés, hablemos claro. Tu madre tiene derecho a saber, ¿no? Ahora Matilde no está aquí, sé que te cohíbe... –Se sentó ante él–. Yo nunca pierdo la esperanza, hijo, eres como tu padre y creo entender ciertas cosas, pero desde que dejaste de ir al taller apenas si tenemos un rato para hablar...

–¿De qué?

–De tus cosas. De la vida que llevas. Sólo vienes a comer y a dormir, como si esto fuera una pensión.

Él no levantó los ojos del plato todavía, pero dijo:

–¿Sabes qué debes hacer, mamá? Procurar que tu hija se case. Eso debes hacer. Y olvidarte de mí. No debes confiar en mí, por ahora... ¿Cómo hacerte comprender eso? Matilde me da más guerra que nadie, estoy harto... –Entonces levantó los ojos a ella y apoyó los codos en la mesa esperando aquella mirada un tanto asustada, fraccionada, a la que sonrió abierta y confiadamente–: Mamá, tú eres estupenda. No pareces de este tiempo. Pero las cosas no me salen como yo quisiera, se me ponen difíciles y no acierto a comprender por qué... Yo no soy un gandul, mamá, te juro que no soy un gandul... ¿Te basta eso? Bueno, para qué contarte...

Ella permaneció un rato en silencio y luego dijo:

–¿Vas a salir esta noche?

–No.

Su madre se levantó de pronto, como si quisiera esconder una sonrisa o un deseo a los ojos de él. Se movió nerviosamente en su habitación mientras se peinaba. Salió con el abrigo puesto y fue a la cocina a llenarse una taza de café.

–Bueno, me voy al cine –dijo al volver–. Pon la radio si quieres, te distraerás un rato...

Él la miró sonriendo:

–Te acompañaría si no fuera por ese Julio y por la película que echan. Es una película de amor y de lujo, y esas películas me revientan.

Ella tuvo que sonreír a pesar suyo. Terminó de beber mientras se levantaba las solapas del abrigo, tras él y sin dejar de mirarle. Puso una mano en su hombro, suavemente. Dejó la taza y salió cerrando la puerta.

Andrés oyó sus pasos en la calle al cruzar frente a la ventana. Se levantó de la mesa y se adentró en el corredor, vio el estante de libros, se detuvo, hizo tamborilear los dedos en sus lomos; extrajo dos o tres y volvió a dejarlos en su sitio después de hojearlos un rato. Estuvo allí algunos minutos, sin pensar en nada, chasqueando la lengua. Cogió un periódico, leyó algunos titulares, volvió a dejarlo. Oía el viento en la calle y pensó en el bar y en la cabina del teléfono: puede que esté en el Cosmos, pensó. Se encerró en su cuarto y se tendió en el lecho con las manos en los bolsillos. «¡Bah!», dejó resbalar la mirada sobre las corbatas sin estrenar colgadas en el respaldo de la silla, y sobre la vieja gabardina beige, que le llegaba ya más arriba de las rodillas, prendida de un clavo tras la puerta, abandonada. En la mesa que fue escritorio de su padre había paquetes de cigarrillos entre libros y revistas, pero él sabía que estaban vacíos y no se levantó. En la colcha, a la altura de los pies, una mancha producida por el roce de los zapatos. Se hará tan grande que nunca podrás lavarla, hermana... Dos ceniceros repletos de colillas esparcían por el aire un denso olor y él recordó sus propias palabras: «No quiero que toquéis nada de como está, aunque nazcan setas entre el polvo...», y la sonrisa de su hermana, aquella sonrisa helada que le obligaba a hablar más de lo deseable, que le empujaba a justificar sus actitudes más –lo reconocía– grotescas. Veía las manchas de humedad sombreando el techo. «Es inútil, no lo conseguiré nunca. Martín tiene razón: puedo encerrarme aquí durante semanas enteras, pero será inútil y acabaré volviéndome loco... Y puede que ahora esté sola, esperándome junto a la radio, descalza y con el jersey amarillo.» Y todavía, como mal menor, estaba Julita, 238721... Se levantó y quedó de pie ante la mesa, con las manos apoyadas en ella. El hedor de los ceniceros era espeso y le rozaba las aletas de la nariz. «Sería lo mejor, sí», y dejó caer la cabeza sobre el pecho. Recordó a Julita, la vio frotándose la mejilla en su hombro desnudo y flaco, sonriéndole desganadamente desde el viejo diván desflecado y aceitoso de brillantina: «¿Sólo compañía, hoy también? ¡Chico, no lo entiendo!» Sí, había que probarlo, le hablaría a Julita, le prometería no retrasarse en pagar. «Sólo para pasar el rato, hoy tampoco tengo nada que hacer.» Había que olvidar lo de la última vez porque se debió a una fuerza mayor –esta vez tampoco le podría pagar los bocadillos, pero ella cobraría al día siguiente sin falta. –Decididamente había que intentarlo, cualquier cosa menos volver a casa de los Climent a matar las horas porque sí, porque había que matarlas...

Salió del cuarto y apagó la luz del pasillo. A la mitad se paró y dio media vuelta, entró de nuevo en el cuarto, encendió la luz y se puso la corbata azul. Luego salió y echó a correr hacia el dormitorio de su madre, vio las batas blancas colgando en el armario y empezó a hurgar en los bolsillos. La corbata, que colgaba larga y pesada sobre su pecho, no se apartaba del sector visual de sus ojos y le resultaba molesta, constantemente presente, fastidiosa y dándole a todo lo que rozaba un aire de euforia recién adquirida que a él se le hacía insoportable. Encontró una peseta de papel hecha una bola y se la guardó en el bolsillo. Apagó las luces y salió fuera.

En el bar pidió una ficha a Mario, que miraba su corbata sonriendo. Desde la cabina oía el entrechocar de las bolas en los billares al tiempo que allá lejos sonaba el timbre del teléfono.

–¿Quién...? –preguntó una voz de mujer.

–¿Eres tú, Magda?

–¿Con quién hablo?

–Soy Andrés. Llama a Julita y dile que necesito hablar con ella. –Adivinaba a Magda en el rincón, junto al tocadiscos, con el lápiz cruzado en los cabellos como el tallo de un clavel, y veía los rostros de paleto de ellos en la calle, pegados a los cristales de la puerta y mirando las putas de dentro pero sin atreverse a entrar. Así era la calle de Robadors–. ¿Me oyes?

–No está, se fue hace un rato. ¿Quieres que le diga algo si vuelve?

–No... Es lo mismo. Adiós, Magda. Gracias.

–Adiós, rey mío.

Colgó. Andrés volvió a la barra, despacio y aflojándose la corbata. Bueno, ¿y ahora qué? Mario observaba su corbata.

–¡Dios, qué elegante!

–Ponme un coñac y apúntalo –dijo Andrés–. ¿Qué, te gusta? Te la vendo.

–No, gracias. Tengo una de color amarillo con una chavala en biquini...

–Venga el coñac y déjate de chavalas.

Mario rió y él volvió la cabeza con fastidio. Entonces vio a Mauricio Balart. Estaba en la mesa de siempre, apoyando la espalda en la pared y con la mano sobre el mármol. Se acercó a él, cuyos ojos erraban absortos de una mesa a otra. Si le diera por contarme cosas, podríamos distraernos –pensaba Andrés confusamente, era una idea que se enredaba con otra: Tina estará ahora leyendo revistas en la cama, esperando... Estaba ya muy cerca y Mauricio aún no le había visto, bajo sus zapatos crujían cáscaras de langostinos y huesos de aceitunas, y se paró de pronto dispuesto a volver atrás. Pero Mauricio ya le había visto y le ofrecía aquella sonrisa desnuda y poderosa, así que siguió hasta él diciéndose: Al fin y al cabo, si sólo es un embustero, tiene mucha guasa.

–Hola... ¿Qué le pasa? ¿Se cansó de leer?

Mauricio miró la corbata. Sus ojos claros parecían dos pequeñas pompas de jabón con reflejos violados y rojos. Pero no estaba borracho.

–Siéntate, muchacho.

Andrés clavó los codos en la mesa y empezó a beber el coñac.

–¿De dónde vienes? –dijo Mauricio.

–De casa.

–¿Te aburrías?

–No crea que no tengo a donde ir...

–Claro.

«Vamos, empieza ya con el rollo», se dijo Andrés, y deslizaba la copa de una mano a otra, sobre el mármol, la larga corbata colgando del cuello como un proyecto olvidado allí, ridícula e impersonal, materializando algún deseo frustrado. Terminó el coñac y pidió más. Y desde el fondo, en los billares, ellos le vieron de pronto hablar con aquel chalado atropelladamente, con gestos ampulosos y agrios y manteniendo la cabeza baja y los ojos en el mármol; le veían desde sus posturas abandonadas, apoyados en los tacos y en el canto de las mesas como tallos rotos, verdes sus rostros por el reflejo de la luz sobre la tela de los billares. «Como ya no tiene a Martín...», masculló uno por encima del hombro.

Él no les veía. El alcohol le desarticuló el cuello al cabo de media hora y su cabeza pendía frente a Mauricio igual que la de un pájaro muerto. Mauricio le sacudió el hombro.

–Anda, vete a casa. ¿Por qué diablos te complicas la vida así? Si es igual, hombre. Es igual que te quedes aquí bebiendo sin ton ni son o que vayas a ver a esa Tina. Claro, siempre hay algo mejor que hacer, no te lo niego... Ve con esa chica, si quieres, pero deja de beber como un tontaina. ¿Me oyes? Ahí tienes a tus amigos. –Señaló con la cabeza a los que jugaban al billar–. Se ve que no haces migas con ellos, pero te advierto que el sexo también es un fantasma. Te lo aseguro, el sexo también es un fantasma...

–Lo que ocurre es que... No se puede hablar de ciertas cosas con un tipo que acaba de comprarse una moto –balbuceó Andrés.

Al cabo de una hora seguía igual. Mauricio le decía:

–Anda, vete. Hazme caso.

Andrés se miró la corbata y luego alzó los ojos al reloj de pared. Eran las doce y media. Todos empezaron a irse. Mauricio recostó la cabeza sobre la mano de bronce y Andrés dejó vagar la turbia mirada por las mesas desiertas y las perchas desnudas. Las mesas de billar yacían frías y solas bajo las luces apagadas, y las quietas bolas de marfil formaban el último triángulo de líneas imaginarias sobre la superficie verde. La voz le salió muy baja, balanceándose igual que si luchara con algo pegajoso:

–Ya es muy tarde. Pero mañana iré, no podré dejar de ir mañana, lo sé, me conozco. Tú no puedes comprenderlo, nunca has estado en esa casa, no conoces a Tina ni a su madre. Hoy quería ver a una putilla simpática que conozco desde niño, para distraerme, coño, está buena, y aquí todos la conocen a la Julita, todos la recuerdan, porque es del barrio, de esta calle, un día se ve que se escapó de casa, es una ilustre ex vecina, pero a mí no me recuerda, no sabe que la conozco, que íbamos al centro parroquial juntos... Pero mañana iré a casa de Tina. Me gusta estar allí, mirar lo que hacen, espiarles, en casa de Tina siempre pasa algo. Hay como un peligro, ¿me entiendes? No sé, allí se vive...

–Sí, ya me has contado.

Pero él insistió en repetirle que el otro día, estando en el comedor, veía su sombra en el suelo cuando la radio fue rápidamente apagada por su madre, que había entrado corriendo. Él sabía que era demasiado tarde porque vio a Martín al fondo del pasillo, de modo que optó por quedarse donde estaba, apoyado en la mesa, de pie; y que Tina ya le había quitado los brazos de encima y le miraba desde el rincón, junto a la radio, descalza, temblorosa y encogida...

Se interrumpió y se pasó la mano por el rostro amarillo por la náusea. La lengua chasqueaba en su paladar.

...algo temblorosa y encogida junto a la radio, y descalza, porque a ella le gusta bailar descalza, ¿sabes? Entonces entró Martín. ¿Qué jaleos se trae? Mira, entró y ella se cubría el rostro con las manos e intentaba correr, pero Martín la golpeó hasta hacerla doblarse otra vez junto a la radio. Su madre tiraba a Martín de la manga, para sacarlo de allí. Yo estuve quieto todo el tiempo escuchando en silencio los golpes y los gemidos, no me preguntes por qué no hice nada, me daba lo mismo, miraba la espalda temblorosa de ella, con el jersey medio subido. Y así estuvieron mucho rato, mucho, y fíjate, al final me pareció que Tina sonreía, incluso su madre sonreía; eran pequeñas y torpes sonrisas entre las lágrimas, ¿tú entiendes eso? Era como si aquello fuese un juego y no les disgustara del todo, ¿tú lo entiendes? Pues así estuvieron mucho rato, con la mirada de ella escapándose a veces hacia mí por entre las piernas separadas de Martín, que seguía inclinado y la golpeaba, pero no eran miradas de auxilio, no...

–Muchacho, no te entiendo.

–¡Pues es la verdad, es una verdad como una casa! ¡Yo no ando por ahí con embustes!

Mauricio se echó de pronto para atrás en su banqueta, mirando fijamente a Andrés. Luego inclinó la cabeza, iba a decir algo pero Andrés siguió:

–Allí ocurren estas cosas, y...

No pudo acabar y se levantó de un salto.

–¿Quieres que te acompañe? –dijo Mauricio, sosteniéndole.

–No.

En la puerta, girando, el reflejo del cristal le devolvió la imagen del manco pagando en el mostrador. Luego supo que ya estaba en la calle, y al doblar la esquina cayó golpeándose la cabeza. Estuvo allí de bruces en la acera maldiciéndose; luego se levantó apoyándose en la pared y entonces vio la corbata completamente mojada, definitivamente echada a perder y al fin sin aquel maldito aire de estar aguardando para acompañarle a una fiesta o a una cita importante.

V

Fue después de aquel horrible volteo sobre la cama cuando abrió los ojos y se halló, inesperadamente, bajo un techo con figuras dibujadas por la humedad. Pensaba en el tiempo transcurrido sin poder darle medida –un tiempo sin orillas en el que había visto a su padre corriendo hacia un gran incendio, entre las balas, y luego las manos olorosas y blancas de su hermana Matilde deshacerle el nudo de la corbata, desabrocharle la camisa y golpearle las mejillas para hacerle volver en sí; le habían volteado sobre la cama al tenderle en ella, y entonces había visto las anchas espaldas de Julio Puig inclinadas sobre la mesa escritorio, seguramente husmeando en los papeles y libros, y luego las había visto arriba en el techo, y seguidamente el techo, con sus manchas oscuras de humedad, desvanecerse en una breve superposición de imágenes. Después nada, había quedado con la boca hundida en la almohada.

Ahora escuchaba las airadas voces de ellos en la cocina, enfrente mismo del cuarto, cuya puerta estaba entornada. Vio la corbata en el suelo, retorcida y viscosa y como en un abandono de reptil apaleado, y estuvo mirándola mientras se pasaba la lengua por el paladar rasposo y recordaba a Julio en el momento de levantarle de la butaca del comedor y al trasladarle a su cuarto, sosteniéndole por los sobacos con un falso aire de comprensión en su rostro vulgar, su sonrisa despectiva y aquellas frases estúpidas dichas al oído de Matilde. Ellos habían llegado del cine y le encontraron tumbado en la butaca. Su madre, como siempre, venía algo más retrasada y no había tenido tiempo de verle allí. Le parecía que había dormido un día entero y sin embargo no habían pasado ni diez minutos. Oyó la voz de su hermana sobre las demás voces, insistiendo, creciendo hasta acallarlas por completo:

–¿No lo ves? ¿Pero no lo ves? Sí, naturalmente, tú siempre le escudas en papá. ¡Qué manía! ¡No puedo soportar que le compares con él! ¿Cómo puedes vivir tan engañada, mamá? Y sobre todo no comprendo cómo no intentas algo. Todo el día con gente extraña, borrachos, golfos, quién sabe si ladrones o... ¡Te digo que hay que hacer algo, mamá! A los dieciocho años ya es un perdido. ¡Oh, cuánto siento todo esto, Julio! Seguro que tú no esperabas que en casa...

Y la débil, turbia respuesta del novio:

–Cada casa es un mundo... Es joven...

Advirtió que su madre callaba, que no replicaba a Matilde ni para afirmar ni para negar. Pensó en el silencio de su madre y sonrió al imaginarla calentando café para él. Las anchas espaldas de Julio Puig otra vez; pero ahora recordó, además, que su americana era azul y sin solapas y que llevaba un pañuelo blanco asomando por el bolsillo superior. Y de nuevo la voz de su hermana:

–¿Y bien, mamá? Eso de calentarle café está muy bien –él, su Julio, dijo una idiotez entonces: «Es muy de madre...», pero la cosa quedó ahí y Matilde siguió–: Todo eso está muy bien, pero ¿qué más? ¿Vas a dejarlo todo así, como tantas veces? ¿Sólo porque el niño te recuerda a papá? Por el amor de Dios, mamá ¿cuándo comprenderás que él tenía un ideal...?

Ya sólo escuchó el ruido sobre el fogón y el taconeo familiar acercándose a la puerta. Apareció su madre con la taza en las manos. Él se incorporó, se sentó al borde de la cama y apretó las mandíbulas tragando una saliva amarga y granulada.

–No le he puesto azúcar –dijo ella, todavía con el abrigo puesto.

Andrés bebió. Por la puerta entornada les veía a ellos dos hablando en la cocina, Julio de espaldas y con los brazos cruzados, dejando que por encima del hombro Matilde asomara sus ojos llenos de reproche. Después los vio más juntos.

–Puedes empezar, mamá, di lo que piensas.

–Termina de beber... Pero dime: ¿de verdad piensas como él?

Andrés apartó resoplando la taza de los labios, cerró los ojos en medio del vapor que desprendía el café. ¿Igual que su padre? No, claro que no. No tenía su ánimo, cualquiera que fuese, no tenía su fe, ni su esperanza, ni su ingenuidad. Ya no se podían escribir con mayúscula ciertas palabras, hoy resultaba inútil, indecente porque otros lo estaban haciendo a su manera: años de desgaste, de desprestigio, de corrupción. Los problemas de su tiempo, pensaba Andrés, parecía como si hubiesen muerto con él, pero no era verdad, y aunque ahora probase de levantar en el recuerdo algún hecho concreto no conseguía sino vislumbrar de su padre aquella frágil ilusión infantil que flotaba siempre en el aire después de sus palabras, su inclinación a improvisar chanzas y sorpresas inocentes a cualquier hora y en cualquier sitio, su vehemencia rozando el ridículo al discutir con los amigos en las sobremesas, y sobre todo su fe, aquella extraña mezcla de terquedad e ignorancia que había que llamar fe.

–Es que tu padre fue un hombre con ideas políticas –dijo ella, y Andrés la observó disimulando una sonrisa, vio en sus ojos cansados aquella luz que tal vez era lo último que le quedaba después del implacable, larguísimo insulto de diez años. –Y murió...

–Lo sé, mamá, lo sé.

–Murió por sus cosas –concluyó ella.

Andrés apartó los ojos manteniendo en vilo, dolorosamente, una certeza triste y resignada acerca de la ignorancia tímida y casi protectora, agradable, de su madre: Que no fue un político, mamá; que no; en todo caso un aficionado, un aprendiz, como uno de esos espontáneos que saltan al ruedo y salen malparados. Pero fue lo mejor para él, y fue rápido. Casi no tuvo tiempo de comprender que se le habían burlado, que no tenía amigos, que siempre estuvo solo. Le daba tanto miedo la soledad. En cuanto a esos que se llamaban sus amigos, ya viste luego, cuando papá murió, la ayuda que te han prestado, cómo han acabado todos. Tan sólo el cuentista del señor Esteban, ése que de vez en cuando aceptas a comer a cambio de unos recuerdos que siempre tiene a punto, tan sólo él pareció tener interés en ayudarte. No, mamá, yo no soy como él ni quiero serlo. Tampoco podría aunque quisiera, la verdad. Volvió a recordarle aquella noche que dormían bajo mantas en la estación del metro, oyendo arriba, más con la imaginación que con los oídos, el fragor del bombardeo y el largo grito de las sirenas: su padre se inclinaba sobre la improvisada cama y le ofrecía su limpia sonrisa, todavía intacta, confiada, en la que podía leerse todo: «No pasa nada, hijo, pórtate bien, no pasa nada.» Tras él, de pie, con una expresión áspera y extraña, con prisas, estaban las doloridas caras de aquellos hombres que siempre le acompañaban; estaban detrás de la sonrisa de su padre como un fondo oscuro y ajeno por completo a ella, como un aviso de peligro. En esa ocasión había visto el cañón de una pistola asomando por el bolsillo interior de la americana a rayas que cubría un mono de mecánico. Su madre no había llorado entonces, todavía. Fue, quizá, la última vez que le vio con vida. Para qué engañarnos, me repugna toda esa historia y me repugna lo que ha dado de sí: ese galimatías de frases ampulosas, símbolos y héroes que me importan un rábano y que he tenido que soportar todos los días...

–Cállate, por favor.

–Tal vez es mejor que sigas creyendo que fue eso que dices, mamá. En lo que a mí respecta, quisiera que te desengañaras un poco, mis problemas son otros. Quizá no tan importantes como aquellos, pero... son los míos. Verás, yo no soy desinteresado ni bueno como lo fue él, no aspiro a nada, aunque te haga pensar en él por coincidencias de carácter, de ideas, o yo qué sé... Aunque quisiera no podría ser como él, creo que los tiempos han cambiado, no sé cómo explicártelo... –al decir eso pensó en ellos, adormecidos cada noche en la pesada atmósfera del bar, volcados sobre los billares o las cartas con los sombreros impermeables puestos, el mismo corte de pelo en la nucas, la misma tonadilla en los labios, el mismo aburrimiento en los ojos...

Ella le puso la mano en los cabellos y suspiró.

–No me gusta que hables así. Primero hay que llevar una vida más arreglada.

–Sí. Y al que madruga Dios le ayuda. ¡Un cuerno!

–Por favor.

–No debería hablarte así, bueno, pero mira...

Cogió la mano de su madre. A través de la puerta entornada les veía a ellos dos muy juntos, en la cocina. Adivinó que Julio le hablaba a ella de sí mismo –el borracho es el otro, es el otro– con esa cara de palo en tensión, esa costumbre muscular del que diariamente se contempla satisfecho en el espejo y decide que está bien, que todo está en orden; hablaba a la contra: de sus amistades serias y duraderas, de sus proyectos, de su porvenir. Y Matilde le escuchaba ofreciéndole sus redondos ojos de admiración y seguramente de amor.

Andrés dio la taza vacía a su madre.

–Mamá, tú eres ideal para un hijo como yo, pero no quiero mentirte, no me lo perdonaría. Matilde tiene razón, hoy por hoy soy un inútil. Pero no te apenes, por favor.

Recordó ciertas palabras de Matilde: «Es un vago y nada más. Le tiene miedo al trabajo y se escuda en ese tono de intelectual que tantas lágrimas te costó hace años, mamá. ¿Es que no te acuerdas? No es más que un inútil, un perdido. ¿Qué busca en casa de esa mujer histérica, con una hija de la cual es mejor no hablar...? ¿Qué busca allí todos los días? ¿Y sus amigos, quiénes son, qué hacen, sus amigos? Siempre detrás de lo mismo: gamberradas, furcias, líos, el bar y todo eso. Ahí tienes su clase de juventud. No, él no la emplea en lo que tú te imaginas, vives en las nubes, mamá...»

Se dejó caer de espaldas sobre la cama. Sentía una caricia inquietante en la mirada de su madre recorriéndole las facciones tiernamente, proyectando una esperanza en su mente a pesar de todo y de todos, sin hablar ya, sin preguntar más, con la taza vacía en sus manos y esperando pacientemente que ellos dos acabaran de besarse en la cocina para salir a por más café.

VI

–Se ha puesto buena –dijo con aire pensativo. Era Segovia, el único de ellos que no iba peinado y no por descuido, sino porque era inútil y él lo sabía, se le antojaba una fatalidad: al secársele, el cabello le caía sobre las sienes como los alones de un pajarraco. Menudo y seco en su traje negro a rayas blancas, con la americana cruzada y larga, con esa elegancia sospechosa, demasiado elaborada, de joven menudo y seco, estaba frente al cristal de la puerta del bar mirando fuera. Nuria Casas subía por la calle con la gabardina azul sobre los hombros, caminando deprisa contra el viento, muy ceñida la falda en el vientre y en los muslos, los nervios tensos más arriba de los tobillos y una rigidez insegura y graciosa en las piernas a causa de los zapatos de tacón altísimo. Miraba al frente con altivez, sabiéndose observada por las fieras desde el bar. No les dirigió ni una mirada. Martín se acercó al cristal y con la mano amplió el espacio que Segovia había limpiado de escarcha. Achicó los ojos en la justa medida especulativa: Nuria Casas pasó lentamente sobre sus altos tacones, un golpe de viento agitó su gabardina azul echada sobre los hombros como una capa.

Era un domingo por la tarde. Las motos estaban sobre la acera con sus fúlgidos depósitos de gasolina luciendo nuevas y radiantes desconocidas en traje de baño; y dentro, sobre las mesas de mármol, nuevos periódicos doblados por la página de fútbol.

–¿Te has fijado? –añadió Segovia–. ¡Con lo flaca que estaba! El verano pasado, en la Barceloneta, empezó a ponerse buena. Un día fuimos a Mongat. Nadaba muy bien, la cabrona. Yo me cansaba cuando quería seguirla mar adentro, y luego, a la vuelta, siempre llegaba ella antes que yo y se escapaba corriendo... ¡El invierno es aburrido, leche! Una vez, en un patín, bastante lejos de la orilla, la besé. Ya ni debe acordarse. De eso hace tiempo, cuando aún no os conocía a vosotros. Bueno, cuando sólo nos conocíamos de vista. Entonces uno se divertía más, chico... –concluyó pensativamente.

–¿Qué te pasó con ella? –preguntó Martín. Su rostro no expresaba interés ni curiosidad.

–Nada. Pero ya no me habla. Son unas putas.

Los otros, sentados en sillas arrimadas a la pared, rieron con sorna. Volvieron hacia él sus miradas idénticas sin dejar de apoyar los largos cabellos de sus nucas en los azulejos que cubrían metro y medio de pared; aunque no habían oído el nombre de Nuria, sabían que Segovia hablaba de ella por el silencio y la quietud de aquella hora de la tarde. Todos, los que aún no habían decidido adónde ir y los que ya se habían resignado, en lo más íntimo y sin atreverse todavía a confesarlo a los demás, a quedarse a jugar al billar o a las cartas, esperaban con los ojos clavados en Segovia.

Andrés, con las manos en los bolsillos, tenía la espalda apoyada en el saliente de mármol del mostrador. Se abrió la puerta y entró Mauricio Balart con su novelita en la mano y la pequeña bufanda verde sobre los hombros. Caminó con cierta prisa hasta su mesa del rincón, inhóspita y llena de dibujos a lápiz. Martín, de pronto, se marchó sin decir nada: las manos en los bolsillos, abrió la puerta con el codo, muy despacio, y desapareció. Ellos hablaron un poco entre sí sin variar la postura de sus cuerpos ni la dirección inanimada de sus miradas. Repentinamente se levantaron tres a la voz de Segovia, que corría hacia los billares frotándose las manos. Y todos se animaron de pronto, se levantaron entusiasmados, riendo e insultándose se daban empujones para coger el mejor taco del mismo modo que si todos quisieran ser el primero en mirar por el agujerito en la madera de una caseta de baños. Algunos, sin moverse, se agruparon en torno a la mesa, gritando:

–¡Mario, una baraja! ¡Rápido!

Andrés se sentó en la mesa de Mauricio. No quiso beber nada. Miraba la campana de luz abriéndose sobre el billar, haciendo íntimo aquel rincón donde ellos se movían ya afanosamente alrededor de las bolas.

–Todavía no me has dicho por qué dejaste tu empleo –dijo Mauricio. El bar empezaba a llenarse de hombres endomingados, vecinos conocidos a medias que entraban pidiendo a gritos y con euforia, con arrestos que se traían de la sobremesa, cafés, puros y barajas. Alguien conectó la radio del mostrador, puesto que daban ya el partido. Nadie la escuchaba de cerca, seguían hablando y jugando, pero el parloteo incesante del locutor y el griterío de la muchedumbre eran, de algún modo, necesarios. Andrés miró el reloj. Tenía que ser una tarde como ésta, se dijo pensando en Tina, una maldita tarde de domingo oliendo a malditos futbolistas aclamados y a malditos cines abarrotados.

–¿Me oyes? ¿Qué pasó? –dijo Mauricio.

Andrés se acomodó en la silla, la cabeza gacha, hurgándose las uñas.

–No sé, no me acuerdo... Bueno, siempre tenía disgustos en el taller, y la mala suerte, que nunca me dejó. Llevaba siempre el pelo chamuscado sobre la frente y poco a poco me iba acostumbrando a oler el gas, el asqueroso gas, y eso no me gustaba nada. No te das cuenta y zas, ya te has convertido en nadie, en un cero grande como una casa. Mira, me acuerdo de un día que estaba terminando un broche de oro, con unas hojas pequeñitas y unos tréboles de mucha labor de calado. Soldaba la espiga ya, estaba terminando...

(Se puso la goma de soplar en la boca y empuñó el soplete; el broche estaba sobre la perruca que él hacía rodar con la mano izquierda. Dirigió una rápida mirada al reloj de pared colgado en medio de dibujos de mujeres desnudas trazados en la cal con limas y alicates. Las cuatro y media. Hacía calor, casi todos iban en camiseta e inclinaban pesadamente la espalda y la cabeza sobre las mesas de trabajo. Había un rumor sordo de golpes de martillo, de limas pulverizando metal, de laminadoras eléctricas y máquinas de troquelar y estampar. El sol entraba por la cristalera y daba en el hombro izquierdo de los que trabajaban bajo las ventanas que miraban al patio. En el aire flotaba, ingrávido, el cotidiano polvillo negro que se pegaba a los poros de la piel con porfía. Andrés aplicaba la llama sobre la pieza a intervalos y el bórax crujía y se iba secando al tiempo que se hinchaba igual que una nube soplada por el viento; el retal de soldadura se desplazaba amenazando caerse; dejó el soplete recostado en el cajón forrado de zinc, sin apagarlo, y con la punta de la lima redonda volvió a poner el retal en su sitio; luego tomó el soplete con rabia y empezó a dar fuego otra vez. La llama salió completamente azul y cayó sobre el broche de oro derramándose amarilla por los lados; la pieza comenzó a ponerse roja, la soldadura cedió. Bien. Soldaría aquello, lo echaría al vitriolo, le pasaría un poco de esmeril y lo entregaría al dueño. Vería que era un trabajo hecho con gusto y limpieza y quizá esto atenuaría la bronca por los cinco gramos perdidos –había sido aquella misma mañana, fundiendo: el oro, como una masa gelatinosa, blanda y rosada, se escurrió limpiamente por el fondo del crisol como si en él se hubiese formado de pronto un agujero redondo y perfecto–. Seguía soplando por la goma y el oro estaba completamente rojo; pero la soldadura aún permanecía allí, intacta, sin querer deshacerse. Se dio cuenta del error demasiado tarde. Fue la simple y habitual distracción que duraba segundos solamente: bastó que por entre el resplandor de la llama del soplete les viera a ellos dos muy juntos engrasando las máquinas, como peleándose con las máquinas, los dos guardias urbanos sin oficio que venían a «hacer horas» algunas tardes libres y cuya expresión torva, inanimada, como una máscara fantasmal con la que se ayudaran a librarse del olor y del tacto de unas herramientas complicadas y desconocidas, iban trasladando juntamente con sus manos en alto de una máquina a otra, abrumados y oscuros, con sus ojos claros de campesinos sin tierra llenos todavía de automóviles ocupados por hombres y mujeres que no querían morir –que para eso, sin duda, se pasaban ellos la mañana agitando los brazos como monigotes de feria convenientemente engalanados y asépticos, para cuidar y conservar aquel cómodo y vertiginoso mundo sobre ruedas del cual ellos no gozarían jamás– mirándose de vez en cuando las manos cubiertas de grasa como si miraran un hijo bobo e inútil.

Demasiado tarde, en efecto, y apartó lenta y definitivamente el fuego de la pieza; pero era ya inútil: la hoja más cercana a la espiga se dobló y arrugó como si se hubiese secado de pronto, y el fino calado de un trébol –cuatro horas de meticuloso trabajo– se derrumbó semejando una reja de cañas devorada por un auténtico incendio. Retiró todavía más el soplete. La soldadura estaba aún allí, en la misma posición y sin haber cambiado apenas de color, en medio de toda la ruina. Entonces comprendió que ni siquiera había estado pensando en la soldadura, ni en el broche, ni en el taller... Y seguía soplando por el tubo de goma, inconscientemente, mientras la llama se perdía en el aire...)

–Pero no fue sólo por eso –añadió Andrés–. Me había ocurrido otras veces y me ocurrió muchas más aún; sencillamente, no podía concentrarme. Cargué con la bronca, no sólo por el broche, que otro se encargó de hacer, sino también por los cinco gramos de oro perdidos. Pero eso, con ser grave, no lo era todo... No, no lo era. Eso y cosas parecidas, un descontento, una mala uva continua e inexplicable, me obligaron al fin a dejarlo. Estaba todo el día como distraído, ausente, masticando una rabia y una impotencia. Llegaron a creer que era tonto o retrasado mental. No hacía horas extraordinarias. ¿Para qué, si no era un problema de dinero? No mendigaba, tartamudeando, aumentos de sueldo. ¿Para qué? Ni siquiera bebía coca-cola a dos pesetas cuando esa marca invadió el taller con la gran nevera, como en tantas fábricas, regalando calendarios con chavalas ricas jugando al tenis o esquiando en el Valle del Sol. Nos invadió tan simpática y generosamente, por decirlo con palabras del dueño, que por cierto se embolsaba un porcentaje por botella... No, no me daba la gana.

Mauricio le miraba en silencio, sonriéndose un poco. De vez en cuando ponía los labios en forma de trompetilla y chupeteaba despacio en su copita de coñac. Andrés añadió:

–Así es. Y si papá no hubiese muerto frente a aquella iglesia, que todavía no sé por qué diablos se empeñó en que no la quemaran, las cosas habrían ido de distinta forma y probablemente yo sería ahora un universitario con ilusiones, esas ilusiones que habría que tener a mi edad, seguramente, digo yo. Y no me mires así, no estoy chalado.

Hizo un rápido gesto con la mano, como si tirara algo al suelo o ahuyentara una mosca. El bar estaba completamente lleno y se oían ruidos de sillas desplazándose alrededor de las mesas. La radio seguía con el partido, en el barrio entero resonaba la voz enloquecida del locutor, en la ciudad entera. Los muchachos habían dejado de jugar al billar. Andrés les veía borrosamente por encima del hombro de Mauricio. Algunos seguían con el taco en la mano y ensayaban jugadas imaginarias volcados sobre la mesa; otros lo hacían erguidos, despacio, cruzando finamente una pierna, adivinando su tedio blando y gelatinoso de los domingos sin atreverse a profundizar demasiado. Llevaban los cabellos untados de brillantina y el cuello de las camisas alzado en la nuca, idénticos pañuelitos blancos asomando por el bolsillo superior, idéntico entallado de americana, ajustada y pechugona, con las gabardinas escrupulosamente plegadas y colgando en el hombro, en aparente olvido, como a punto de irse todos a alguna parte.

–Bueno. Y tú... ¿qué haces? –dijo Andrés a Mauricio.

–¿En qué trabajo, quieres decir?

–Sí.

–Llevo la contabilidad de un par de empresas, talleres pequeños. Para ir tirando. No necesito más. Es que no quiero volver a Gerona, estoy mejor solo.

–Ya.

Los ojos claros de Mauricio miraban la copa de coñac desde un fondo de dudas, de inseguridad y desdén. Se agarró la mano inútil y la ayudó a meterse en el bolsillo de la americana de pana. Miró el reloj mientras se levantaba:

–Me voy. Tengo una cita.

–¿Con esa mujer?

Balart sonrió:

–Vaya, vaya.

–Sé quién es...

–Volveré más tarde. Salud.

Andrés se había ya levantado cuando Mauricio se iba, y como si aquel gran corpachón hubiese dejado un vacío inhóspito, él deambuló un rato entre las mesas sin saber qué hacer.

Más tarde se asomó a la puerta del bar. Llovía un poco, un agua pulverizada. Miró calle arriba y no vio a nadie. Tenía la mano en el bolsillo de la gabardina y tocó un pañuelo de Luis y sellos de correos pegados a un trozo de sobre. Eran sellos del Brasil. A menudo encontraba cosas de Luis olvidadas allí e intentaba acostumbrarse a ellas a fuerza de tacto; pero nunca consiguió siquiera que le fuera familiar la forma de los bolsillos, era como tener las manos enredadas en sucias telarañas. En la esquina próxima, su hermana y Julio Puig caminaban muy juntos bajo un paraguas. Hoy es domingo, pensó él, la gente del domingo. Su hermana le vio y se detuvo al borde de la acera. Andrés sostuvo su mirada. Matilde no se movía de allí y Julio la empujó por el codo y la obligó a seguir. Cuando desaparecieron, él pensó de nuevo que hoy era domingo y lo fácil que resultaba, años atrás, ir al cine un domingo.

Entonces llegó Tina, iba sin paraguas, con el abrigo azul cerrado hasta el cuello y los cortos cabellos aplastados en su cabeza por la lluvia. Andrés sonrió:

–Pareces un gato.

–Vamos, date prisa. ¿Hace mucho que me esperas?

–Qué importa –dijo él–. Aguarda un segundo.

Entró a comprar cigarrillos. Alrededor de una mesa había un grupo a punto de disgregarse, unos en pie, desperezándose, otros aún sentados y charlando ya sin fuerzas, penosamente, recogiendo las migajas de una discusión que otros habían iniciado. Había dos o tres ya con la oreja pegada a la radio. Andrés compró medio paquete de Chester. Cuando salió, la llovizna era tan débil que sólo se percibía sobre el fondo negro de los portales y sobre el negro de los alegres ojos de Tina, que caminaba muy pegada a él y hablaba de Sao Paulo, de su padre y del viaje que creía próximo:

–Y no me despediré de nadie. Te juro que la gozaré no despidiéndome de nadie.

–Harás muy bien.

–¿Adónde vamos? Me gustaría ver esa película...

–De momento a coger el metro. ¿Te parece, o temes mojarte?

–No, vale. Me gusta la lluvia.

Bajaron hasta la plaza Lesseps y saltando se mezclaron con la gente que hormigueaba en la boca del metro, cuyo olor cálido, en algún rincón de la memoria, aún les hablaba de bombardeos. Viajaron de pie tras el respaldo de un asiento y Tina ensayaba el efecto de su perfil sobre un fondo de caras anónimas, oscilantes y resignadas; sonreía, estiraba el cuello y atusaba sus cabellos húmedos. Él sabía que no pensaba más que en su cabecita lustrosa y negra, cuidadosamente despeinada, en la pintura roja de su boca y en la mirada de alguien allí cerca –segura ya de que la miraban, le hizo un cariñoso mohín a Andrés y le cogió la cara con las manos arrimándose a él con toda la brutal indolencia que le permitía su deseo de que la imaginaran poseída, segura y feliz.

–Eso será un rollo –decía Andrés. Volvió la cabeza y vio el asfalto esmaltado de la calle y la larga cola de gente doblando la esquina Gran Vía-Balmes. Tina miraba los coches que se detenían frente al cine y a las mujeres que se apeaban –la otra taquilla, la otra cola; siempre había estado segura de cuál tenía que ser la expresión adecuada, el gesto exacto al apearse de un coche: una mano en los cabellos, la mirada en algo que está por encima de las cabezas de la gente. –Andrés seguía hablando:

–... que es una buena película, estuvo solamente una semana en cartel, y en cambio eso... Eso durará cuatro o cinco meses. ¿Me escuchas, Tina?

–Te escucho. Y repito que quiero ver esa película, ¡quiero verla!

–Me parece idiota estarse aquí haciendo cola como borregos.

–Si quieres puedes irte. No voy a perderme.

–¡Pero si nunca has salido de casa!

–¡Mira el hombre de mundo! ¿Me tomas por una cría? Podría hablarte de muchas cosas de la vida que posiblemente ignoras... Fíjate –se arrimó a él, cogiéndole las solapas de la gabardina–, fíjate en esa mujer del abrigo rojo. Esa mujer tiene ángel, a que sí. ¿Sabes lo que es eso? Se puede ir a cualquier parte teniendo ángel...

Él le apretó el brazo suavemente, le rogó que bajara la voz. Los ojos fijos en ella pero sin conseguir interesarse por nada

–sobre todo viéndola allí, entre las gigantescas piernas del protagonista vestido de romano, la enorme pintura de cartón que ocupaba la fachada del Coliseum, un personaje chato, sin volumen, blandiendo grotescamente una lanza imposible en medio de un aplastamiento total–, la escuchaba musitar muy animada aquellas cosas sobre la vida y el éxito entresacadas de sus lecturas en el *Reader's Digest* y en *Primer Plano*.

–Dicen que es una de las diez condiciones esenciales para triunfar en la vida... ¿No te hace gracia?

–No hablas en serio –la interrumpió él sonriendo–. Oye, tengo una idea: tú ves la película y yo voy a ver si encuentro a Julita, no sea que se le olvide lo nuestro. ¿Te parece?

–¿Ahora? –Tina volvió la cabeza hacia los coches sin pestañear. Sólo se movió su flequillo–. Como quieras.

–No pongas esa cara, mujer. A ti no te importa ver esa película sola.

–Desde luego, puedes irte tranquilo. –Se llevó la mano a los cabellos–. *Or voar*, chico.

–Pasaré a recogerte, espérame aquí.

Tina le miraba ahora fijamente a los ojos por debajo de sus espesas pestañas: Andrés se acercó, ella se puso muy seria y le besó en los labios. Andrés abandonó la cola y empezó a caminar en dirección plaza Cataluña. Luego Rambla abajo. Había dejado totalmente de llover.

No encontró a Julita en casa. Vivía en un piso oscuro y pequeño, con un suelo de ladrillos abollado y trépido, paredes empapeladas y muebles enormes. Estaba situado en un callejón próximo a la calle San Pablo. La hermana de Julita apoyaba la mano en la jamba de la puerta sin dejarle pasar. Dentro había una atmósfera cálida que olía a tabaco rubio y a anís. Oyó una tos de hombre, un tintineo de vasos.

–¿Quieres que le dé algún recado cuando vuelva o prefieres esperarla?

–Esperaré un rato –dijo él.

Iba a entrar y apareció un tipo en mangas de camisa. Tenía aspecto de legionario en permiso, despechugado, chulo. Miraba torciendo la cabeza a un lado y se limpiaba los labios con el dorso de la mano.

–Es mi novio –empezó a decir ella con una voz nasal, y las espaldas de Andrés se alzaron un poco al trasponer la puerta–. Puedes esperarla en su cuarto.

Era como un nido de silencio. Andrés se tendió en el diván. La puerta quedó entornada y les vio pasar, el tatuado brazo de él sobre los hombros de ella, seguramente en dirección al comedor. Al poco rato volvió el hombre. Seguía mirándole con la cabeza a un lado y se llevó los vasos, la botella y una chaqueta de cuero que colgó en su hombro. Cerró la puerta de golpe.

Todas las cosas que tenían que pasar fueron pasando, como siempre, lentas y espaciadas, con aquella tristeza huidiza que él conocía bien: risas al otro lado de la pared, la tos del hombre, las campanadas neuróticas de un viejo reloj y más tarde el absoluto silencio. Iba oscureciendo y en el cuarto había mucho humo y siempre el olor a hierbas, dulzón, desconocido. Las paredes estaban empapeladas con un dibujo de grandes rosas azules. Había un despertador sobre un pequeño estante, con unas novelas de amor y un jarrón sin flores. Faltaba música: vio a Tina entrando en su cuarto y arrojándose sobre la cama con zapatos, abrigo y bolso, el brazo extendido y los dedos dispuestos para conectar la radio; y pensó que sólo cuando oía música, cualquiera, se descalzaba, se desnudaba y se dejaba besar.

La puerta se abrió y asomó la cara de la hermana de Julita.

–Dice éste –y con un desganado gesto de la cabeza señaló a su espalda– que si quieres fumar con nosotros.

–No.

Ella se encogió de hombros. Iba a cerrar de nuevo cuando Andrés añadió, levantándose:

–Podríais tener un poco de música, eso sí.

Después de un corto silencio ella se rió burlonamente, luego cerró la puerta. Andrés se acercó a la ventana y la abrió. Había oscurecido. Abajo, en el callejón, una luz sucia se esparcía débilmente sobre los adoquines apretados y sudorosos. Dos chavales jugaban junto al bordillo. A su izquierda, Andrés vio la luminosidad de la calle San Pablo alzándose levemente sobre los tejados, como un halo o polvillo de mariposa arrojado al aire.

Era un callejón que no parecía tener salida, corto, mojado aun sin llover, de fachadas ceñudas y muy encaradas y una sola bombilla pelada al extremo de un hierro curvado. La entrada del callejón que daba a San Pablo era una explosión de luz, y los dos chicos corrían hacia ella. Una mujer entraba pisando fuerte sobre los adoquines. No llevaba abrigo, era una silueta cimbreante y negra contra el chorro luminoso que se filtraba por sus cabellos y casi le dibujaba el cráneo. Parecía caminar en el aire y su sombra se iba haciendo larga en el suelo.

–¡Paco!

Los niños la saludaron con la mano sin dejar de correr. Ella se paró, insistiendo:

–¿No me oyes? ¡Paco!

El mayor se paró y se acercó a ella, que preguntó:

–¿Viste si entraba alguien en casa?

–Tu cuñado.

–Y otro, yo le he visto –gritó su compañero desde lejos.

Ella volvió los ojos a Paco:

–Dime, ¿seguro que era ese bestia, le viste bien?

–Seguro, Julita. –Se impacientaba, tenía prisa–. Bueno, adiós.

Escaparon a todo correr. Julita permaneció parada allí un rato. Abrió el bolso y miraba dentro mientras avanzaba unos pasos inciertos sobre los altos tacones. Orientándose inconscientemente en dirección a la explosión de luz de la calle San Pablo, manoseó algunos billetes de cien y por último cerró el bolso, miró su reloj de pulsera y se fue por donde había venido.

Se le cayó el cigarrillo al sacarlo del bolsillo. Se inclinó a recogerlo y el rumor de voces y la tos volvía a oírse al otro lado de la pared. Luego, un leve chillido, un vaso estrellado en el suelo. Los ojos de Andrés dieron un giro por el cuarto y las cosas empezaron a serle más próximas y fastidiosas: la boca del jarrón se abría en la penumbra del rincón, las novelitas apoyadas entre sí y el aire durmiendo a su alrededor, todo quieto. Más tarde se fijó en el despertador: las ocho y media. Oyó una puerta al cerrarse y luego los pasos de ella aproximándose. Creyó que era Julita y se sentó en el diván.

–Se ha ido –dijo ella–. Es mi novio… –Andrés se levantó bruscamente, ella añadió–: ¿Te vas ya? Puedes quedarte un rato, el tiempo que quieras... No pensaba ducharme todavía, pero si lo deseas... Sólo hemos estado charlando. Es uno de los pocos hombres con el que una puede hablar, la verdad. No me suele pasar eso. Lo mismo que tú y mi hermana. ¿Eh, decías...? No te oigo...

Andrés se desprendió suavemente de los brazos de ella, murmurando:

–... que sólo he venido para ver a tu hermana, es a ella a quién quiero ver.

–Ya lo sé. Oye, ¿la esperamos quemando un petardo...?

–No te esfuerces.

–¡Mira ése! ¿Qué tienes contra mí, rico?

–Nada. Perdona.

–Has venido para concretar con Julita lo del piso, para traerte a esa chica, ¿no? ¡Si estoy enterada! ¡Menudo pillo estás hecho! ¡Y qué lástima de ojos, Dios mío!

–Ya me cansé de esperar. ¿Qué harías tú?

Estaban en el centro de la habitación. Ella notaba la mirada del muchacho posándose en todas las cosas, envolviéndolas, casi podía ver cómo recorría sus dimensiones, cómo las moldeaba igual que la luz de un faro deslizándose sobre un terreno accidentado. La mirada dio la vuelta completa por la habitación y volvió a los hombros caídos de ella, a su perfil mandón y terco de andaluza fea. Al alejarse hacia la puerta del piso, Andrés pasó muy cerca de ella y con el hombro le rozó la nariz. Y ella bajó los ojos.

–Pues adiós, hijo –canturreó.

Cesó la llovizna y en todos los charcos había un destello muerto. Y una luz viva, afilada y deslizante en los coches que rodaban por la Gran Vía. Llegaba al cine cuando la gente salía de la segunda sesión. Se abrió paso hasta la escalera de anfiteatro –allí vio también algunos de ellos bajando despacio y con el gesto torcido, les reconocía aun sin moto: afectados, amanerados después de hora y media de desventajoso trato con los sueños, encendiendo cigarrillos en mitad de la escalera con un trabajoso algo de la expresión del protagonista en el rostro– y vio a Tina en lo alto, arrimada al pasamanos, dejando pasar a una riada de alborotados jovenzuelos. Luego él la perdió de vista. Salió a la calle y se puso delante de la fachada, a distancia. La gente fue despejando y allí estaba ella, en el bordillo de la acera, recreando una vez más su perfil y la gracia de aquella posición de sus piernas en la espera.

–¿Por qué andas siempre con la cabeza gacha? –le dijo ella mientras regresaban paseando–. Quítate las manos de los bolsillos. No sé, en casa pareces alguien, pero luego, entre la gente de la calle, me resultas bien poca cosa. Eres el timo de la estampita, hijo. Dame un beso, anda... ¿Qué te ha dicho ésa?

–No estaba en casa.

–¿Y qué has hecho todo ese rato?

–Nada. Pensar.

–Me parece que nunca conseguiremos ponernos de acuerdo con ella. Estas tías son así. ¡Pobre chica, de todos modos hay que compadecerla! ¿No crees? Debe ser tan dura esta clase de vida. ¿A ti qué te parece...? Bueno, cógeme del brazo por lo menos, ¿no?

Estaba encendida la luz del zaguán y encontraron la puerta del piso abierta. Tina llamó a su madre sin obtener respuesta. Con la rodilla, sin sacar las manos de los bolsillos, empujó la puerta de su cuarto y entró. Descolgó el bolso de su hombro y estuvo un rato moviéndolo como si fuera un péndulo. Buscaba la radio con los ojos. Dejó el bolso, se quitó el abrigo y salió del cuarto seguida de Andrés. No había nadie en casa. En el comedor encendió la luz y encontró la radio sobre la pequeña nevera estropeada del rincón, debajo del retrato de su padre. Acercó una silla y se sentó apoyando el brazo y la cabeza sobre la radio. Hizo girar el botón y esperó.

Andrés se quitaba la gabardina de Luis en el pasillo. La colgó en la percha y caminó hacia el comedor.

–¿No hay nadie? –dijo–. El día menos pensado entrarán a robar.

Se sentó en la mesa. Tina seguía buscando una emisora en aquel viejo trasto en forma de capilla. Luego dejó la radio, se volvió a él y veía su espalda inclinada sobre la mesa, su cuello delgado y firme y los cabellos ya demasiado largos siguiendo la curva de las orejas, cubriéndolas casi. Andrés la miró. Ella se había levantado y cogió su cabeza con las manos, apretándola a su vientre. Él se incorporó y empezaron a besarse. Luego Tina apoyó la espalda en la pared. Con solemnes manos de celebrante, Andrés le subió las faldas.

–Será mejor que no –dijo Tina–. Están al llegar.

Después de permanecer un rato abrazados, sin besarse, cada uno mirando abstraídamente más allá de la espalda del otro, se soltaron bajando las cabezas. Tina volvió a sentarse junto al receptor.

–¿Qué hacemos...? –dijo, y echó los brazos sobre la capilla, apoyó en ellos la frente y cruzó los pies bajo la silla. Aún tenía la falda subida. Andrés rodeaba la mesa.

–Nada. Esperar.

–¿Esperar qué?

–Simplemente esperar.

–¡Huy, hijo! ¿Pero qué?

–Cualquier cosa. Tiene que pasar algo.

–¡Bueno, no empieces! –exclamó Tina con fastidio–. Tengo sueño. Es estupendo tener mucho sueño. Si piensas darme la tabarra con tus cosas, será mejor que te busques a otra. A la Julita esa, por ejemplo.

Aplastó la boca sobre la piel del brazo y cerró los ojos. Andrés se sentó nuevamente en la mesa, de espaldas a Tina. La posición de los dos cuerpos guardaba cierto equilibrio entre sí bajo la goteante luz de la lámpara, bajo el techo, bajo el silencio absoluto de la casa. Andrés se frotó la nuca con las manos, los codos clavados fuertemente en la mesa. Se miraron en silencio, sus ojos se cruzaron casualmente. Y entonces, por un instante tuvieron confusa conciencia de la ciudad que habían dejado tras ellos y que les era ajena, la ciudad que existía y vivía su vida independiente, al margen de ellos. Era un presentimiento extraño y odioso, era el odio mismo. Y enseguida, por ráfagas, Andrés empezó a mascullar cosas, a maldecir –era una larga y rítmica ronquera, como la de una rueda descentrada, en cada vuelta cargando el odio y el hastío en el mismo vocablo– mientras a espaldas suyas las rodillas de oro de Tina se movían nerviosamente, subían una en la otra, cambiaban de postura:

–Que tengo sueño, te digo.

Pero Andrés aún permaneció un rato allí. Luego se volvió a mirarla a ella, que se abrazaba al receptor y parecía dormida, y se levantó. Miró el reloj. Las diez menos cuarto. Mañana veré a Mauricio. Hundió las manos en los bolsillos y se internó en el pasillo. Tina seguía igual, durmiéndose con los brazos y la cabeza sobre la radio encendida.

VII

Eran más de las diez cuando le pareció oír la puerta del piso. Luego, los pasos penetraron lentamente en el sueño y ella apretó los muslos. Sabía que era difícil seguir durmiendo en aquella postura –una persistente sensación de estar de pie y no sentada: abrió bruscamente los ojos y vio la silla que había ocupado Andrés. Fuera soplaba el viento y a través de los cristales de la galería se veían las sombras de los árboles azotándose entre sí en el jardín. Dejó caer los párpados otra vez. Le pareció entonces que el silencio era demasiado completo y se dijo que no estaba sola desde hacía rato.

Martín, envuelto en un comando verde perlado de gotitas de lluvia, se acercaba a ella palpando con la mano el borde de la mesa. Tina alzó la cabeza de pronto y le miró con sus furiosos ojos de muñeca. Él sonreía:

–¿Estabas durmiendo?

–¿Se puede saber qué haces aquí? No hay nadie...

Apartó la mirada de él y añadió con sorna:

–Mamá no está en casa, así que...

–¿Puedo quedarme un rato, Tina?

Ella suspiró simulando indiferencia. Miraba fijamente su propio brazo colgando aún sobre la radio e insensible, con la mancha rojiza en la piel, causada por el peso de la cabeza.

–Llueve otra vez –dijo Martín. Apoyó la mano en la mesa y

cargó el peso del cuerpo en el brazo, el hombro le subió con indolencia hasta la oreja, junto a la débil sonrisa que florecía en su boca. «Sabía que te encontraría así, lo sabía» murmuró despacio. Había dejado sobre la mesa una abultada cartera de cuero, apretada en complicados correajes, y que ahora miraba con ojos fríos, replegándose en una fatiga –la misma mirada de cansancio con que, una hora antes, había bajado del tren que le trajo desde Sabadell, donde pasó el día intentando cobrar unas facturas, caminando por calles desiertas y enfangadas en medio de las tristes y largas, interminables paredes lisas de fábricas vacías, y comiendo en un bar lleno de ruidos y oscuros paisanos endomingados, hasta que, de regreso y frente a la estación de Gracia, había visto el pequeño parque de atracciones y se había metido dentro dejando que le golpeara los hombros una muchedumbre exultante, vaciada, distanciada sin remedio y –le gustaba suponerlo– probablemente feliz. Entonces, como tantas veces, fue deseando poco a poco aquella luz quieta y sólida entre cuatro paredes cualesquiera de la torre de los Climent, una luz maciza y virgen como un bloque de hielo, y había pensado en ella viéndola en una postura semejante a la que ahora mostraba junto a la vieja radio con su cuerpo dúctil y simple saturado de sueño y de olvido, sin pasado...

–Estuve pensando en ti...

–¿De veras? –dijo ella burlonamente.

Seguía en la silla, de lado, casi recostada en la cadera, los brazos y la cabeza sobre la radio.

–No tenemos nada que hablar –añadió–. Vete, ¿quieres?

–Sólo una cosa, Tina. –Estuvo un momento pensativo. ¿Sabes que tu madre fue ayer al médico? ¿No te ha dicho nada?

Tina se desperezó frotándose el brazo entumecido, pesado como un tronco. Luego tiró de los bordes de la falda sobre las rodillas.

–Que te vayas.

Notaba a Martín demasiado cerca, adivinaba su mirada amplia y envolvente como un abrazo del que no se puede escapar. Sin embargo, aún sonrió burlonamente y cruzó y descruzó las piernas un par de veces con arrogancia antes de levantarse. Se dirigió a la galería, sin prisas, vio las ramas de los árboles inclinándose fatigosamente en el jardín, encendió la luz del cuarto de baño y se miró en el espejo.

–He venido para hablarte de tu madre, créeme –decía Martín desde la puerta–. ¿Me oyes? Quiero que me prestes atención: alguien en esta casa debe enterarse de lo que le pasa a tu madre...

Tina apagó la luz y fue a salir. Su frente chocó con el brazo de él, cruzado en la puerta.

–¡Bruto!

–Tu madre está muy enferma, Tina. Tienes que escucharme. A tus hermanos no se les puede hablar, no les importa nada su madre. Ya sabes como son. Pero tú eres distinta, tienes buen corazón...

–No me enternezcas, ¿quieres? ¿A qué viene ese repentino interés por la salud de mamá? Déjame pasar.

–Te repito que está muy enferma. Lo sabríais todo si alguna vez la hubieseis acompañado al médico. Ayer tarde fue a verle. Yo vine aquí y tú no estabas, no había nadie, y me dio pena que fuera sola y la acompañé.

–¡Qué galante! Déjame pasar, venga.

Martín suavizó la voz, sonrió:

–Oh, claro, perdona. –Retiró el brazo y ella se escabulló hacia el comedor. La siguió–. Es el corazón. El doctor estuvo muy contento de poder hablar conmigo, creyó que era uno de tus hermanos. Dijo que la cosa era bastante delicada...

Oyeron pasos en el corredor. Tina se detuvo para dejar pasar a su madre. Ésta llevaba el abrigo mojado y se lo estaba quitando con gestos impacientes.

–Toma –ordenó a Tina–, extiéndelo sobre mi cama. ¿Qué te pasa? –añadió al verle la cara, pero ya Tina se llevaba el abrigo. Entonces se volvió a Martín–: No es necesario que le cuentes nada, no le interesa. A ninguno de ellos les interesa nada que se refiera a su madre. Es horrible, pero es así. ¿Tú crees que alguna vez, siquiera por un elemental sentido de la convivencia, me han preguntado por qué voy al médico? Nunca.

Martín se sentó pesadamente en la mesa del comedor.

–De todos modos –añadió ella– te lo agradezco. Sí, te lo agradezco. Pero es mejor que no les digas nada. Puede enterarse su padre, creo que se lo cuentan todo en las cartas... Y él no admitiría a una mujer enferma a su lado. Por supuesto, yo no me siento enferma, pero...

–¡Bah! –cortó Martín con un gruñido–. Me daba lo mismo hablar de que estás enferma como de que estás loca, o del maldito tiempo que hace. Que no lo hacía por ti, vamos. Entérate.

Ella se inmovilizó, sorprendida y dolida.

–No es preciso ser tan grosero, hijo.

Martín la miró, luego bajó la cabeza. Su expresión no revelaba nada.

–Perdona.

Después de un corto silencio, ella musitó débilmente:

–Ya, comprendo. Nada en la vida es digno de tu interés como no sea ella, ¿verdad? –Le volvió la espalda y entró en la cocina–. Pero todos estáis equivocados: yo no me siento enferma. Estoy engordando, no he vuelto a tener mareos y el médico dice que mi salud es excelente... ¿No lo oíste? Debías estar distraído... ¿Me escuchas, Martín?

Entonces oyó el portazo y los pasos de Tina en el corredor.

–¿Te ayudo en algo? –dijo Tina al entrar.

–¿Dónde está? ¿Qué ha pasado?

–Nada. ¿Quieres que te ayude, o me quedo en mi cuarto leyendo?

–Pon la mesa. ¿Qué ha pasado? ¿Se ha ido?

–¡Y yo qué sé! Estaba contigo, ¿no? ¿Dónde están Luis y Ernesto?

Se acercó a la radio y la puso al máximo. Extendió luego el mantel sobre la mesa y de pronto se quedó inmóvil y pensativa. Su madre seguía en la cocina. Tina abrió la boca disponiéndose a hablar, pero antes fue a la radio y bajó el volumen. Dijo, mirando al suelo:

–Mamá, ¿es cierto que estás muy enferma? ¿Por qué no me has dicho nada?

Oyó un ruido de platos y luego la voz ligeramente temblona, pero enérgica:

–¡Qué va! Estoy perfectamente.

Tina volvió a darle a la radio todo el volumen y luego siguió poniendo la mesa.

VIII

Maruja Santos se plantó ante la mesa del comedor por enésima vez. La miró: no faltaba nada, el orden y su frialdad insolente estaban también allí, como en todo el piso, todo tenía su razón de ser como era y estar como estaba, y ella rondaba la mesa y se movía entre todas las cosas sabiendo que sólo sus movimientos carecían de algo. Iba ocupando huecos en la casa, llenando vacíos antiguos, pero ya tardíamente, con la sensación de haber llegado tarde y no poder cambiar nada. Se cruzó de brazos. Las pequeñas arrugas alrededor de sus ojos eran una risueña huella del pasado, le daban a su cara redonda y soñolienta el extraño aire de haber reído mucho alguna vez y de conservar quién sabe qué tonto recuerdo jubiloso o adolescente. Aún parecía joven, su condición de vecina poco sociable era una de las misteriosas pervivencias del barrio, su cuerpo suelto y lento se había detenido años atrás en un deseo incolmado de intimidad y de pertenencia, sus manos de fregona habían quedado sorprendidas con un sueño casi olvidado de dulce posesión, pequeña, humilde, porque ella no era nadie: sirvienta toda la vida, criada de esa gente que me tratará siempre bien.

Ahora, la mesa estaba dispuesta para su marido –un arreglo muy razonable, demasiado razonable para todo el mundo: «Viudo él, y militar, y a su edad, y ella llevando tantos años en la casa, claro, ¿qué iban a hacer?»– el trabajo estaba concluido y ella otra vez obligada a no pensar en nada. Era entonces cuando Mauricio y su comprensión, su cariño, empezaba a poseer su mente simple con avidez, como un agua empapando tierra calcinada. Se sentó. Había escuchado pasos en la escalera y sabía que él ya estaba en su piso, encima de su cabeza. Fue a ponerse el abrigo, se quedó indecisa un momento, consultó su reloj, volvió a sentarse. Ese chico... pensó, y veía a Martín tras la ventana de su casa, mirándola fijamente. Pensó en Mauricio: tendría la puerta del piso abierta, le hallaría en el comedor, estaría allí en medio de sus cosas desordenadas; era agradable no hallarle nunca comiendo o despachando sus asuntos; estaba allí, simplemente, parecía no necesitar nunca nada y llegó a ser tan natural que a ella jamás se le ocurrió pensar si tenía parientes, ni de dónde era ni cuál había sido su vida de antes –le veía allí como un producto del tiempo, como (le gustaba la comparación) un hermoso árbol que en verano proporciona sombra, y sin pasado ni futuro, quitándole el sentido a todo lo que había a su alrededor: porque el desorden de su habitación no hacía pensar en el orden, ni la suciedad en la limpieza, ni la oscuridad en la luz. Estaba allí, y ni él ni sus cosas necesitaban nada.

Se levantó y salió del piso después de lanzar una última mirada a Martín a través de la ventana. «¿Qué estará tramando, ese gamberro...?» Subía por la escalera corriendo y se detuvo en el siguiente rellano, vio la puerta entornada, entró.

–Creí que no subirías –dijo Mauricio al verla.

–Hola. –Su voz era débil, su sonrisa incierta y precipitada, los párpados siempre prestos a la caída suave de conformidad y aprobación–. ¿Dónde me siento?

–Aquí, donde quieras.

Él sonrió, siempre molesto ante su timidez. Fue hasta ella y le rozó el cuello con los dedos. Maruja había subido con el íntimo miedo de siempre, no había nada anormal en ella. Llevaba incluso aquel vestido morado que le colgaba más de un lado que de otro, lo llevaba con la misma tranquila indiferencia de todos los días. Seguía sin sentarse cuando dijo:

–¿Le has visto?

–Sí.

–¿Y qué vamos a hacer?

–Nada. No te preocupes. No le hagas caso.

Estaban en el cuarto que él usaba para todo –en realidad el piso se componía de dos habitaciones solamente, era el ático y todas las ventanas excepto una (justamente la que Martín miraba ahora con fijeza desde su casa) comunicaban con el tejado. Una pequeña mesa escritorio, un colgador de pie junto a un armario vetusto y una especie de velador improvisado con sillas de varios tipos; una lámpara de pie metálico, periódicos, revistas y unas cuantas estatuillas de barro en la mesa; un sillón de mimbre sosteniendo una chaqueta pijama y unos zapatos. En la habitación contigua estaba la cama y un palanganero con espejo. Maruja dejó los zapatos en el suelo, cogió una revista y se sentó en el sillón. Descubrió dos platos en la mesa con el cubierto y cáscaras de naranja, un vaso y una botella de vino. Dijo:

–¿Has vuelto a comer aquí? Pero ¿por qué haces esto? Te debe salir más caro que...

–Mujer, de vez en cuando hay que variar. No sé si conoces el estilo de los bares. Sopa y albóndigas.

Maruja sonrió. Mauricio dijo:

–¿Quieres algo? ¿Un vaso de vino?

–No.

Y se levantó, fue hasta la ventana y miró fuera. Abajo dormía el patio del colegio, la tierra con cicatrices de juegos abandonados durante el recreo de los párvulos. «Este chico, ahí...» murmuró. Mauricio la observaba ahora de pie en el centro del cuarto, los brazos cruzados y una expresión divertida. Iba a decirle algo cuando la vio apartarse bruscamente de la ventana y llevarse las manos a la cara.

–¡Oh...!

–¿Qué pasa? –dijo él acercándose.

–Me ha hecho un gesto con la mano... ¡El asqueroso!

–No le mires. Déjale, olvídate de él. ¿Cuántas veces he de decírtelo? Anda, ven acá.

–Siempre espiándonos...

–¿Tienes miedo?

–No... La vieja está ciega, ya te lo dije, y a ese mocoso no le temo. Que yo sepa, no conoce a mi marido... Pero eso no es normal, debe estar enfermo.

Mauricio adivinó que mentía, que realmente tenía miedo.

–¿Y tú, le conoces? –dijo.

Ella movió negativamente la cabeza. Luego añadió:

–De vista. Nunca me ha gustado.

–¿Qué quieres que haga? Le puedo decir cuatro cosas, claro –dijo Mauricio, pensativo–. Pero... Creo saber la clase de tipo que es. Lo que se dice un chico que sabe lo que quiere y lo consigue...

–¿De verdad crees que pretende algo?

–Estoy seguro. Ya me han contado varias cosas de él, alguien que le conoce bien. –Absorto, como para sí mismo, añadió–: Claro que Andrés es joven y...

Se interrumpió y alzó la mano para alisar sus cabellos. Estuvo un rato así, sonriéndose íntimamente, pensando en la juventud de Andrés sin poderla definir. Le vio tal como le había dejado media hora antes en el bar: solo, de codos en el mármol, con ojos de haber llorado por la inmovilidad o el humo, y viendo, o quizá sólo mirando, cómo los otros muchachos pegados al cristal de la puerta observaban el paso de algunas mujeres en la calle. Le había estado hablando de Maruja, de sus relaciones con ella, pero sin conseguir despertar su interés; todo lo más, el chico sonrió dos o tres veces, pero de un modo molesto y sumamente desagradable, como si le dolieran los músculos de la cara. «Ten cuidado», sólo le dijo.

–Bueno, ése es un buen chaval –concluyó.

–Pues a mí me parece que es otro golfo –dijo Maruja.

Él dejó de mirarla y se acercó a la ventana. Había casi oscurecido y vio las manchas de luz en la fachada frontal, las azoteas recortándose sobre el cielo pálido. Ella se había sentado de nuevo, las manos abandonadas en el regazo, las piernas metidas bajo la silla, fervorosamente apretadas las rodillas. Mauricio vio que Martín ya no estaba en su ventana, se lo dijo y ella suspiró, se levantó y fue hasta él. La noche empezaba a ser alta, fría y distante, podían contarse una a una las estrellas, como si no hubiera nada mejor que hacer. Mauricio, sonriendo, chasqueó los dedos ante las narices de Maruja:

–¿En qué piensas?

Ella le cogió la mano cariñosamente.

–Tengo que irme, es tarde. Creo que deberías averiguar qué pretende ese chico.

–Está bien, mujer. –Se volvió a ella y le puso las manos en la cintura, atrayéndola suavemente. Pareció costarle un poco decir–: ¿Sabes que te quiero mucho?

Completamente inexpresiva, ella se le quedó mirando un rato, luego sonrió. Ahora jugaba a rehuir sus labios. Volvía a estar a gusto, se sentía segura y quedaban lejos las horas vacías y el trato correcto, helado –como si ella aún fuese la de siempre– de su marido y de los hijos que no eran de ella, ya casados, que venían algún domingo a visitar a su padre y todavía la pellizcaban y querían gastarle aquella vieja broma del novio recluta y la carta mal escrita... De pronto se le ocurrió:

–¿Nunca has tenido novia, Mauricio?

–Para qué contarte. Tenía algunos proyectos, entonces. –Se echó a reír bajando la cabeza–. ¿Te das cuenta? Antes tenía proyectos. –Ella se sentó sin dejar de mirarle–. Ya ves, el tiempo ha venido a darle la razón a ella. Era una buena chica. Creo que jamás me interesó. Eso es, jamás me interesó.

Observaba a Maruja con cierta inquietud. Ella se encogió de hombros y dijo con voz resignada:

–Me es igual.

–Ya sé que tú no podrías sentir celos por eso, sería absurdo.

–Te digo que me es igual. Y no empieces a burlarte de mí...

–No me burlo. Y no tengas miedo, demonio. Te crees muy poca cosa. Y yo no he sido nada, un error tan grande que ha llenado toda mi vida. Eso he sido. Sin embargo, ¡aquí me tienes...!

–No me grites, por favor. Me iré si me gritas.

–No te vayas aún. Estoy nervioso. ¡Pero es que no se puede vivir con ese miedo en el cuerpo, Maruja, cuántas veces te lo he dicho!

Le dio la espalda. Ella seguía sentada, las rodillas apretadas. Mauricio apoyó la frente en el cristal de la ventana, suspiró:

–No me hagas caso, estoy nervioso.

–A ti también te preocupa lo que pueda saber de nosotros ese chico, reconócelo.

–No es eso, no es eso.

–Me voy, te he cansado. Te empeñas en que suba...

–Está bien, vete. Puede que tenga razón ese chico, y también todos los que van diciendo por ahí que me falta un tornillo. ¿Tú qué crees?

La miró a los ojos, volcando su rostro hacia ella. Luego añadió:

–¿Qué nos queda por hacer a los tipos como yo, como no sea el loco o aguantarnos...?

–No digas más tonterías.

–Llámalo como quieras. Tú no puedes entender.

–Cállate –suplicó Maruja, y bajó la cabeza. Mauricio la vio levantarse, abrir la puerta, ya estaba bajando las escaleras precipitadamente. Una bombilla desnuda iluminaba el último rellano.

–Maruja –llamó él bajando unos escalones–. Escúchame, no te vayas. –Bajó hasta ella, la retuvo por el brazo, la hizo girar y la apretó contra la pared suavemente–. Tienes que perdonarme. Nunca nos hemos enfadado...

–No es verdad. Ya no tienes paciencia conmigo. Te canso.

–No, hoy me he enojado no sé por qué. Por cosas en las que tú no entras.

–Está bien. Hasta mañana. Déjame marchar, es tarde.

–Siempre será tarde –susurró él besándola en la sien–. No tengo a nadie más que a ti, Maruja...

Ella ladeó la cabeza para mirarle fijamente a los ojos, con los suyos negros y asustados de no saber, de no poder comprender.

–Sí, Mauricio. Hasta mañana.

Se soltó y empezó a bajar. Iba sintiéndose más serena, más tranquila, pero más inútil y... Entonces le vio: primero fue el chasquido de la cerilla lo que atrajo su mirada, luego su rostro contraído ante la llama. Se había parado en medio de la escalera para encender un cigarrillo, y alzó los ojos a ella, que retrocedió deprisa y alcanzó a Mauricio cuando ya se disponía a cerrar la puerta. Martín llegó hasta ellos calmoso e indiferente, chupando con fuerza el cigarrillo mal encendido. Acabó por tirarlo con una mueca de asco. Intentó ser amable:

–Quisiera hablar un segundo con ustedes. Soy amigo de Andrés, creo que ya me conocen... ¿Puedo pasar?

–Estoy harto de ti –dijo secamente Mauricio. Escrutó sus ojos impertinentes, pensativo, y añadió–: ¿Qué quieres?

–Estoy... estoy en un apuro, tengo que hacer un largo viaje y... bueno. –Movía los brazos, sueltos, se apoyaba un rato en una pierna y luego en otra, aburridamente–. Bueno, ¿me deja entrar? Ella también, que entre –añadió al ver a Maruja indecisa. Y la miró a los ojos, sin un parpadeo–. ¿Quiere? Qué suerte encontrarles juntos.

Maruja bajó la cabeza. Martín sonrió. Mauricio le observaba sin moverse de la puerta. De pronto se apartó, dejó pasar a Martín y cogió a Maruja de la mano. «No tengas miedo», le dijo.

–¿Me he retrasado?

–No.

Andrés aplastó el cigarrillo en la pared, junto al hombro de Tina. La cogió de la mano y echaron a caminar juntos, tocándose las caderas con los nudillos. Ella lanzó una última mirada a la puerta de su casa.

–¿A qué viene entonces esa cara? –dijo Andrés.

–Tengo los nervios de punta.

Por encima de las deshojadas acacias se tensaba un pálido cielo salpicado de unas pocas estrellas. Tina llevaba una gruesa chaqueta roja sobre los hombros, con las solapas subidas. Doblaron la esquina y caminaron por una calle oscura, con aceras sin enladrillar y encharcadas. Tina aceleró el paso.

–Despacio –dijo él–. No tenemos prisa.

–Ya sé. ¿Hay novedades?

–No hay novedades. Por cierto, llevo lo justo para unos cafés.

Bajaron por República Argentina. Sin soltar la mano de Tina, él le dobló el brazo por detrás rodeándole la cintura y atrayéndola hacia él. La besó en la comisura de la boca, pero ella hizo un mohín. Luego empezó a sonreír.

En la cafetería, el altillo de techo bajo y bañado en luz roja estaba ya totalmente ocupado por parejas de novios oficinistas y chicas de academia. Bajaron de nuevo y se sentaron en una mesa frente al mostrador. Tina se quitó la chaqueta.

–Aquí nos ven incluso desde la calle.

–Y qué.

Le pasó un brazo por los hombros y se quedaron los dos mirando al frente. Tina irguió el cuello retadoramente:

–Es verdad –dijo–. Y qué.

El camarero se movía con los ojos bajos, encorvado e inexpresivo.

–Un gin-fiz con dos vasos, por favor –dijo Andrés.

El camarero pasó el paño por la mesa y se alejó.

–Hijo, me pones en un ridículo –dijo Tina.

–No llevo para más. –Alzó los hombros, sonrió, escondió el rostro en el cuello de ella–. Mejor es eso que vagar por las calles como perritos perdidos, ¿no crees? Si nos cansamos, pues largo y se acabó.

Le cogió la barbilla con la mano y buscó sus labios. Ella relajó el cuerpo, cerró los ojos, los párpados maquillados en azul se desplegaron lentamente sobre sus pupilas. La radio de la barra daba una remota música afrocubana, una sorda y confusa sucesión de tambores y maracas peleándose monótonamente entre sí. Un hombre se paró ante el cristal de la puerta y miró dentro con redondos ojos de pájaro nocturno. Luego entró. Dentro tenía una mirada perdularia, indolente, y llevaba un largo abrigo gris, grueso y pasado de moda, ceñido en las nalgas y en los riñones. Saludó a la chica del mostrador, se sentó en un taburete y se puso a jugar a los dados con ella. Tina estiró la falda sobre sus rodillas.

–Mírale –dijo Andrés–, no hace muchos años aún andaba atracando los bares.

–¿Ése? –dijo Tina sin demasiado interés–. ¿Atracando?

–Bueno, llámalo como quieras. Contribución. Es vieja camisa. Mario le conoce bien.

–Al revés. –Tina husmeó el suelo–. Aquí ha estado alguien que le sudan los pies. Bueno, háblame del camisa vieja.

Levantó el vaso, quitó con los dedos la rodaja de limón y se la comió con expresión ceñuda. Andrés encendió un cigarrillo. Lo dejó luego en el platillo de loza y se ladeó hacia ella. Tina añadió:

–Tengo calor.

–Y yo te quiero mucho.

–No me hagas reír.

–No empecemos, ¿quieres?

–¿No empecemos qué?

Igual que antes besos, ahora intercambiaron suspiros. Donde estaba realmente su impaciencia, era en sus cuerpos. Tina acabó por sonreír, sus ojos negros bizqueando a unos centímetros de la boca de Andrés. Descubrieron la mirada oblicua del hombre del abrigo largo sentado en la barra, su sonrisa irónica y pegajosa. Agitaba el pringoso cubilete de cuero de los dados y de vez en cuando disimulaba su evidente interés por las piernas de Tina clavando los ojos inertes en las botellas de las estanterías. Volcada ante él, la chica del mostrador se mordía las uñas sonriendo misteriosamente. Lucía un gran escote y la piel de sus pechos aupados era lechosa.

Andrés echó la cabeza hacia atrás:

–¡Maldito mirón de mierda! ¡Qué tipos, qué país, coño!

–Chissst, pero qué dices. ¿Otra vez?

–Tina, larguémonos. Termina eso.

–Se está bien aquí, caray. Contigo es que no se puede salir. Dame un cigarrillo. Pronto se irá alguna parejita de arriba y quedará una mesa libre... Bueno, hijo, que esto no arde solo –añadió agitando el cigarrillo.

Andrés frotó una cerilla.

–El desgraciado. Lleva un abrigo del año de la quica. Se morirá con él.

–Déjale, puñeta. Yo ni le veo.

–Es que me carga esa gente.

–Tiene sus añitos, no creas.

–Bueno, termina eso.

Ella le atrajo hacia sí, sonriendo. La atmósfera era ya densa. Tina apretó las rodillas. Andrés puso la mano en una de ellas, frotándola como si fuese una manzana. En la barra, el hombre estaba ahora solo y miraba las botellas de las estanterías con una suerte de tozudez en las facciones, como si quisiera aprenderse de memoria las marcas de los licores.

Andrés expulsó el aire de los pulmones cansadamente –en público, los besos de Tina eran largos, interminables–, inclinó luego la cabeza frente a la boca todavía abierta de Tina y su voz se introdujo con suavidad en la música, se revolcó en ella roncamente:

–Vámonos de aquí, Tina. Me gustan tus labios, pero vámonos.

Ella lanzó un bufido:

–¿Se puede saber dónde?

–A tu casa. A donde sea.

El hombre embutido en el largo abrigo bajó del taburete y, desperezándose, se movió en torno a ellos. Andrés susurró:

–Mira el Movimiento...

–¡Ya está! –cortó Tina–. Tengo una idea mejor. –Y se levantó bruscamente, con júbilo–. Dame la chaqueta, corre.

–¿Qué es?

En la calle volvieron a cogerse de la mano y a cruzar los dedos, balanceando los brazos y rozándose los muslos con los nudillos. Volvieron a subir por República Argentina esquivando a la gente presurosa con movimientos de hombro.

–Me gustaría saber –dijo Tina con voz que oscilaba entre el grito y la risa– por qué nunca estás a gusto en ninguna parte.

–Y yo quisiera saber por qué puñeta te entusiasman tanto esos bares. –Y se reía también, sin poderlo evitar–. Todo son parejas felices, oficinistas con plan, hijos de papá y niñas de academia...

–¡Hay que ver cómo eres, eh! A ver, ¿tú y yo no formamos una pareja normal? ¡Jo, jo!

–Y luego están los mirones. Y ése del Movimiento con sus pobres ojos de lechuza solitaria.

–Le das demasiada importancia...

–Yo a todo le doy importancia. ¿No viste cómo te miraba las piernas?

–Bueno, y qué.

Los tranvías bajaban rechinando hacia Lesseps. No hacía frío. El cielo, sobre el bien recortado límite de edificios escalonados, estaba más limpio y poblado de estrellas. Tina empezó a hablar de discos que no tenía y deseaba tener y Andrés dejó de escucharla. Se adentraron en la calle donde vivía Martín.

–Es un disparate –dijo Andrés.

–Bah. Martín y yo hemos subido muchas veces. Nadie nos vio nunca. Claro que depende de quien esté en la portería.

–No me gustaría nada tropezarnos con él ahora.

–A estas horas está en el bar con los amigotes.

Entraron en el portal, ella tirando de la mano de él.

Un sector del embaldosado recibía la luz del barracón de la portera. Andrés, soltando la mano de Tina, cruzó rápido el zaguán y subió unos peldaños de la escalera para evitar ser visto. Allí se paró. Tina pegó la nariz contra el cristal de la portería vio a la niña escribiendo en un cuaderno escolar, en la mesa; sonrió, guiñando el ojo, y la saludó con la mano.

–Hola, guapa.

La pequeña levantó la cabeza, observándola, el lápiz completamente vertical sobre el cuaderno.

–Martín se ha ido... –empezó, sonriendo al reconocer a Tina.

Tina le hizo un mohín y se despidió con la mano. Alcanzó a Andrés y subieron juntos.

–¿Has visto qué fácil? La llave siempre está en la puerta. Desde la azotea hay una vista maravillosa.

Después del último piso, en el rellano siguiente, dio vuelta a la llave de una pequeña puerta carcomida, subieron cuatro escalones más y salieron al terrado. Había dos grandes depósitos de agua destacándose contra la noche. El suelo de ladrillos hacía pendiente y bajo los zapatos crujía una arena muy fina. Tina le condujo al pequeño cuarto, cuya puerta de madera estaba atascada. Había un lavadero, cajas reventadas de champán y alambres tendidos.

–Acércate.

Sonriendo siempre, mirándole a los ojos, Tina retrocedió y recostó la espalda en la pared. Sus pómulos y su frente resaltaban con un tono mate en la penumbra. Andrés soltó la mano de la puerta, avanzó un poco con la cabeza baja. Cuando Tina se colgó de su cuello, la chaqueta se desprendió de sus hombros y quedó colgando en los brazos de él, que apretaba sus nalgas amorosamente.

–Estás delgadita.

–Ah, recuérdame que luego tengo que pasar por la lechería.

–Tu madre te reñirá.

–Si no se me olvida ir por la leche, no.

Notaban la humedad y el olor fresco a jabón disuelto. Sobre la cabeza de ella, un ventanuco con dos barrotes cruzados dejaba ver trozos de cielo estrellado. Los grumos de cemento del muro se clavaban en la espalda de Tina a través del delgado jersey.

Luego la brisa se pegó a su piel de pronto y fríamente. Andrés le cogió la cara con las manos. Los ojos de ella eran completamente negros, sin un destello.

–Salgamos, hace frío –dijo Tina.

Se acodaron en la balaustrada de pequeños pilares panzudos, sobre la calle. El aire empezaba a ser molesto. Andrés rodeó los hombros de Tina con el brazo y apoyó la mejilla en sus cabellos. Abajo veían las ramas de las acacias y a lo lejos la anchura del Paseo de Gracia con sus luces, y, a la izquierda, la Vía Layetana.

–No apartes la boca de mis cabellos, me gusta –dijo.

–Se está bien aquí, es verdad. Pero tenemos que irnos.

–Todavía estás lleno de calor. –Se encogió apretándose a él–. Debemos parecer dos animalitos. ¿Has sido feliz?

–Sí. ¿Y tú?

–Contigo, siempre.

–Ah, la lechería. No nos olvidemos.

Tina inclinó la cabeza, pensativa.

–Me preocupa mamá. Eso del corazón, un día nos dará un disgusto. Pobre mamá, hay que reconocer que ha tenido bien poca suerte. Y los malditos giros de papá, que no llegan. Sería horrible que hubiese decidido no enviar más dinero. ¿Te das cuenta...? Bien podría ser. Me temo que mamá está bien enferma, fíjate.

–No te atormentes. Ahora que, eso sí, también podrías ser un poco más atenta con ella.

–¡Si supieras!

–Bueno, un día te irás de esta asquerosa ciudad y lo olvidarás todo.

Ella se irguió, enfrentándose con la expresión adusta de su amigo. El aire mezclaba sus cabellos. Le estuvo mirando a los ojos un rato, en silencio. Enseguida pareció serenarse.

–Tienes razón. Olvidaré. Buscaré un chico como tú, serio, inteligente, sin ganas de tontear, que sepa hacerme el amor... Te quiero, Andrés. Nunca me había sentido tan segura de mí misma como ahora. No me importa lo que pueda ocurrir mañana...

–¿Y qué puede ocurrir mañana? Nada.

–Ya sé, ya sé.

El viento empezaba a golpearles el rostro. Él la cogió de la mano.

–Vamos.

Cuando salieron a la calle, el viento les obligaba a bajar la cabeza. La niña, que ahora estaba en la acera, había saludado a Tina con la mano sin conseguir hacerse ver y ya corría detrás de ellos diciéndoles adiós, el lápiz aún en su mano en posición correcta para escribir, y se quedó luego inmóvil en mitad de la calle, mirándoles, los bracitos separados del cuerpo en medio del viento como si fuese un pequeño globo hinchado de aire. Les vio doblando la esquina con las cabezas yertas sobre el pecho, contra la ventisca.

IX

Los cuatro viejos de la mesa del fondo formaban parte del vacío, los golpes de sus nudillos sobre el mármol al soltar las cartas tenían el mismo tono de las cosas que ya no se oían en el bar: el de las cucharillas en el cristal de las copas o el del vapor resoplando en la cafetera eléctrica.

–No me irás a decir que esta mocosa te interesa –decía Mauricio.

–Pues sí, mira, esta mocosa me interesa. Tú no la conoces: se pasa el día haciendo las cosas más sorprendentes e inesperadas, y con toda el alma, con la mayor ilusión. Ella no ha perdido la inocencia. Se sabe canciones enteras de memoria, se prueba sus jerséis de colores, tiene todavía preferencia por algún color, ¿entiendes?, o por un día de la semana, por un número. Adora la vida como nadie... Es estupendo, pero yo no consigo acostumbrarme... Nos liamos hace dos o tres años, mucho antes de hacerse novia de Martín. Fue una Nochevieja... ¿Te lo cuento? Habíamos estado bailando toda la noche en su casa, yo presentía lo que iba a ocurrir. Bailé también con su madre, era muy alegre entonces, tenía dinero. Recuerdo que todavía vestían muy bien y en la casa nunca faltaba comida, allí no se conocía la cartilla ni el racionamiento, y yo me sentía avergonzado con mis ropas oliendo a taller y mis dedos llenos de cortes. Estaba cansado, aquella noche, Luis dibujaba monigotes en un papel sobre el piano y Ernesto nos miraba, mareado por el champán, y decía sandeces aprendidas en la academia. Nos habíamos divertido. Debían ser las cinco cuando decidí irme, pero Tina quería seguir bailando. Apoyaba la cabeza en mi hombro y me daba el vientre como ella sabe hacerlo. Teníamos la radio encendida, quedaba justo a la altura de nuestras caderas, sobre la vieja nevera del rincón. Su madre se desnudaba en el dormitorio y recuerdo que fue la primera vez que la oí lamentarse de su aburrimiento y su soledad, eso decía, llamando a gritos a Luis y a Ernesto, que ya dormían. La pobre mujer se había despedido de mí con su primoroso y ridículo lenguaje de fiesta mundana, que reserva para estas ocasiones, pero enseguida la oímos en su cuarto tirando cosas al suelo y armando un escándalo de mil demonios. Luego gemía en la cama, lloraba, gritaba a Luis y a Ernesto y luego a mí, y tuve que traerle, aconsejado por Tina, una copa de champán. Volví junto a Tina, estábamos solos y repentinamente la casa quedó en silencio, Tina apagó la radio, los dos nos sentíamos deprimidos y tristes igual que en uno de esos días de septiembre que de manera imprevista, ¿a ti no te pasa?, amanece gris y frío sin que nada nos lo haya advertido, y comprendemos que el verano ha terminado... Así que decidí marcharme antes de llegar a cabrearme del todo. Y estaba poniéndome la gabardina en el pasillo cuando Tina vino y me echó los brazos al cuello. Estuvimos cerca de media hora besándonos tímidamente, apoyados en la pared, a oscuras, yo era la primera vez que besaba a una chica... Y perdimos el mundo de vista porque sólo mucho después, al mirar hacia el comedor, la vimos a ella de pie con su largo camisón, a contraluz, escrutando las sombras del pasillo, estaba inmóvil y era una sombra con la botella de champán y unas copas en la mano. No estaba enfadada ni mucho menos, vino y dijo que había que celebrarlo, tuvimos que beber con ella la última copa para entrar juntos en el año nuevo, eso dijo... Luego nos dejó pero desde su cuarto llamaba a Tina. Tina es como una caja de música, ¿sabes?, la tomas entre tus brazos y vibra, vive, sueña tus sueños...

Levantó las manos, cruzadas sobre el mármol de la mesa, las mantuvo un rato en suspenso y volvió a dejarlas caer pesadamente, añadiendo:

–Pero creo que sería una suerte para los dos que su padre la llamara pronto a su lado, tal como ella espera y desea. Sería una solución, ¿no crees?

–No sé. ¿Por qué quieres librarte de ella?

–No es eso... Mira, a veces me pone frenético que mamá se imagine que yo soy en el fondo igual que mi padre. Pero es una situación bastante cómoda... Pronto empezará a creer que abandoné el empleo sin motivo, y entonces será peor.

–¿Qué tiene que ver? No te entiendo, chico. –Mauricio puso la mano inútil sobre la mesa, moviendo el hombro con un gesto brusco y ascendente, mecánico. Andrés terminó de beber su vermut y él añadió–: Tú sabrás si pierdes o no el tiempo. No esperes que te aconseje, yo no sé dar consejos. De todos modos, no es bueno pensar demasiado en todo eso. Pronto olerás a muerto, Andrés, como sigas lamentándote. Mírame a mí...

–Tú no hueles a muerto, Mauricio.

–No sirvo para nada.

–No digas eso. Yo te aprecio.

Mauricio sacó su novelita del bolsillo, la abrió por la página doblada y miró a su amigo a los ojos.

–El sexo también es un fantasma –dijo–. No tiene importancia, algún día lo comprenderás.

–Pues por eso. Bueno, vamos a beber.

–Háblame de ese individuo, de Martín. Fuisteis buenos amigos, ¿verdad? ¿Sabías que vino a exigirme dinero?

–Ya.

–¡Menudo liante!

–¿Se lo diste?

–Claro que no. Dice que lo necesita para dejar a su madre

en un asilo y así poder marcharse a Inglaterra. Está loco o enfermo. Se está buscando un buen escarmiento. Le asusté, y creo que no volverá...

–No estés tan seguro. Es muy cabezón. A mí me tiene como cosa aparte cuando nos vemos en casa de Tina, como algo que no cuenta. Es como si el tío llevara un plan adelante, un plan bien estudiado en el cual yo no significo nada, ningún peligro, ni siquiera un estorbo. –Andrés sonrió pensativo–. Nos respetamos.

Empezaron a entrar. Primero dos y luego dos más. Estuvieron unos minutos apoyados de codos en el mostrador hasta que llegó Segovia y empezó a darles fuertes palmadas en la espalda. Segovia decidía siempre por todos. Cruzaron el local hasta los billares, silbando y frotándose las manos ante la boca, al calor del aliento.

–No es de aquí –decía Andrés–. ¿Sabías que nació en Alicante y que ha vivido en Granada? Su padre murió medio loco en la cárcel al terminar la guerra. Su madre ya era una mujer de cierta edad cuando se casó, y primero la guerra y luego la muerte de su marido se ve que la envejecieron rápidamente. Sin parientes y sin recursos en Alicante, tomó a Martín y se trasladó a Granada, donde vivió unos años, y luego se vino aquí confiando en un primo de su marido. Pero las cosas fueron mal y al principio tuvo que ir a vivir a Sabadell. Pagó los estudios de comercio de Martín repasando y cosiendo unas grandes piezas de tejidos que le mandaban las fábricas del Marcet y esos. Metros y metros de tela, un trabajo agotador y mal pagado que estropeó sus ojos. A Martín se le encendía la sangre siempre que me hablaba de eso. No terminó los estudios, entró a trabajar en una casa importante y acabó siendo agente de ventas. Así me lo contó él. Me dijo: yo era entonces un tipo formal y elegante y aún me sentía más jodido que ahora, pero la gente se fiaba de mí... Hacía frecuentes viajes a Barcelona y acabó por buscar piso y trasladarse aquí con su madre.

Ella perdía la vista poco a poco. Tal vez con una operación a tiempo... pero Martín no se la podía pagar. Él se lo pasa bien ahora, viaja a menudo. Pronto, cuando llegue el buen tiempo, se marchará otra vez.

Encendió un cigarrillo. Mauricio le miraba a los ojos con una expresión que no revelaba nada.

–Eso es lo que sé de él –siguió Andrés–. Y algunas cosas más que me ha contado Tina acerca de su infancia. Pero es difícil saber dónde está la verdad y la mentira en todo lo que Tina dice... Me contó que había tenido una niñez muy extraña; posiblemente me lo contaba para reforzar su opinión sobre la locura hereditaria o algo así, Tina no le puede tragar; no sé qué me contó una vez de su madre, la de Martín, que siempre tenía que ir a buscarle en los pisos de la vecindad, era un niño que se metía ya desde chico en todas las casas, entre gente desconocida, se colaba en los comedores y las cocinas y allí se quedaba mirando a la gente, inmóvil y callado y sin provocar extrañeza a nadie. Más bien se hacía querer. Eso, según Tina, que no lo puede ni ver, ahora. Pero no creas que es un anormal ni mucho menos, puede que sea un irresponsable o un sinvergüenza de cuidado, como dice mi hermana. Aunque lo dudo. Es muy inteligente...

–Por el momento puedo garantizarte que es un pelma –le interrumpió Mauricio–. Su piso da frente al mío, por la parte de atrás, sobre el colegio, y el tío se pasa horas enteras pegado al cristal de la ventana espiándonos a Maruja y a mí. Que no juegue. Recuérdale que le hincharé la cara cualquier día, tal como le dije.

–No me hablo con él –dijo Andrés absorto, siguiendo el hilo de su pensamiento–. Se debe aburrir, me hablaba mucho de su aburrimiento...

–Pues que se compre un loro.

–... Pero no es un enfermo. En él todo es pose, sobre todo en casa de los Climent, donde hay una atmósfera especial... Pero en la calle es distinto, es como los demás chicos, como esos. Incluso se permite gamberradas ahora, yo se las he visto.

Mauricio había abierto su libro. Andrés pidió otro botellín de vermut.

–No empieces a beber, que te cae como un tiro.

–Bueno, pues conoció a Tina y se hicieron novios. Y poco después, en el parque Güell, tuvimos una disputa y todo acabó entre nosotros.

Bebió y con la otra mano se frotaba distraídamente el sobaco. La mano izquierda de Mauricio descansaba sobre el mármol, yerta, con todas las cicatrices amarillas semejantes a lagartos aplastados. Andrés añadió:

–Me gustaba salir con él, hablar, me gustó siempre su seguridad, la voluntad que ponía en todo. Decía siempre lo que pensaba, ante cualquiera y donde fuera. Es algo que a mí me habría gustado saber hacer... Sobre todo por un tipo –Andrés se rió de pronto, se golpeó la frente con los dedos–, ¡oye, qué tipo más raro!, fue amigo del buenazo de mi padre y de vez en cuando viene a casa a comer y a meternos el rollo de la guerra haciendo llorar a mamá con sus puñeteros recuerdos...

–Estás muy hablador hoy, ¿eh? –bromeó Mauricio, cuando el teléfono sonaba en la pequeña cabina. Un muchacho que acababa de entrar en el bar pareció que iba a descolgarlo, pero se encogió de hombros y siguió camino de los billares. Chasqueaba los dedos y silbaba. Mario entró en la cabina.

–¡Andrés Ferrán, al teléfono! –gritó en una tonadilla–. Es una chavala.

Andrés se levantó y cogió el teléfono.

–¿Quién?

–Soy Tina...

–¿Qué hay?

–¡Ven enseguida! ¡Hace más de media hora que está golpeando la puerta con los puños! ¡Por favor, date prisa! ¡Está como loco y no quiero abrirle...!

–Pero, ¿no está nadie contigo?

–Luis, pero como si no estuviera. No me hace caso, parece no importarle nada que revienten la puerta... ¿Me oyes, Andrés? ¡Tienes que venir enseguida!

–Está bien. No le abras, procuraré hablarle.

Colgó y salió fuera. Vio la mirada en suspenso de Mauricio al abrir la puerta del bar, la vio a través del cristal que reflejaba también la gente que pasaba por la calle. Le hizo un gesto con la mano y salió.

Se imaginaba a Martín golpeando la puerta allí de pie, recto como una tabla, indiferente, sin prisas, sin un gesto de más. Debían ser las siete de la tarde. Cuando llegó, él ya no estaba. En la escalera que conducía al terrado tampoco le vio. Volvió a salir a la calle y miró arriba y abajo. Luego llamó a la puerta. Tuvo que llamar dos veces. Oyó pasos en el corredor.

–Soy yo. Andrés –dijo acercando la boca a la mirilla.

Tina abrió. Llevaba el jersey amarillo, una vieja falda muy corta, calcetines rojos y un pañuelo de su madre atado al cuello. El flequillo, encogido sobre su frente, formaba un cilindro lustroso y negro. Antes de volver a cerrar la puerta se asomó para ver el zaguán.

–Se ha ido –dijo él–. ¿Qué pasó?

Ella se colgó de su cuello, estuvo un rato sin decir nada, con el pecho agitado, y fue apoyándose de espaldas a la puerta. Suspiró y dijo:

–Sabía que era él, lo presentí y por eso se me ocurrió espiar por la mirilla antes de abrir. Menos mal. Naturalmente, no quise abrir. Ha sido un milagro que la puerta estuviera hoy cerrada. –Apretaba fuertemente los dedos en la nuca de él, se alzó de puntillas para llegar con los labios a su oreja–. Y empezó a insultarme. ¡Me ha llamado de todo! Nunca le había oído hablar así, te lo aseguro, parecía un golfo del Carmelo... Golpeaba la puerta y gritaba: ¡Te juro que te mataré algún día, mala puta! ¡Lo juro por mi madre, lo juro! ¡Ha sido horrible lo que me ha dicho, Andrés! ¡Oh!, no te irás ahora, ¿verdad que no te irás, Andrés?

–Cálmate, anda.

Andrés apoyó las manos en la puerta.

–¿Y Luis? –dijo–. ¿No me has dicho que estaba aquí?

–De sobra le conoces. A él no le importa nada, se ríe, se burla, o bien se sienta al piano y lo aporrea. ¡Me pone frenética! Créeme, he pasado unos momentos horribles, porque me temo que si ese loco de Martín pudiera, haría todo cuanto dice. ¿Sabes lo que me ha dicho?

–Lo imagino.

Tina, con los ojos ahora muy fijos en los de él, sonrió de una manera vaga e incongruente, con una mezcla de repugnancia y de excitación irreprimible. Susurró:

–¿Te imaginas...?

Andrés, suavemente, se deshizo de su abrazo; no consiguió que parpadeara siquiera, pero la sonrisa alucinada fue esfumándose.

–Y tú lo encuentras divertido, ¿no?

–¿Yo? –Volvió el miedo a los ojos de ella–. Pero, ¿qué quieres que haga, qué puedo hacer? ¿Pasarme el día llorando? Mamá ha ido al médico y sospecho que él lo sabía... Oh, yo no puedo soportarlo más, Andrés. Papá no ha vuelto a escribirme, no sé nada de él y por si fuera poco hace meses que no nos ha enviado ningún giro. Mamá está preocupada, nunca hubo retraso tan largo. Oye, ¿crees que se habrá olvidado de nosotros? ¿O de lo que me prometió a mí, a mí sola?

–Calma, calma.

Andrés se volvió a medias y miró a lo largo del pasillo. Un resplandor débil, seguramente de la lámpara de la mesilla, salía del cuarto de Tina. Ella creyó tal vez que iba a hablar con Luis en el comedor, porque le alcanzó de un repentino salto y le retuvo por el brazo.

–¿Qué pasa?

–Luis está en el lavabo... –Un repentino temor, en los ojos de Tina, dejó paso al alivio al comprender que Andrés quería entrar en el dormitorio. Le siguió. Había montones de revistas de cine sobre la cama, un espejito de mano, un pintalabios y un frasco de colonia. Sobre la mesilla, delante de la radio, una botellita destapada de laca para las uñas esparcía por la habitación un olor fuerte y dulce. Tina se acercó despacio a la cama y él se fijó en sus labios mal pintados y todavía brillantes. La vio tenderse de espaldas en la cama y clavar los ojos en el techo, las revistas crujiendo bajo su cuerpo.

–¡Dios mío, cuándo me reclamará papá! ¡Allí estaré morena todo el año, la vida es más alegre, la gente se divierte más, vive más!

–¿Quién te ha dicho eso? –preguntó él con aire distraído mientras sacudía la colcha con la mano y se disponía a sentarse.

–Eso lo sabe todo el mundo. –Le miró extrañada–. ¿Hombre, y tú me lo preguntas? ¿Precisamente tú, que siempre hablas de lo mismo? Que si esto es una birria, que habría que emigrar, que si la porquería del sueldo, que si el atraso en que vivimos. Que si todo está muerto, el cine, el teatro, los libros...

–Bueno, bueno, frena.

–¿No me has dicho más de una vez todo eso? ¡Di ahora que no! Eres tú quien entiende de estas cosas, tú quien las repite hasta hacerse pesado. Yo no. No sé por qué le das tanta importancia, pero es así. ¿Piensas lo que dices cuando hablas o no?

–Es tontería discutir contigo.

–Pues entonces te contradices, chico. ¡A ver si no!

–Boba. El que no me guste lo mío no significa que prefiera lo de los demás. Me gustaría viajar. Eso sí. Viajar puede ser a veces una solución...

–No me vengas con frases. Parece como si tú y Martín hubieseis ido al mismo colegio. Viajar no es una forma de vida, uno no se puede pasar la vida viajando, digo yo.

–Sí que se puede.

–Yo sólo sé que a ti te gustaría vivir en el extranjero, lo has dicho muchas veces.

–¡Pero qué liosa llegas a ser! No lo he dicho nunca, en todo caso te lo ha parecido a ti. ¡Calamidad! ¡Ignorante!

–¿Y tú?

Se estiró el borde del jersey muy despacio y sonrió, mirándole con ojos repentinamente risueños y cariñosos:

–Cuentista. ¿No quieres besarme, después del miedo que he pasado? Porque mira que llegas a ser cuentista. Y te contradices.

–No me contradigo. No todo me interesa de los otros países, al menos en el sentido que tú te figuras. Les puedo admirar y nada más. Pero no les envidio, ¿te enteras? –Cogió un puñado de revistas agitándolas ante la cara de ella–. ¡Menos leer pijadas sobre Tyrone Power y más salir a la calle a ver qué pasa, eso deberías hacer! ¡Y tu madre y tus hermanos también, que no sabéis en qué país vivís!

–¡Ya está con sus camelos intelectuales y políticos, el monito ése! Sí, hablar ya sabes, ya. Todo eso es muy bonito. Pero entonces, en vez de estar siempre quejándote como un viejo inválido y maldecir día tras día, ¿por qué no haces algo?

–Pero qué. Qué se puede hacer.

–Ah, hijo, no sé...

–Bah, estás loca.

–Bien, estoy loca. –Tina estiró los brazos, relajó el cuerpo y sonrió otra vez, mirándole ahora por entre las espesas pestañas negras–. Loquita pero por tu culpa. Cada día más. ¿Por qué no hablamos de otra cosa? Anda, ven, acércate.

–Lo que voy a hacer es irme. He dejado a un amigo en el bar.

–¡Siempre el bar! ¿Es allí donde aprendes todo eso? Feo, que estás muy feo cuando te enfadas.

–¿Enfadarme? Contigo es imposible, no sabes lo que quieres.

–¡Hombre, muy bonito! ¿Te gustaría saber lo que quiero? Pues lo que todo el mundo: quiero vivir feliz, ser amada, casarme y tener hijos y todo eso. ¿Es mucho pedir?

–Es mucha contradicción.

–Pero antes –siguió Tina, sin prestarle atención– deseo irme de aquí y divertirme mucho, conocer a muchos hombres... ¿Es que no tengo derecho?

–¿Derecho? Eso depende. ¿Sabes qué te digo? Que no has pensado ni cinco minutos en todo eso, pero seriamente, de lo contrario no lo pedirías como quien pide un beso. Ya me entiendes.

–¿Qué pasa ahora con mis besos? –Puso los labios en forma de O, conteniendo las ganas de reír–. Pero te entiendo, ¡claro que te entiendo! Quieres que te pida un beso...

–¡Oh, contigo es imposible! ¿Estás viendo como no hablas en serio? Mira, hoy no tengo ganas de juerga, perdona.

Andrés se levantó. Ella dijo:

–Acércate, gran pensador. Ven, siéntate más cerca de mí, aquí. –Se incorporó y con la mano le tiró del pantalón–. ¿Qué te pasa, ya no te gusta tu cajita de música?

Él se dejó sentar en la cama.

–Pero no discutamos –dijo–. Busca otra emisora.

Tina manipuló en la radio. Seguía echada, y con la otra mano acariciaba la nuca de Andrés. Sonrió con aire ausente y dijo:

–Te mandaré postales del Brasil. ¿Me escribirás alguna vez?

Se incorporó un poco para abrazarle, pegando tiernamente la mejilla a su espalda. Entornó los ojos.

–Y también te enviaré fotos, muchas fotos llenas de luz y de color, con mis nuevos amigos, en las playas, en las calles, en fiestas; porque a papá le gusta mucho organizar fiestas. Y me haré una foto dentro de su coche, con sus hijos y su mujer. ¿Por qué no? Conoceré gente nueva y siempre tendré la piel morena, en un verano sin fin. Allí nunca hace frío, no hay esta humedad. Y tú aquí, quejándote y blasfemando. ¡Pobrecito Andrés! Oye, ¿tú crees que allí voy a encontrar a alguien como tú? Te voy a echar de menos.

–Pero te divertirás mucho más. –Andrés volvió la cabeza y la miró sonriendo–. ¿No ves que estás hecha una putilla?

–Mal educado. No quieras ser como Martín, a ti no te va. –Calló un rato y frotaba la mejilla en la espalda de él, cerrando los ojos–. No, allí no encontraré a nadie como tú. Tendré que pedirle a papá que te lleve también.

–Me lo pensaré.

–Martín vendría. Será lo que quieras, pero en estas cosas es más decidido. Es capaz de todo. ¿Sabes qué he llegado a pensar a veces? Que se hizo novio mío para poder ir a Brasil y vivir sin apuros a la sombra de papá. Sólo por eso me está rondando, por nada más.

–No –dijo Andrés–. No creo. Pero hubo un tiempo que sólo hablaba de irse.

–Tú también.

–Pero a mí ya me pasó. Mauricio dice que es como el sarampión. Oye, ¿tú no le tienes miedo a los deseos repentinos?

–Yo no le tengo miedo a nada.

Él la observó un momento, renunció a discutir y sonrió:

–Porque eres una putilla muy bonita...

Ella le tapó la boca con la mano. Quiso besarle en el cuello. Andrés le besó los labios brevemente, luego se levantó pero ella no quería soltarse y quedó colgada en su espalda, riéndose.

–Ya está bien de jugar, Tina...

–¡Pero, chico!

–Me voy, hace una hora que quiero irme.

Tina le soltó refunfuñando y se quedó arrodillada en la cama.

–Me están esperando –dijo Andrés–, lo siento.

–No me irás a decir que tienes miedo de Martín –dijo ella–. Desde luego puede volver.

–¡Qué tonta! ¿Te crees que todos bailamos alrededor tuyo? Ni que fueras...

–¿Ni que fuera quién?

Tina se tumbó de nuevo. Dijo en un susurro:

–Ya no te gusto.

Y cerró los ojos, las manos sobre los pequeños senos moldeados por el jersey amarillo, el ceño arrugado simulando una tristeza. Con sus calcetines, su pañuelo anudado al cuello, sus espesas pestañas sombreando ahora sus pómulos altos, parecía necesitar y convocar un sueño feliz e infantil. Pero enseguida empezó a sonreír con coquetería y a estirarse el jersey. Añadió, sin abrir los ojos:

–Antes siempre me decías: el día que dejemos de gustarnos, ¿qué haremos...? ¿Te acuerdas? Me gustaba eso. Y me daba miedo...

–Adiós.

–Uno sólo. Anda, no seas feo. Uno sólo.

Sus dedos, con las uñas a medio pintar lanzando destellos rojos, se deslizaron lentamente sobre su vientre y sus caderas. Andrés la miraba, de pie entre las dos camas. Después, cuando se hubo sentado junto a ella y se inclinaba sobre su cabeza de cortos cabellos, intensamente negros y oliendo a criatura recién nacida, pensó con cierta nostalgia de iluso luchador vencido en la voz desfallecida de Mauricio, en aquel tono suave y crepuscular de la voz de Mauricio, irreal entre las violentas resonancias del bar a pesar de su innegable autoridad –su fuerza sobre todo, que ahora no estaba aquí para ayudarle y que tanto significaba en ocasiones, que le penetraba, que le obligaba a veces a besar repentinamente a su madre con esperanza, con verdadero cariño, sin saber por qué, o a levantar la cabeza orgullosamente al entrar en cualquier sitio público, con una agradable idea de resignación imposible, de intransigencia, de rebeldía, de vaga estupidez y de soledad.

Más tarde, al irse, encontró a Luis en el portal de la calle. Dijo que esperaba a su madre.

–Debes cuidar de tu hermana, Luis –le dijo Andrés palmeando cariñosamente su espalda–. ¿Armó mucho ruido ese loco?

–¿Cómo? ¿Qué...?

–Martín... –Luis le miraba sin comprender. Andrés añadió–: ¿No ha estado Martín aquí, golpeando la puerta para entrar?

–No. –Y entonces Luis sonrió con sus labios húmedos–. Aquí no ha venido nadie. Te han engañado, chaval.

X

Tina se incorporó en la cama y encendió la luz de la mesilla. No podía dormir. Sudaba. Las puntas ligeramente curvadas de sus cabellos cortos y atezados se pegaban a su frente, orejas y nuca. Miró a su madre, en la otra cama, y la vio durmiendo boca arriba con una expresión entre dolorida y asombrada. Pensó que seguramente ya había amanecido. Abrió el cajón de la mesilla y buscó a tientas los cigarrillos. Solamente quedaba uno; lo colgó en sus labios, lo encendió y luego acomodó la almohada en su espalda. Será esta noche, pensó. Primero iremos a un bar que tenga buena música y bailaremos hasta cansarnos. Aspiraba lentamente el humo y lo soltaba con fuerza, soplando. Se quedaba mirándolo mientras pensaba oscuramente en la atmósfera que había en los cabarets desde siempre, desde que ella era una niña y vivía en aquel lujoso piso de la calle Diputación esquina Rambla de Cataluña –recordaba muy bien a su padre y a su madre de pie en la puerta, como tantas noches, él con su traje negro, erguido, remoto, ella con su vestido de noche, sus hombros blancos, sus joyas. Siempre les había visto desde sus muñecos parlantes y sus perritos lanudos, desde su mundo de vajillas y cocinas diminutas, a lo largo del piso encerado, cristalino, entre butacas olorosas y relucientes patas de sillas, cortinajes y alfombras. El piso de la calle Diputación era difícil de olvidar. Su padre siempre se volvía para mirarla antes de abrir la puerta: «Adiós, muñeca.» Iban a una fiesta. Tal vez a un cabaret. Su madre se miraba los hombros y decía: «Alfonso, dame un cigarrillo.» Y él sacaba tan limpiamente la pitillera dorada del bolsillo, parecía cosa de magia, y cogía un pitillo, lo encendía despacio y lo ponía en la boca de ella. Después salían. Iban a una fiesta, o a un cabaret...

Chupó del cigarrillo con rabia, los ojos clavados vengativamente en la penumbra del cuarto. Tenía los labios inflados y sin pintura. Estiró las piernas entre las sábanas y pensó que sus piernas eran afortunadamente bonitas y que ellos las miraban como intentando siempre adivinar la forma exacta y tal vez incluso el color de los muslos, se sonrió íntimamente, pensativa, apurando el cigarrillo con una prisa maquinal mientras levantaba las rodillas apoyando en ellas los brazos y la barbilla. Su madre se movió en la cama y ella pudo ver su espalda y luego su rostro desencajado asomando por encima del hombro.

–Tina...

–Aquí estoy.

–¿Se puede saber qué haces? Son las siete.

–Nada, mamá. Estoy fumando, ¿no lo ves?

Andrés se levantó a las nueve y media y estuvo un rato ante el lavabo con las manos apoyadas a ambos lados del espejo y la cabeza gacha. No miró ni una sola vez hacia la ventana, no vio el pálido sol inundando la calle. Se lavó, fue a su cuarto y empezó a vestirse. En el comedor se puso la americana mientras desayunaba. Luego se echó la gabardina sobre los hombros y se inclinó ante un pequeño recipiente de cristal, en el aparador, cogió una peseta y se la guardó en el bolsillo. Abrió cuidadosamente la puerta del dormitorio, estuvo un rato quieto con la cabeza vuelta hacia atrás oyendo la leve respiración de ella en el silencio fuerte y compacto del piso, mirando estúpidamente el cuchillo y aquella servilleta, tan nueva, que siempre le ponían en la mesa y que nunca usaba.

–¿Duermes, mamá?
–No. ¿Adónde vas? ¿Has comido ya?
–Sí, no te preocupes.
Ella estaba vestida y echada en la cama, rígida, y sólo la cabeza ladeada y el cuello tenso por el frío o el gesto parecían tener vida.
–Pero, mamá, ¿por qué no te desnudas y te metes en la cama?
–Es sólo un momento –dijo ella–. ¿Dónde dices que vas?
–Tengo que ver a un chico. Es uno que trabajaba antes conmigo. Me habló de un empleo, veré si me interesa...
Su madre volvió lentamente la cabeza al otro lado, cerrando los ojos y manteniendo las manos cruzadas sobre el pecho. Sus párpados parecían de cera. Andrés se acercó a ella y la besó en la frente, demorándose.
–Hasta luego, mamá.
Ya en la calle, con paso rápido se encaminó directamente al taller. Le abrió un muchacho que no conocía, un aprendiz casi oculto bajo el enorme guardapolvo gris que le llegaba a los pies y que el vitriolo había agujereado en el pecho.
–Quiero hablar con uno que se llama Soler –dijo Andrés–. Todavía trabaja aquí, ¿no?
–Sí. Pase. Un momento.
Andrés se quedó solo. Podía oír, allí dentro, el ruido sordo de las máquinas de troquelar y laminar. En la salita había un par de butacas desflecadas y grasientas y una mesilla llena de revistas de joyería, sin cubiertas –seguían arrancándolas ellos a espaldas del dueño, pensó Andrés, para copiar algún collar o simplemente por el hermoso rostro de la modelo que lo exhibía sobre un descotado y pulimentado pecho y que les evocaba aquel otro mundo para el cual trabajaban más de quince horas diarias; un sonrisa helada en el papel y unos ojos de imposible azul que recortaban y pegaban en sus bancos de trabajo, en las paredes de sus cuartos o en el depósito de gasolina de sus motocicletas–. Soler, flaco y encorvado, híbrido, de cabellos blan-

quecinos más que rubios, sin cejas ni pestañas y con aquel doloroso proyecto de sonrisa flotando siempre en sus labios, asomaba la cabeza a la antesala y miraba a Andrés.

–Vienes por lo del oro, ¿verdad? –dijo–. ¡Qué grande eres!

–¿Lo conseguiste?

–Claro. Espera.

Desapareció sonriendo. Andrés se sentó en la butaca, raspó una cerilla y dejó que se apagara lentamente en sus dedos, mirándola distraído y bizco. No es un robo, se decía, no lo es: bien mirado, ¿quién roba a quién? Oyó pasos, el ruido tan conocido de la puerta automática que daba al taller, y Soler volvía a estar a su lado con su borrosa sonrisa.

–Aquí tienes, Andrés.

Le entregó unos billetes de cien pesetas.

–El jefe no se ha enterado, ¿verdad? –dijo Andrés.

–Claro que no.

–¿A cuánto has vendido el oro? –dijo Andrés contando el dinero.

–A treinta y nueve. No pude sacar más, lo siento.

–Trece gramos. Todo lo que me quedaba, los sagrados residuos del oficio... Dime una cosa, Soler: ¿tú crees que eso es robar?

Su amigo acentuó la vaga sonrisa.

–Hombre... Todos lo hacemos.

–Si uno lo piensa un poco, ¿quién roba a quién? Este oro lo fui juntando el último mes que trabajé aquí. ¿Quién lo ha comprado?

–Uno... No le conoces, es nuevo. Oye, yo te habría prestado cualquier cosa, pero ya sabes que ahora no puedo.

De nuevo en su cara aquella sonrisa temblorosa y frágil, como un reflejo en agua agitada. De nuevo era el Soler de siempre, el que negaba la hora por azoramiento o timidez o miedo.

–Así que hay gente nueva –dijo Andrés.

–Desde que tú te has ido han venido cuatro, pero sólo han entrado dos. Estas vacaciones pasadas encalaron las paredes, ya no se ven tus dibujos, aquella caricatura tan buena de Paco. ¿Y tú qué haces...? Hemos sido buenos amigos tú y yo, ¿eh? ¡Ya lo creo...! ¿Por qué dejaste el oficio?

–Pues nada, ahora no hago nada. No sabría decirte por qué dejé esto... Tú trabajabas a mi lado y podías ver lo que me pasaba, la mala suerte que tenía en todo.

–No eras tan malo trabajando... El rey del calado. Pero tenías desgracia.

–A lo mejor sólo era culpa mía. No sé, chico. A lo mejor es que no sirvo para eso. Recuerdo muy bien cómo me mirabas aquella mañana que perdí los cuatro gramos de oro... Bueno, no sé si tú te acordarás, porque me pasó tantas veces... Pero no creas que fue sólo por los cuatro gramos. Aunque ya ves, aquel día decidí dejar el oficio... (Los rayos de sol caían oblicuos sobre los bancos de trabajo, eran como bloques de polvo y hollín, sólidos como tablones apuntalando la cristalera. Todos habían terminado de desayunar y el suelo del taller estaba plagado de hojas de periódico arrugadas, manchadas de aceite y con pieles de naranja. A través de las ventanas abiertas se veía el verano, se adivinaba en el jardín el zumbido de insectos y el sol sobre las plantas y alrededor de los tiernos cerezos: dentro también estaba en el aire caliente y en los hombros bronceados de algunos, los más jóvenes, en las camisetas blancas y en los andares perezosos de los cuerpos junto a máquinas y mesas. Andrés estaba de pie ante las balanzas comprobando la merma de una pulsera recién terminada y a punto de entrega. Pesó todo, lo recogió y volvió a su puesto en el banco de trabajo, se sentó, tomó el lápiz y comprobó haciendo números la maldita sospecha de siempre: faltaban cuatro gramos. Levantó la cabeza del papel y lanzó una maldición, sus ojos miraban sin ver la pared frontal llena de monigotes e indecencias trazadas a punta de lima, y en cuyo centro estaba la caricatura brutal del gran responsable y el viejo reloj. Los segundos caían del péndulo silenciosamente, olvidados e inevitables como gotas de agua en un grifo mal cerrado. Arrojó el lápiz al suelo y se cogió la cabeza. Otra vez lo mismo. No puedo seguir así, estoy perdiendo el tiempo..., pensaba, e inmediatamente se decía que no, que había sin duda otras razones y que no valía engañarse. No debía ser sólo por la mala suerte, sino también por la ira y la tristeza, aquella maldita y diaria cita con la ira y la impotencia que llenaba totalmente sus ocho horas de trabajo, aquel sordo rumor de quejas mudas, de engaño, de dolor incomunicable y de soledad convergiendo todo hacia su pecho desde cada operario, desde cada puesto de trabajo. Y todo ello le contrariaba, le convertía en un extraño. Era el silencio –le gustaba suponer–, la sensación de silencio en torno cuando precisamente hubiese deseado gritar hasta romperse los pulmones, lo que a menudo le trastornaba echando a perder su trabajo y su poco conocimiento del oficio. Ahora se levantó, fue al cuarto de fundición y estuvo durante toda la mañana buscando el oro perdido entre los carbones y revolviendo el saco con los escombros de toda la semana. De vez en cuando volvía a su puesto de trabajo y sumaba y repasaba de nuevo todos los números. Pero seguían faltando los cuatro gramos. Soler, a su lado, le miraba con sus ojos blancos, apenado. «¿Qué te pasa?», preguntó. «He perdido cuatro gramos.» Luego se iba a las balanzas y lo pesaba todo otra vez. No se había equivocado en nada, y volvía al banco rastreando el suelo, ceñudo, introduciendo distraídamente los insensibles dedos llenos de cortes de sierra en los agujeros producidos por el vitriolo en la camiseta. Intentó recordar cuántas veces había fundido el metal, las limaduras y retales que habían sobrado... No hay que darle vueltas, yo no sirvo para aguantar todo esto... Pero luego cerraba los ojos y se decía que no era solamente cuestión de incapacidad. Soler le miraba con la boca abierta y la lima detenida en su mano: «Te has quedado amarillo... No hay para tanto, hombre, no pasará nada. Una bronca del jefe...» Él no le oía. A la una de la tarde, cuando ya muchos habían abandonado los bancos de trabajo y se vestían para irse a casa, él seguía revolviendo carbones en el cuarto de fundición. Cinco obreros cuyos hogares quedaban muy lejos del taller, se traían todos los días la comida y se quedaban allí. Andrés les vio al salir de la fundición: sentados en el suelo, recostando la espalda en la pared y con las piernas abiertas frente a fiambreras abolladas y brillantes por el uso y servilletas a cuadros, enormes pedazos de pan chorreando aceite y tortillas y blandos tomates partidos sobre papeles de periódico. Masticaban despacio y cabizbajos, con aire ausente; alguno calentaba la fiambrera con el soplete de gas, otro leía la aceitosa hoja de una revista que había servido de envoltorio a la comida, interesado, crédulo, sobándose la imaginación y la buena fe con reportajes y fotos en color de hombres y mujeres que habían triunfado en la vida –nadie había puesto aquello en sus manos, pero, además, la hora recordaba también a sus mujeres e hijos comiendo en la mesa: la imposible unidad del hogar y la familia que pregonaban enfáticamente las fuerzas vivas y aquella Iglesia tan lejana, tan ajena. Andrés se quedó ante ellos repentinamente inmóvil como frente a un charco, mirándoles, diciéndose una vez más que no sabía de la vida ni la mitad, y arrojó al suelo los cuatro gramos de oro recién encontrados por fin, una estrella negra –semejante a una gota de agua sorprendida por la helada en el instante de estrellarse contra el suelo, el oro estaba rígido y desparramado sobre el carbón cuando él lo encontró– que empujó con el pie hasta meterla debajo de una laminadora y luego se encaminó hacia el despacho donde estaba el dueño para decirle sin expresión alguna pero con extraña firmeza: He perdido cuatro gramos de oro. No los encuentro.)

–... Seguramente –prosiguió Andrés– fue también por otras razones, pero no quise ni enterarme...

–¿Por qué hiciste esa tontería? –dijo Soler.

–No sé, es complicado.

Su amigo sonreía tímidamente, había en sus ojos ese brillo desesperanzado del que se esfuerza por comprender sin conseguirlo.

–Siempre has sido un poco loco –dijo al fin–. Un tipo raro.

Andrés abrió la puerta. Quiso añadir algo más. Pero se sintió de pronto distanciado de todo aquello, del amigo y su limpia mirada, del parpadeo incesante de sus bondadosos ojos sin pestañas, del mismo trabajo y de las paredes llenas de dibujos enterrados para siempre bajo la capa de cal.

Mediada la mañana, Tina estaba en la galería peinándose. Los cristales de colores encuadraban el sol en el enlosado con diversas tonalidades, como un mosaico, era un sol espeso, dulce como un vaso de vino lleno de sedimentos. Se había duchado y sentía a través del albornoz la presión suave y uniforme del sol. Estaba a gusto, tenía una idea bien definida, rotunda y agradable de la juventud de su cuerpo. A veces, cuando algo empezaba a aburrirla, se ponía a pensar un buen rato en su cuerpo hasta afirmar esta idea en su mente y mantenerla sobre todas las demás; hasta que no lo daba por un hecho no era feliz. Entonces guardaba celosamente este convencimiento en alguna honda zona de su cerebro y se ponía a canturrear:

–¡Qué día más estupendo!

Luis se apartó de la mesa del comedor, donde tenía su desayuno, y se acercó a la cristalera. Miró fuera, a la hiedra muerta y a los tres escalones quebrándose serenamente bajo el sol. Solía decir:

–Este jardín me da sueño.

Tina entró en el cuarto de baño y se lavó los dientes. Después de desayunar se metió en su cuarto. Se vistió. Chasqueó la lengua, contrariada, al recordar que no le quedaban cigarrillos. «Cómo tarda Andrés.» Estaba poniéndose las medias. Después salió para dirigirse al despacho donde estudiaba Ernesto. Luis se marchaba cerrando la puerta.

–¡Cuidado, hermanito –dijo ella con sorna–, no te pongas demasiado al sol, que te hará daño!

–¡Déjame ya!

En el despacho descolgó el teléfono y marcó un número. Miraba la cabeza de Ernesto inclinada sobre el libro abierto. No daba la impresión de leer; con los dedos de la mano derecha iba arrugando cuartillas distraídamente y las colocaba en hilera sobre la mesa.

–Ya deberías estar en la academia –dijo Tina–. ¿Dónde está mamá?

–No lo sé.

–¿No te ha dicho nada?

–Bueno, sí, que iba al médico.

–¿Otra vez? ¿Tú sabes qué le pasa a mamá, Ernesto?

–No. Pero ya sabes cómo es mamá. Siempre le pasa algo. A las mujeres como mamá siempre les pasa algo...

–¡Está bien, pesado!

–... De toda la vida.

–Ahora cállate. –Le volvió la espalda y se concentró en el teléfono–. Oiga, ¿está ahí Andrés? Sí, Andrés Ferrán. Gracias.

Por encima del hombro vio a su hermano jugando con las bolas de papel.

–¿Por qué no intentas estudiar un poco? –Oyó la voz a través del hilo–. ¿Eres tú? ¿Y qué? ¿Lo conseguiste...? ¡Estupendo! Ven pronto, te espero. ¡Ah!, y tráeme un paquete de Chester. Hasta luego.

Cuando llegó Andrés, estaba haciendo las camas de sus hermanos. Le vio entrar despacio, sin corbata y algo sucio.

–Pero bueno, supongo que esta noche... –dijo mirándole de arriba a abajo– te arreglarás un poco, ¿no?

–Ahí tienes eso.

Tiró los cigarrillos sobre la cama. Tina se acercó a él, le abrochó la americana y ordenó un poco sus cabellos, arrimándose a su cuerpo. Bajó los ojos:

–Dime: ¿cuánto has conseguido?

–Lo bastante para pasar un buen rato. ¿Estás decidida? ¿No te vas a echar atrás?

–¿Tienes la llave?

–Esta tarde veré a Julita.

Ella ladeó la cabeza sin dejar de sonreír íntimamente:

–Será emocionante –dijo–. Me pondré la falda azul y el jersey negro, y la gabardina blanca con cinturón y zapatos de tacón alto... Tengo un pintalabios morado por estrenar. Tú debes ponerte corbata...

Andrés se echó a reír.

–Eres única. –La vio abrir el paquete de Chester con dedos nerviosos–. ¿Dónde está tu madre?

–Quiero tener mucho cuidado, ¿sabes? –dijo Tina–. Estaremos solos, después de haber bailado por ahí hasta reventar, solos en ese piso, pero quiero tener mucho cuidado esta vez... ¡Ah, tenía tantas ganas de salir una noche! Y sólo tú puedes sacarme de aquí.

–¿Dónde está tu madre? ¿Qué piensas decirle?

–Que voy a Mongat, a casa de tío Anselmo. Ya está.

–Eso es.

–Y que volveré mañana en el primer tren.

–Muy bien.

Andrés salió del cuarto, en el pasillo se volvió para mirarla.

–Te esperaré en la puerta del bar. A las diez.

–De acuerdo, a las diez.

A esa hora Luis dormía con las piernas recogidas y de cara a la pared, dando la espalda a todos, segregando aquella saliva blanquísima por las comisuras de los labios. Lo tenía ya todo hecho, solucionado –o se le veía así o bien sentado en la cama, arropado con mantas y viejos albornoces de su padre, frotándose las manos y leyendo sobadas novelas de Vargas Vila con terroríficos dibujos en las portadas, no sin antes haber dejado, furtivamente, todas las camas de la casa sin almohada. Se le veía en todas las habitaciones, entrando, o saliendo, absorto, con las manos en los bolsillos y silbando una tonadilla, ligeramente adelantado su perfil ganchudo, indiferente a todo lo que podía ocurrir en la casa y a toda discusión, incluso cuando se refería a él. Se le veía siempre moviéndose. Nadie sabía por qué ni para qué, pero era igual, nadie tenía interés en saberlo. Ni siquiera sus frecuentes incursiones por el barrio, que preparaba meticulosamente, como si partiera a remotos confines, movían a pensar en amigos o en una chica, resultaba imposible relacionarlo con algo o imaginar el lugar donde pudiera hallarse cuando no se le veía, era como si de pronto hubiese dejado de existir algo que nunca fue más que un recuerdo. Daba siempre la impresión de tener sus cosas en el lugar exacto. Ahora tenía ya todo solucionado. Dormía.

Tina le miraba por la luna del armario mientras se vestía; le veía encogido, con su espalda insultante sumergida en el sueño y la penumbra. El reloj del comedor daba las diez. Ella enderezaba las costuras de sus medias y fue contando mentalmente las diez campanadas. Su madre estaba sentada junto a Ernesto, que forraba con papel azul unos libros de texto sobre la cama.

–Qué raro que no te pintes los labios –decía la mujer mirando a Tina–. Con esos zapatos tendrás frío. Y te vas a caer, no estás acostumbrada...

–Me gustan.

–Llevas dos dedos de maquillaje. Ni que fueras a una recepción. Lo que no comprendo es por qué no te das un poco de color en los labios...

–¡Bueno!

–Y este absurdo jersey negro.

–¡Sí... sí...!

–No, si a mí me es igual.

–Pues cállate, mamá.

–¿Dónde está tu buen gusto? No pareces hija mía.

La vio ponerse la gabardina blanca y luego dos grandes

anillas plateadas en las orejas. Se fijó en sus cabellos tan cortos y aplastados en la nuca.

–Pareces un chico.

–¡Por favor, mamá!

–Le dices a tu tío que a ver cuándo viene a verme.

–Sí.

–Y muchos besos a Carmelita.

–Sí.

Le hubiese gustado recordar el nombre de aquellos locales que habían recorrido. Bebió un poco en todos ellos y sólo le quedaba una rumorosa impresión de penumbra, de rincones y mesitas envueltas en luz mortecina, de música y parejas enlazadas. Rostros desconocidos se volvían de vez en cuando para mirarla con risueña solidaridad, como si quisieran dar a entender que ella también les pertenecía un poco por el simple hecho de hallarse allí en medio de las risas discretas, el humo y los besuqueos, todos inmersos en una atmósfera densa que parecía convertirles en extraños celebrantes de un mismo y laborioso rito que había que consumar en alguna otra parte: adictos del magreo en la década en que florecieron estas catacumbas, concretamente en Saratoga, un tipo de local muy en boga, pequeño y oscuro, bañado en agonizante luz roja, con frágiles mesitas e incómodos asientos incrustados a lo largo de la pared, las parejas se besaban arduamente delante del camarero, que les servía indiferente. Tina había dejado de mostrar asombro y curiosidad, ahora presentía ciertas miradas de las mesas próximas y las ponía sobre todos sus pensamientos, sus mentiras ya consumadas en casa («No, mamá, no me pinto los labios ni pienso hacerlo como no sea con el lápiz morado, ¡y precisamente con éste no me dejas!», y sin embargo, al salir de casa se había parado en la calle, bajo la primera farola que encontró, para pintarse la boca, espejo en mano, con la barra morada) y las otras mentiras en proyecto, para mañana, porque había que inventar algo acerca del tío Anselmo.

–¿Estás contenta? –dijo Andrés.

Ella hizo un mohín, descruzó las piernas, alcanzó el vaso de gin-fiz y bebió un largo trago.

–Sí, pero... Pensaba que sería otra cosa.

–¿Otra cosa?

–Sí, no sé... Vamos a bailar, ¿quieres?

Los invisibles altavoces soltaban un ritmo estridente, pero ellos bailaron despacio y muy juntos, mirándose a los ojos, en la orilla más solitaria de la pista. Tina echó los brazos al cuello de Andrés, y de nuevo se sintió pequeña y frágil al notar las manos de él acariciando su espalda y sus nalgas, de nuevo tuvo conciencia de un cierto desamparo cuya causa no habría sabido explicar. Miró en torno, luego apoyó la boca en el hombro de Andrés y murmuró:

–No me dejes nunca, ¿quieres?

–Claro que no.

–Quisiera beber mucho, esta noche.

–Bueno.

–Pero coñac o algo así.

–Julita siempre tiene anís en casa. ¿Te gusta?

–Cualquier cosa. ¿Vamos?

–Vamos.

Sintió cierto miedo o algo que no supo lo que era en las calles mal alumbradas camino de la casa de Julita. Allí pusieron la radio, bailaron y bebieron anís con urgencia, sobre todo ella, como si temieran verse sorprendidos de un momento a otro. Es una locura, ¡pero qué emocionante!, ¿verdad?, repetía Tina. Ninguno de los dos sabía la hora que podía ser.

–Así que éste es tu famoso refugio –dijo Tina con dificultad, enredándose con una lengua pesada y dulzona. Se tumbó en el diván.

–Julia es una buena chica –dijo él acercándose a la ventana. Iba sin americana y sin corbata. Miró fuera, a la calle, los adoquines viscosos y el gancho de hierro clavado en la pared con la bombilla pelada en el extremo.

De pronto Tina abandonó el diván y corrió hacia el dormitorio, descalza. Andrés pudo oír los crujidos de la vieja cama, y enseguida la voz de ella: «Suponte que es el trasatlántico...»

–¿Qué nueva idea se te ha ocurrido? –dijo él entrando en el cuarto. Tina estaba de pie junto a la mesilla de noche, tapando la luz, con los brazos cruzados.

–¿Sí o no? –dijo.

Andrés la miró con aire resignado, sonriendo.

–Vale. ¿Tanto te divierte?

Sin hacerle caso, Tina empezó a pasear por el cuarto:

–Esta vez es un barco, ¿eh? A ver cómo te portas. Venga, empecemos.

Empezaron a desnudarse, Tina sentada en la cama, él de pie junto al armario que olía a alcanfor.

–¿Sabes? –dijo ella–, no recordaba el número y me he metido en el camarote del capitán. Estaba durmiendo, ni me ha visto. ¿Cómo te llamas?

–Javier. Eso es, Javier...

–¿Cuándo llegaremos, oficial?

Tina se tendió de espaldas, Andrés se acercó a la cama.

–¿Adónde, señorita?

–Al Brasil, a Río... ¿O este barco no va a Río?

–Ah, sí, sí. Dentro de una semana, creo.

Tina, al dejarse abrazar, mantuvo cierta distancia y le miraba con recelo.

–Para ser oficial, me parece usted bastante despistado. Hábleme de su vida. ¿Qué hace cuando no está de servicio?

–Pues... –Andrés escondió la cara en su cuello. Ella acomodó la almohada bajo las dos cabezas–. Pues hago amistad con todas las pasajeras bonitas.

–Habrá conocido usted a muchas. ¿Le gusta viajar? ¿No quiere saber nada de mí? Es usted bastante aburrido...

Andrés la besó largamente, y susurró:

–¿Cómo se llama usted?

–Isabel –dijo Tina despeinándole–. Viajo sola, voy a reunirme con mi padre. Y con mi madrastra y mis hermanastros, que no conozco pero que sé que me van a querer mucho... –Andrés se reía sordamente mientras besaba sus pechos–. Voy a empezar una nueva vida. ¿Le gusto, oficial? ¿Me encuentra hermosa?

–Mucho. La quiero, Isabel, la quiero...

–No siga por ese camino, no hace falta. Me olvidará, y yo le olvidaré. Así es la vida, y me gusta que sea así. Portémonos como personas educadas, ¿quiere? Estoy harta de golfos... Por favor, no vaya usted tan deprisa...

–Bueno, ya está bien, ¿no? –dijo Andrés poniéndose boca arriba. Pensativo, mirando el techo, añadió–: ¿Por qué hace usted eso, Isabel?

–¿El qué?

–Eso, acostarse con un desconocido.

–Todo el mundo se acuesta con desconocidos. Me gusta la gente, los hombres... ¿Qué opina usted de mí, oficial?

–Que es muy hermosa.

–Eso ya lo ha dicho.

–Pues que no sabe lo que quiere, que no es feliz.

–Ahora sí –murmuró ella acurrucándose a su lado–. ¿Conoce a un tal Andrés?

–No... ¿Viaja con usted?

–Se quedó. Usted se le parece mucho.

–¿Le quería usted?

Andrés se volvió hacia ella y la abrazó de nuevo. Tina dijo:

–Tráteme con cariño, oficial. Porque nunca más volveremos a vernos y... –Andrés se había deslizado sobre ella– y yo sólo quiero tener recuerdos bonitos, cuando sea vieja...

–No diga tonterías. Y ya está bien de jugar, ¿no crees?

Tina se echó a reír:

–Hay tormenta. Despacio, mi amor, despacio...

Le habían despertado, finalmente se habían salido con la suya. Luis pensaba en las voces que le habían despertado y en nada más. Luego se dijo que debía ser más de medianoche, aunque tenía la impresión de que no hacía ni un minuto que Tina se había ido. Por último, al abrir los ojos vio luz en el cuarto. No se volvió, siguió dándoles la espalda. Ya había descubierto que una de las voces era la de Martín, pero ahora no oía nada: le tomó el pulso al silencio del pasillo en sombras, al silencio de la casa, y comprendió que eran las dos o las tres de la madrugada. «Y mamá y Martín habla que te habla...», se dijo. Intentó reflexionar, se le ocurrían ahora algunas cosas con respecto a ella, pero era complicado; no obstante, pensó un poco en la soledad que sin duda debía sentir siempre su madre; con respecto a Martín, era realmente difícil. Tramaba algo, esto era seguro: Tina y él habían sido novios, o algo así, aquello había terminado por lo visto, y ahora él seguía entrando y saliendo de la casa como si tal cosa. ¿Por qué? Se podía profundizar un poco en todo eso y sacar algo en claro, pero resultaba más cómodo pensar que Martín no era más que el ex novio de Tina. Novio o algo así, porque tampoco había prestado demasiada atención al noviazgo de su hermana.

Volvió a dormirse, arropándose, siempre con la blanquísima saliva en las comisuras de la boca igual que si comiera almendras continuamente: segregaciones de la nada más feliz. Pero al cabo de media hora volvieron a despertarle las voces, seguían allí, susurrando en su espalda. Se dio la vuelta y miró: su hermano dormía, y, sentados al borde de la misma cama, su madre y Martín conversaban en voz baja. Ella había estado cosiendo, aún tenía el cestillo de la ropa en la falda. De nuevo medio esbozó un pensamiento vago sobre la soledad que sin duda la acompañaba siempre –lo hizo sin llegar a concluirlo, sin llegar a sentir pena por ella. Martín apoyaba los codos en las rodillas y tenía la cabeza baja. Así estuvieron un rato, en silencio, y él notó que le vencía el sueño otra vez y les dio la espalda. Cerró los ojos frente a la pared de siempre, con la pintura rugosa a la que se adhería el polvo y formaba lomas y cráteres de un paisaje lunar que le era familiar y hasta querido, pero no pudo evitar que le llegaran las voces:

«De modo que está en Mongat.»

«Sí –decía ella–, no sé por qué se le ha ocurrido ir hoy precisamente, pero me alegro. Hace tiempo que no tengo noticias de mi hermano. Nunca viene a verme, acaso porque sabe que ya no le necesito. Los primeros cinco años sin Alfonso fueron terribles y Anselmo me ayudó, no sé qué habría hecho sin él. Claro que no fue mucho, no creas, porque mi hermano ha pasado lo suyo también. Luego nos enfadamos, no está de acuerdo en cómo educo a los chicos... Nunca lo estuvo.»

«No me extraña.»

«¡Cuando pienso en Alfonso y sus locuras! Siempre me pregunté por qué razón tenía que meterse en política. ¡Quién le mandaba! Con lo bien que vivíamos en aquel piso, si supieras, y él, un hombre de su posición y de su prestigio profesional, de su inteligencia. Fue un error que hemos pagado nosotros por él, no creas que no se lo digo en las cartas. Al principio me escribía desde Francia, dándome ánimos, luego me dijo que pensaba irse a América, que no soportaba a los alemanes, eso debió ser en el cuarenta y dos. Dijo que en el Brasil podría volver a trabajar en lo suyo... Guardo aún las cartas.»

«¿Cómo consiguió situarse allá?», decía Martín.

«Ah, eso sí que no lo sé, hijo. Me tuvo mucho tiempo sin noticias. Pero seguro que hubo alguna mujer por medio; alguna mujer influyente, lo juraría. ¡Cielo santo, Alfonso siempre gustó a las mujeres de un modo escandaloso! Ahora estará ya viejo, claro... No sé, puede que lo consiguiera sólo con su trabajo, con su talento; porque él vale mucho, no tengo inconveniente en reconocerlo. Al menos aquí se le tenía por un gran arquitecto. Ya sabes cuánto dinero me ha estado enviando durante estos años, y no creo que esto le haya perjudicado. Ni a él ni a su familia, porque seguro que está casado y tiene hijos. Otros hijos, date cuenta... Él no sabe lo que hemos tenido que soportar aquí. Tuve que malvender mis joyas y algunos muebles muy queridos, y luego trasladarme con los chicos definitivamente aquí, a esto que antes llamábamos torre y que entonces sólo utilizábamos algún verano, para organizar fiestas, o cuando él quería trabajar aislado... ¡Cuántas cosas, Dios mío! Y luego el hambre... Luis estuvo arrastrando una anemia durante más de cuatro años y aún no se ha librado de los efectos. Quedó sin fuerzas, el pobre, y hasta diría que sin nada en la cabeza. Por eso nunca le obligo a nada. Pronto tendrá edad para pensar en casarse, pero... ¿Estás viendo?, les vamos a despertar. Vámonos al otro cuarto.»

«No. Sigue hablándome de todo eso. Parece un cuento.»

«¿Un cuento...? ¡Pero, Martín, hijo!»

Luis se agitó en su cama. Ahora no sabía si había pasado mucho rato o poco. Hablaba ella, con aquel tono roto, frustrado, demasiado lastimero y agudo al final de cada frase. Había que intentar algo:

–Mamá –suplicó–. Mamá, ¿es que piensas pasarte toda la noche así?

No pudo oír más que un siseo, sin duda de ella. Y Martín:

«Te he dicho que no. Pero puedes hablar más bajo.»

Otro abandono en el sueño, débil e inquieto, alternando las voces y la nada en la mente:

«... hasta que vinimos aquí, y de aquí ya no nos hemos movido. Tenía miedo, sí. Estaba sola. Yo misma, con estas manos, enterré en el jardín aquellos discos y libros de Alfonso y algo que parecía una bandera. No estoy muy segura. Allí sigue todo, unos palmos debajo de la grava, junto al limonero, incluido un disco muy querido que fue a parar con lo demás por descuido y que tanto he echado de menos... Era un vals, un inocente vals que nos había gustado mucho a Alfonso y a mí...»

«Así es. Tantas cosas queridas se han ido a la mierda. ¡Vamos, no me hagas llorar!»

«Por favor, no te rías. Yo lo sentí mucho... ¡Cuánto desprecio ahora esta casa! ¡Si hubieras visto nuestro piso de la calle Diputación! Esto se ha quedado anticuado, oscuro, vacío, no hay calefacción, no puedo disponer ni de un saloncito para las visitas...»

«¿Visitas y saloncito? –cortó él, irónico–. ¿Pero qué visitas ni qué narices...?»

«Ni biblioteca. Todo me lo vendí.»

«Me voy.»

«¿Por qué? ¡Qué prisa! Te canso con mis historias, ¿verdad? Oh, siento que hoy no hayas podido verla...»

«¡Lo sientes! No me digas.»

«De verdad. Te repito que...»

«No me repitas nada, ya sé. Tina no se parece a ti más que en las mentiras. ¿Quién te enseñó a mentir así? ¿Los alegres amigos de tu marido?»

«¡Chisss...! Pueden oírnos. ¡Y qué tonto eres, criatura! A tu edad es muy fácil opinar de una mujer como yo. Pero todos os equivocáis, todos. Jamás he pensado en otra cosa que no sea educar a mis hijos, alegrarles la juventud, cuidarles. Pero he fracasado... ¿Por qué? Algo, alguien me los ha vaciado, desganado de vida. ¿Por qué? A ti también quisiera verte más animado, con más ilusiones, sin ese gesto siempre tan hosco... Ya sabes que para mí eres como un hijo más... a pesar de mis pequeños devaneos, que supongo no comprenderás nunca, criatura...»

«¡Está bien, está bien! No sigas porque ya te veo con el ataque. Pero bueno, dime: ¿cómo se puede vivir en las nubes tantos años? ¿Cómo has llegado a engañarte así a ti misma, cómo has llegado a confundir tan estrepitosamente la vida de ayer con la de hoy? ¡Tus discos enterrados! ¡Bonita manera de cancelar un mal negocio! ¡Un asqueroso negocio...!»

«Por favor...»

«Déjame. Me voy.»

Luis recordó la bolsa de agua caliente y estiró las piernas hasta tocarla, y el calor le invitó a cerrar de nuevo los párpados. Lo último que oyó en voz muy baja, ya sin pensar en nada:

«...y no debes pegarle. Si lo haces, nunca arreglaremos nada. No conoces a Tina... ¿Qué haces, ya te vas?»

«Lo estoy deseando hace horas.»

«Pero...»

«¿Quieres no complicar más las cosas? ¡Hay que ver! Te hago compañía, escucho tus rollos durante horas, y encima...»

«No quería decir eso, no me has entendido...»

«Conozco el camino, no te molestes. Es muy tarde. No olvides nada respecto a Tina.»

«Sí, está bien.»

«Convéncela.»

«Sí... De acuerdo, Martín... Martín...»

Andrés avanzó hacia Tina, tumbada boca abajo en el diván, y se quedó en cuclillas a su lado. Posó la mano en su espalda y la agitó suavemente, ella se dio la vuelta abriendo unos ojos soñolientos, dulces y ajenos.

–Hola –dijo ella–. ¿Tenemos hora?

–Es tarde.

Tina atrajo con las manos la cabeza de Andrés, la apretó contra su pecho.

–Estoy muy mareada, Andrés.

–¿Me quieres?

Ella permaneció un rato en silencio. Luego dijo:

–Cualquiera sabe, la verdad. Así no hay manera, chico.

–¿Cómo así?

–Así, viviendo así... Te diré por qué hemos venido a tu sucia cueva esta noche: porque estoy harta de mamá y de su dichosa felicidad perdida, su vieja historia de errores me crispa, su jardín, sus amigos muertos, su juventud...

–No seas injusta.

Al intentar incorporarse sobre un codo, Tina se dio cuenta de que había bebido mucho.

–Creo que estoy bien piripi.

Andrés le sostuvo la cabeza con la mano, ella se revolvió bruscamente y vomitó por el otro lado del diván, largamente, la espalda sacudida por espasmos. Luego saltó del diván, corrió hacia el cuarto de baño. Andrés buscó un estropajo y un cubo en la cocina y limpió el suelo. Luego regresó al dormitorio y empezó a vestirse, solo, en medio de un gran silencio. Enseguida descubrió a Tina en el umbral, pálida, inmóvil, mirándole con los ojos enrojecidos.

–¿Nos vamos ya? –Tambaleándose fue hasta la cama, recogió su ropa y se sentó junto a la mesilla de noche. Pero en vez de vestirse se tumbó de espaldas–. ¡Oh, cómo siento haber bebido...!

Andrés la incorporó, sosteniéndola por los hombros.

–Vístete, te llevaré a casa.

–Ya me encuentro mejor.

–Haz lo que te digo, vístete.

La soltó, recogió el jersey del suelo y se lo puso en las manos. Empujó sus zapatos con el pie hasta dejárselos delante y luego se fue al cuarto de baño. Se echó agua a la cara. Mientras se secaba comprobó que ya había vuelto a poner debajo de la enorme bañera, con su panza sin pintura y llena de óxido, la botella de anís y los dos vasos. Andrés cogió uno de los vasos y salió. Tina estaba de pie ante el diván, casi vestida, metiendo los brazos en el jersey por encima de la cabeza, sus pequeños pechos temblando firmemente a cada traspiés que daba.

–Ayúdame, ¿quieres? Estoy muy, pero que muy borracha.

Andrés tiró del jersey hacia abajo hasta que asomó la cabeza.

–Espera –dijo–, voy a ver qué hay en la cocina.

Encontró café frío en un bote y lo echó en el vaso. Volvió junto a Tina. Estaba sentada e intentaba ponerse los zapatos.

–Bebe, te despejará. Éste es el vaso que yo uso siempre. Vamos, Tina, sólo es café frío...

Ella bebió lentamente, los ojos clavados en él. Parecía asustada:

–No nos hemos divertido... Tanto como deseábamos esto.

Él le había quitado el vaso vacío y estaba arrodillado poniéndole los zapatos. Tina le cogió la cabeza con las manos, inclinándose sobre él.

–No nos hemos divertido, ¿verdad? ¡Diii...!

–Sí, mujer, lo hemos pasado bien. ¿Qué querías? Ahora ponte la gabardina y vámonos. Le dirás a tu madre que has tomado cualquier tren de la noche. Pero díselo mañana, no la despiertes ahora.

–Bueno, no la despertaré.

–Intenta peinarte un poco.

–... narte un poco.

–Y píntate los labios.

–... tate los labios.

En el taxi que les llevaba de nuevo a lo alto de la ciudad todavía se besaron, todavía quisieron de nuevo dar forma a aquellas imágenes de sí mismos que tanto habían estado mimando, cuidando en sus menores detalles, aún no se consideraban frustrados y se besaban largamente, con un empeño que estaba más allá del placer y de la juventud y la libertad, fatigándose con persistentes e incómodas posturas. Los últimos abrazos fueron como nuevos y otra vez empezaron a sentir los dos la necesidad, mirándose a los ojos. Pero el taxi ya estaba frenando frente a la casa de Tina.

XI

Dos de ellos recostaban la espalda en la pared, junto al yugo y las flechas mal estampados en el cemento, borroso. Con los ojos en la acera silbaban distraídamente la misma canción, alternándose en el mando. Las motos estaban cerca, siempre a mano. El último en llegar se entretenía haciendo equilibrios sobre el bordillo; era el que nunca llevaba chaquetas de gabardina ni sombreros impermeables; vestía el ceñido traje a rayas que parecía un pijama. Andrés se acercó a él. Los de la pared levantaron la cabeza para mirarle.

–¿Habéis visto a Martín? –preguntó Andrés–. Me han dicho que anda buscándome.

–En el bar no está, acabo de salir de allí –dijo Segovia–. Nosotros también le esperamos.

–¿Y eso por qué? –dijo uno sentado en el bordillo–. ¿Quién dijo que había que esperarle?

–¿Tienes plan para esta tarde, Andrés? –dijo Segovia amistosamente.

–¿Por qué no te vienes con nosotros al Venus? –propuso otro.

–Éste es muy fino, hombre –terció uno de la pared–. Ya no quiere saber nada con los pobres. Desde que Tina Climent le dio la patada a Martín...

Andrés notó que otro le miraba fijamente el cabello y la frente, como si buscara allí una explicación. Volvió los ojos hacia él y esperó a que hablara. El otro parpadeó, luego pareció inflarse y dijo:

–Se ve que para ti no hay domingos ni fiestas que guardar. Fijaos qué facha. ¿Cómo se puede pensar que un tipo tan estrafalario nos acompañe a la Gavina? Lleva una americana en la que caben dos como él. Y Tina Climent le presta la gabardina de su hermano el bobo.

Todos rieron, guturalmente.

–Pero si él quiere venir –dijo Segovia–. ¿Vienes, Andrés?

–Andrés es un tipo cojonudo –dijo uno–. Yo te aprecio, Andrés.

–Oye, tú, ¿quién ha decidido que vamos a la Gavina? Aquí se habló del Venus.

–Si no quieres venir no vengas. A mí me chiflan las chavalas con medias negras, y allí las hay a montones...

–Están muy buenas, sí, con medias negras.

–¡Entonces!

–Eres un carota, Bugui.

El llamado Bugui se inmovilizó de pronto, haciéndoles señal de que callaran: tres muchachas cogidas del brazo, muy juntas, endomingadas, pasaron deprisa por la otra acera, rozando las paredes. Segovia las miraba saltando sobre un pie al borde de la acera. Andrés se retiró unos pasos, indeciso. No sabía si irse o esperar. Estuvieron así un rato, caprichosos en sus posturas y sin atreverse a decidir nada por dudar si habría algo mejor, como si una certeza misteriosa y casual les mantuviera rígidos en medio de toda una ruina de incertidumbres y desengaños dominicales, por enésima vez, con las cabezas laboriosamente peinadas y los ojos redondos de no ver nada, de no tener nada delante: nuevamente la ciudad era una chata pintura de fotógrafo ambulante, un decorado de charlatán. La tarde era densa, grávida y desapacible bajo una masa oscura de nubes. Las ramas de los plátanos aún no tenían hojas, y en los hoyos de la acera donde se hundían los troncos estaba el fango.

En algún cine, en alguna parte debía estarse bien ahora –las calles estaban allí desiertas en esa hora del domingo, y Segovia sacó furiosamente la mano del bolsillo y la tendió hacia ellos:

–Decidamos pronto o de lo contrario no iremos a ningún sitio, como siempre. Yo prefiero el Venus. ¿Tú qué dices, Andrés?

Andrés miró su traje impecable, dentro de su patética agresividad, aquella corbata roja, violenta.

–A mí qué me cuentas. Haced lo que queráis.

Repentinamente uno se despegó de la pared y se plantó en mitad de la calle: miraba a Tina, que venía caminando por la acera con su paso corto, gracioso, cruzando un poco los pies. De momento Andrés no se dio cuenta, sólo notó que todos le miraban.

–Ahí la tienes –dijo Segovia–. ¿No es ésa? Sí que lo es... Una niña muy mona, ¿eh?, muy así...

Sonreían, miraron las nubes con un vago deseo de que pronto empezara a llover para poder calarse los sombreros impermeables sobre los ojos y alzar en la nuca de cuidados cabellos el cuello de sus gabardinas y chaquetas. Tina estaba ya cerca y bajó de la acera para no tener que pasar junto a ellos. El que se había plantado en medio del arroyo se adelantó, giró lentamente sobre los talones cuando ella pasó por su lado, siguiéndola con los ojos. Ninguno le dijo nada porque Andrés estaba allí, sólo miraron su vientre y sus muslos vibrando bajo la ceñida falda que el abrigo entreabierto dejaba ver. Tina lanzó una rápida y atemorizada mirada a Andrés y dobló la esquina hacia su casa.

–¿Qué le pasará? –dijo uno. Y volviéndose a los demás–: Bueno, ya que no decidís nada...

Segovia se había vuelto hacia Andrés, pero le vio alejarse despacio, los ojos fijos en la esquina tras la cual Martín acababa de lanzarse corriendo en pos de ella: seguramente había subido por la otra calle para que ellos no le vieran. Andrés pensó en la penetrante mirada que Tina le había dirigido al pasar. ¿Cómo no lo he comprendido antes?, se dijo, y echó a correr calle abajo.

Oyó sus voces tras él:

–¡Chaval! ¿Vas a devolver la gabardina?

–¿Caducó el plazo que te dio el bobo?

–¿Pero qué le darán a éste en casa de los Climent? –dijo Segovia pensativamente–. ¡Hay que ver, hay que ver...!

–Mira éste, qué le darán... ¡Tomate!

–Bueno, ¿qué hacemos...?

Andrés había entrado y cerró la puerta con cuidado. Oyó gritar a Tina. El pasillo estaba completamente a oscuras y vio luz al final, en el comedor: la figura pequeña y frágil de la mujer se interponía entre Martín y Tina, ésta todavía con el abrigo. Luis salía del despacho y le alcanzó en medio del pasillo, le miró sonriendo y señaló maliciosamente con el dedo la escena del comedor. Tina consiguió escapar al pasillo y pasó sollozando y sin mirarles. «¿Qué pasa?», preguntó Andrés. «Nada, no te metas en eso» murmuró ella, y siguió hasta su cuarto. Ellos entraron en el comedor y Luis se enfrentó con el piano, lo abrió y empezó a pulsar unas notas graves. Se sonreía por debajo de la nariz.

–Ya lo sabía yo –masculló para sí–. Sabía que pasaría esto.

Martín estaba medio sentado en el borde de la mesa, las manos en los bolsillos de la americana con los pulgares fuera. Encogida en una silla junto a la anticuada nevera que parecía una mesilla de noche, con los puños ocultos en los sobacos y el rostro desencajado, la mujer miraba obstinadamente el vacío, quizá la pierna que Martín balanceaba junto a la pata de la mesa. Visiblemente contrariada en su impotencia, las mejillas le colgaban flácidas y también las bolsas bajo los ojos, parecía que se las hubiese estirado hacia abajo con pellizcos; la frente vencida, las facciones semejando moverse en un continuo extravío de duda, de asombro y de terror, y las dos abolladas esferas de sus rodillas asomando bajo el borde de la falda como un desmañado reflejo (había cruzado las piernas) de antiguas y atrayentes posturas llenas de feminidad y olvidadas –olvidadas también por ellos, sólo aceptadas como una fatalidad incongruente: cuando la veían llevarse con aire absorto la mano a los cabellos o al escote, creían ellos que ya no pensaba en el encanto del gesto ni en el aire, que acaso un día fue admirable en su dulzura, de su cabeza ligeramente ladeada, creían que había dejado de tener conciencia de su físico, que no se sentía.

Andrés y Martín cruzaron una rápida mirada. Fue una mirada alta y tensa, sin malicia, como si los dos muchachos quisieran en un instante justificarse desapasionadamente igual que solían hacer en el bar o en sus paseos por el parque Güell. Enseguida recuperó Martín su inexpresividad más absoluta –¿pero sus ojos no habían sonreído?– y Andrés fue a la galería y se quedó ante la cristalera mirando el jardín. En contra de su costumbre, Luis prefirió quedarse y escuchar:

–¿Qué? ¿Todavía no me crees? –decía Martín a la mujer, dulcemente–. Estaba ya en la esquina cuando vi detenerse el taxi. La vi bajar, borracha perdida, y vi la mano de un tipo asomando por la ventanilla. No sé quién era, pero da lo mismo. La bromita te la ha gastado ella, ¿comprendes? No me extraña que te falten al respeto, y no me importaría en absoluto si no fuera porque de paso ella se burla también de mí. Que es justamente lo que quiere. ¿Me oyes? ¿Me miras a mí o a quién miras...? –Ella levantó los ojos, suspiró, ocultó aún más los puños en las axilas–. ¡Seguro que todavía crees que de verdad estuvo en Mongat a ver a tu hermano!

–¿Y qué puedo yo hacer, dime, qué quieres que haga? –Volvió a dejar vagar la mirada–. ¿Cuándo dejaréis de jugar, Dios mío, por qué no empleáis el tiempo en cosas más provechosas...? Estoy cansada y tengo frío. ¿Cuándo me haréis caso? Mira que te lo he dicho veces, hijo: así no conseguirás nada, es mal camino, ella es muy a su modo...

En la habitación, con los ojos enrojecidos, Tina se quitó el abrigo, encendió la lámpara de la mesilla y se sentó en la cama. Tenía los labios pálidos y sentía escocerle la piel en las mejillas por efecto de los golpes. Se frotó la rodilla y luego deslizó un dedo mojado en saliva a lo largo de la media. Oyó pasos en el corredor, se bajó la falda y se volvió de espaldas a la puerta. Su madre se paró en el umbral y miraba el jersey torcido sobre los hombros de su hija, la cremallera rota en la nuca. Dijo débilmente:

–Estarás contenta, ¿no? Sólo con que le hablaras...

–¡Pero qué dices! –Tina se volvió hacia su madre furiosamente–. ¿Tú sabes lo que dices? ¡Hablarle! Te envía él, ¿verdad? ¡Pero qué poca cosa eres, mamá! Allá tú con lo que te traigas entre manos, a mí déjame en paz. ¡Si papá te viera! Te he dicho y repetido que no le dejes entrar en casa, nadie debe dejarle entrar. Pero claro, tú vives en la luna, no sabes la clase de tipo que es éste...

–Y tú nunca sabrás tratar a la gente. No hay para tanto, caray, no sé por qué te pones así.

–¡Un loco, un maniático, eso es lo que es! Y tenían mucha razón cuando me advirtieron... ¿Sabías que su padre murió loco? Pues por si no lo sabías. Cuando salía con él no ganaba para sustos, de pronto le daba por llevarme a una iglesia para verme rezar, así, por las buenas, me obligaba, me pegaba, quería que me confesara y cosas así para... ¡yo qué sé!, a lo mejor los curas tienen razón y todo nos irá mejor en la vida, eso decía el chalao, y luego le daba por dejarlo y sólo quería hacer obras buenas y ¡yo qué sé...! Todo eso no lo sabías tú, claro. Con que ya ves qué fulano tienes en casa. Ni siquiera Andrés se habla ya con él. Y aún quieres que sea amable con él. ¿Con qué derecho me interroga y se mete en mis cosas? Claro, con el derecho que tú le das. Yo no entiendo lo que pasa, no quiero entender nada de vuestros líos; tú sabrás lo que te propones, yo no quiero ni pensarlo, me da asco. Pero allá tú. A mí déjame tranquila, ¡déjame hacer mi vida!

–¡Hacer tu vida! Lo primero has de obedecerme, ¿me oyes?

–¡Pero, ¿a qué viene éste?! ¿Qué busca? Vamos, dilo si te atreves, ¿a qué viene?

Entonces se volvió bruscamente para no tener que ver cómo su madre era apartada con violencia del marco de la puerta, cayendo sobre el velador. Le vio entrar y no lanzó ni un grito, apretando los dientes, cubriéndose la cara con los brazos. Intentó apagar la luz de la mesita, pero él llegó antes y empezó a golpearla meticulosamente con la mano abierta. Tina se dobló arrodillada entre las dos camas, sobre la alfombra, con el jersey abierto en la espalda, sin gritar: «¡Imbécil! Creerá que con esto lo arregla todo... ¿O qué creerá?»

De pie ante el piano, Luis seguía dándole monótonamente a las notas graves, sonriendo. «Naturalmente», decía. Estaba de espaldas a la luz que entraba por la galería, y su rostro, con la barbilla desgastada y pegada al cuello, colgaba a un lado, captando con el oído ecos remotos.

–Ah, estás aquí –dijo al ver acercarse a Andrés.

–Esperaré un rato, creo que es lo mejor. ¿Y Ernesto?

–Al cine. No sé. Buscaba la gabardina y resulta que la tenías tú. ¡Tienes una cara! Pareces... Es que la suya no le gusta, fíjate, y también anda siempre detrás de la mía.

No dejaba de sonreír, su nariz ganchuda engarfiándose sobre la negrura del piano. Andrés dijo:

–Sería un follón empezar otra vez con las peleas.

–No creas, un día de estos acabaré con este merdé, ya me tienen harto –dijo Luis en voz baja, y ahora pulsó unas notas altas que resonaron en el pasillo. Andrés le miró un rato y luego se echó a reír.

–¿De qué te ríes, se puede saber? –preguntó Luis–. No sé tocar el piano ni me importa...

Oyeron el golpe de la puerta de entrada cerrándose con fuerza. Lentamente, Andrés rodeó la mesa del comedor y se internó por el pasillo.

Tina tenía la radio conectada, en el cuarto no había más luz que la que emitía su cuadro de emisoras. Algún manotazo había arrancado el cable eléctrico de la lámpara y yacía retorcido sobre la alfombra. Ella estaba sola.

–¿Eres tú, Andrés? –dijo aplastando la mejilla en la almohada. Se había acostado. Los zapatos estaban tirados junto a la puerta, la falda y el jersey amarillo sobre el sillón, una media en la mesita y otra en la cama de su madre. Por el suelo, pisoteadas, revistas de cine y ejemplares de *Reader's Digest*. Tina yacía boca abajo, con los brazos fuera de las sábanas, vueltas hacia arriba las palmas de las manos. Sobre la almohada, junto a su perfil exangüe, un pañuelito blanco con manchas de sangre. Su pómulo izquierdo mostraba una hinchazón oscura y reluciente y tenía los ojos enrojecidos. Andrés se sentó a su lado en el borde de la cama y vio el pequeño corte debajo de la oreja. Cogió el pañuelo y se lo ató al cuello.

–Tranquila, tranquila... No es nada.

–¡Bésame, primero bésame...!

–Vale. –Luego dijo, levantándose–: Voy a traerte algo de beber.

–No quiero nada. Ven.

Tiró de su americana hasta hacerle sentar de nuevo. En su boca pálida e hinchada fluían desde los ojos dos brillantes regueros de lágrimas, pero ya no lloraba. Se incorporó apoyándose en el codo y se subió el tirante de la combinación. Miró a Andrés, y sólo hizo un gesto con los dedos y los labios dándole a entender que quería fumar. Él buscó en sus bolsillos.

–Enciéndelo y pónmelo en la boca –dijo Tina–. Siempre llegas tarde.

–Esto no tiene remedio.

Frotó una cerilla, la llama se reflejaba diminuta en las húmedas pupilas de Tina, que le quitó el cigarrillo de los labios en cuanto lo vio encendido. Andrés observaba la huella de un golpe en su hombro.

–Ya sabes lo bruto que es –dijo ella–, lo loco que se pone. Mira mis brazos. Pero no podrá conmigo, le conozco demasiado. Es un fanfarrón, un presumido, un chulo, siempre le ha gustado dar espectáculos. Le conozco, te aseguro que si pudiera los daría en mitad de la calle para que todo el mundo le viera. Me acuerdo que un día que estábamos sentados en la terraza de un bar, tomando una cerveza, vimos pasar una criada con un niño y me dijo, mirando fijamente al niño: Su madre debe estar muy buena, porque es un niño rico y guapo, así que su madre debe estar buenísima... ¡Lo dijo en voz alta y yo pasé una vergüenza terrible, todo el mundo nos miraba! ¡Dime qué hay que pensar de un tipo así! ¡Pues que está loco! Hace bestialidades, presume de no sé qué. Hasta en la playa presume, cuando todos están en bañador él se pasea vestido, con su camisa blanca y el pantalón arremangado y sus odiosas gafas negras. ¿Por qué no se baña nunca? Porque se cree superior a los demás... ¡Es un enfermo, un neurótico! Como mamá. Tal para cual.

–Está bien –dijo Andrés sonriendo–. No aciertas en todo pero te aproximas bastante a la verdad. Ahora descansa...

–¿Crees que no sé lo que me digo? A ése le tengo estudiado, le conozco más que tú. Tú eres demasiado bueno.

–Si tú lo dices...

–¡Sí, encima ríete!

–Calma –dijo él quitándole el cigarrillo de los dedos y metiéndoselo en la boca–. Dale un par de chupadas. Así... Y procura no pensar mucho en todo eso. Es más complicado de lo que tú te imaginas. Además, Martín se irá pronto de aquí. Antes que tú.

Tina botó en la cama:

–¿Antes que yo? ¡Ja! Me gustaría verlo.

Andrés le acarició la mejilla.

–¿Te duele?

–Ahora no. –El humo del cigarrillo se desflecaba envolviendo su rostro todavía exangüe, donde los ojos brillaban con un fulgor velado–. Ya pasó. ¿Qué haría yo sin ti...? Pero a ver una cosa: ¿dices que es más complicado de lo que parece? ¿El qué?

–Me refería al carácter de Martín, a su modo de pensar y de hacer...

–Ya veo que tú tampoco has entendido nada, pobrecito mío... –entonó burlonamente Tina–. ¿Te acuerdas de aquel domingo de agosto en Mongat, en la caseta de tío Anselmo, que llovió tanto por la noche? Tú te dormiste. A mí también estuvo a punto de dormirme aquel llover interminable, pero conseguí mantenerme con los ojos abiertos y las orejas bien alerta. Porque entonces yo ya lo sabía, ya lo sospechaba todo...

–¿A qué te refieres?

Tina sonreía con mimos que eran una burla, acarició con la mano el rastrojo rubio del mentón de Andrés, diciendo:

–Pobrecito mío, tan inocente él. Estabas tan contento cogiendo mi mano desde tu cama, que no advertiste nada. Sólo pensabas en mí, ¿verdad?

–La niña dormía contigo –recordó él, mirándola fijamente, sin comprender adonde quería llegar. Tina achicó los ojos, hablaba entre dientes:

–Sí. Y tenía que aguantarme las ganas de dormir, y escuchar sobre el ruido del mar y de la lluvia, ¿entiendes?

–¿Tu madre y él? –Andrés miraba sin interés el pañuelo ceñido al cuello, se había agrandado una mancha de sangre–. ¿Dónde han ido ahora?

–Mamá le ha acompañado fuera, para librarme de él... Sólo de momento. ¡Oh, dile a ése que deje de aporrear el maldito piano!

Andrés tendió la mano y ordenó los cabellos del flequillo en la frente de Tina. Ella seguía recostada sobre el codo y fumaba. Andrés miró sus brazos redondos y la línea de su cadera bajo la colcha, le llegó súbitamente un rumor de olas quebrándose en el rompiente y la respiración monótona de Luis durmiendo a su lado. Sí, tenía su caliente mano entre las suyas, de una cama a otra se comunicaba con ella por el tacto y adivinaba sus ojos en la oscuridad, atentos, redondos, y presentía la quietud de Martín allá en el rincón de la caseta, quizá dormido...

Tina estaba hablando:

–¡Cómo necesito que me llame papá! Cada vez que me

acuerdo de él, lo olvido todo... Pero déjame que te cuente eso, te quedarás de piedra: cuando tú te dormiste, me tendí de espaldas con las piernas bien estiradas. Procuré estar incómoda para que la molestia no me dejara dormir, y hasta me apreté el vientre con las manos, me daba pellizcos... No se oía más que la lluvia, y las olas, y tú respirabas con tanta fuerza por la nariz que el aire casi me llegaba al hombro...

Andrés se impacientaba: había que cerrar los ojos y concentrarse para seguirla, había que adivinar, destrenzar, escoger en medio de todo lo que decía para poder llegar a la verdad oculta tras la maraña de las pequeñas vanidades y las sensaciones personales del momento, las fugaces e inconscientes mentiras, improvisadas.

–Al grano, Tina.

–¡Déjame contarlo a mi modo! –protestó ella. Cogió el hilo y siguió–: Así que yo sabía que tenía que pasar algo, estaba segura. No sé cuánto tiempo estuve así, tal vez pasaron dos horas. Y de pronto... Cuando me di cuenta Martín ya había abierto la puerta y salía, y mamá ya no estaba allí en su sitio. Oí crujir las tablas del suelo. Al principio creí que eran ratones, pero luego comprendí que no podía ser, en la playa no hay ratones, ¿verdad? Era ella, que se había levantado sin hacer ruido para ir a buscarle. ¿Comprendes ahora por qué consintió que fuera Martín el que durmiera en el suelo y no tú? ¿O no habías caído en eso?

–No sé... ¿Estás bien segura de lo que dices?

–Claro, tonto. Ella se aseguró bien, o al menos así lo creyó. Supuso que todos dormíamos. Fue hasta él, bajo aquella lluvia, y le obligó a entrar otra vez tirando de su mano. Estaban los dos completamente mojados y se arrodillaron sobre la colchoneta. Oía la voz de mamá pero no pude entender lo que decía. Creo que ese loco lloraba. ¡Sólo sé que mamá le consolaba, le consolaba, le consolaba...! Luego no les oí durante mucho rato, y me entraron de pronto deseos de reír y de gritar como una loca, te lo juro... El silencio me destrozaba los nervios y no podía librarme de aquellas imágenes frente a los ojos, la había visto secándole los cabellos mojados, mimándole sin dejar ni un solo instante de musitar aquella cantinela como si él fuese un niño de pecho, la misma cantinela como un rezo que empleaba hace años para dormirme a mí y a mis hermanos, cuando yo empezaba a ser muy mayor para eso y ella aún no se había dado cuenta... Y se acostaron juntos. Yo cerraba los ojos, pero seguía viéndolo todo igual en la oscuridad. Qué vergüenza.

Se había excitado otra vez y en sus pupilas húmedas se movían dos puntitos blancos y centelleantes. Le dio una profunda chupada al cigarrillo. Estaba apagado. Ya no dijo nada más ni miró a Andrés. Chupaba del cigarrillo por si aún quedaba algo de lumbre. Lo tiró. Las finas cejas estaban como en suspenso en su frente. Andrés se levantó, dio unos pasos. Ella creyó que tenía ganas de irse, y añadió precipitadamente:

–¿Qué te parece, eh? ¿Qué hay que pensar de todo eso? Ya te he dicho que yo lo esperaba, que estaba segura de lo que iba a pasar. Así que a éste, aunque tú opines lo contrario, sé muy bien cómo hay que tratarle. No es más que un indecente. No comprendo cómo pudiste ser tan amigo suyo...

Él miraba distraídamente el desorden del cuarto, la torcida pantalla de la lámpara, las revistas esparcidas y rotas y la ropa de Tina tirada sobre el velador y las camas. Tina acechaba en él alguna reacción:

–Comprendes lo que quiero decir, ¿no?

–Sí, mujer.

–Es que parece como si no te importara. Es mi madre. ¡Y todo eso es vergonzoso!

Tenía una falsa expresión de asco en el rostro y miraba a Andrés de reojo, esperando de él una señal o un reflejo de aquel mismo asco:

–Es vergonzoso, ¿no te parece? –repetía.

–Claro –dijo él sin interés.

–Mira, yo no sé ni cómo llamarlo.

–Dejémoslo.

–Desde luego, es mejor dejarlo. Que cada cual viva su vida. Pero hijo, hay cosas...

Apoyó la mejilla en la mano, el codo clavado en la almohada. Después de un silencio añadió:

–Es que es una pena ver a mamá cayendo tan bajo, a sus años. No me explico cómo puede haber mujeres tan... bobas. ¿Tú te lo explicas, Andrés?

Andrés volvió a sentarse cansadamente, de espaldas a ella.

–Puede que tu madre se haya sentido muy sola –dijo–. Y vosotros no sois los hijos que ella había soñado...

–¿Cómo?

–Con todas las madres pasa lo mismo. En otro sentido, yo tampoco correspondo a la idea que mi madre se había formado de mí, aunque ella se empeñe en seguir creyendo que sí... Somos una decepción para ellos, para los mayores.

–Lo que le pasa a mamá es que estaba acostumbrada a un ambiente muy bueno. Muy refinado. Y no se ha resignado a esto. Yo tampoco, pero, hijo, ¡mira que gustarle ese tipo, un vulgar fanfarrón callejero!

–Debes comprender...

–¡Gustarle ese chulo! –volvió a decir ella, absorta.

–Ya está bien. No consiento que digas eso de Martín.

Tina le miró asombrada:

–¡Pero tú estás como una cabra, oye! ¿Qué te figuras? Por mí que hagan lo que quieran, me trae sin cuidado, pero que no me mezclen en sus líos. Es lo menos que puedo pedir, ¿no? Porque a mí me lían siempre, ¿sabes?, porque Martín hace todo eso por mí, ¡sólo por mí!

–Está bien, sí. Por ti. Y ahora voy a decirte una cosa que no te gustará, te vas a enfadar. Escucha, todo eso, este lío como tú lo llamas, a ti no te desagrada del todo...

–¿Que no me desagrada? ¡Ésta sí que es buena!

Andrés sonrió conciliador.

–No me has comprendido.

–Claro que te he comprendido...

–Ah.

–... pero se necesita ser burro de remate para pensar una cosa así. ¡Que a mí no me disgusta! Hombre, ¿crees que nos favorece mucho todo esto a los ojos de los demás?

–La gente te tiene sin cuidado, Tina. Como a mí. No mientas. Para nosotros no existe, cuántas veces lo hemos hablado. Yo tengo como una especie de idea fija, ha crecido conmigo desde la guerra: estamos como en una gran sala de espera de estación, todo es provisional...

–Qué idea –dijo ella burlonamente.

–... y tú te irás y por lo tanto nada te importa. En todo caso lo que más sientes son los golpes, y no porque te hagan daño, sino porque pueden dejar señal.

–Te crees muy listo, ¿no?

–Todo eso te divierte. Eso es todo.

Tina estaba furiosa.

–Muy bien. Pues ahora vete. Anda, ya puedes irte. –Se tumbó boca abajo en la almohada. Enseguida añadió–: Me parece que tú no ves la gravedad de las cosas. ¡Y pensar que a veces te pones a criticarlo todo y a hablar mal del mundo entero! ¡Como vuelva a oírte...!

Él le acarició la nuca. Sonrió.

–No te pongas así, gatita. Qué importancia tiene. Las cosas son como son, o mejor dicho, como nos las han dejado.

–¿Y eso qué quiere decir? ¡No pienso discutir más contigo porque te contradices! ¡Pavero! ¡Listillo de mierda, presumido...!

Oyeron llamar débilmente a la puerta y Andrés fue a abrir. Era ella.

–Hola –dijo, y se escabulló dentro con los puños bajo las axilas, encogida por el frío. Andrés ya no regresó al cuarto de Tina. Al cerrar a su espalda aún pudo oír su voz gritándole a su madre. Ya en la calle, escupió. Pero luego se dijo que el único ser despreciable tal vez era él.

XII

Ocurrió de pronto y mucho después aún ella se preguntaría hasta qué punto no lo había estado esperando con impaciencia.

Al fin, las tres semanas de lluvia, o casi lluvia, pasaron. En la calle el aire era terso, la luz helada y blancuzca, difusa, se metía en los cabellos, en las ropas afelpadas y en el contorno de las cosas como una alegre pero sucia aureola. Los ojos y las sonrisas parecían crujir al recibirla tras los cristales centelleantes de las ventanas, en la dulzura del lecho, bajo los árboles desnudos de las calles. Nadie había dado por perdida aquella luz, y sin embargo el encuentro sorprendía todos los años, por imprevisión o dejadez, o quizá por saberse que era justamente lo único que no podía faltar –en la calle se sabía, aunque nadie podía decirlo a nadie, era como un pensamiento sin cerebro, sin alas y en cierto modo censurado. Luis se apartó de la cristalera de la galería y entró sonriendo en el comedor:

–Está decidido. Voy a dar una vuelta por ahí.

Tina se levantó de la mesa mordisqueando una manzana. Empezó a apilar los platos. Su madre la miraba fija y pensativamente, sentada a la mesa con los brazos cruzados. La vio entrar en la cocina con los platos y los vasos. Ernesto se limpió los labios con la servilleta, hizo girar la silla sobre una pata trasera y se enfrentó con el piano. Lo abrió y empezó a aporrearlo. Tina tosió dos veces en la cocina con una tos rumorosa, húmeda.

Y fue entonces, al oír esa tos, cuando a su madre se le iluminaron los ojos de pronto: la decisión estaba tomada.

–¿Estás resfriada? –preguntó irguiendo la espalda en la silla.

–No sé. Pero me duele la cabeza.

Su madre volvió a quedar pensativa. Cuando oyó toser de nuevo a Tina levantó la cabeza de pronto, como si alguien hubiese gritado su nombre bruscamente. Se incorporó y entró en la cocina:

–A ver, dame la frente –dijo a Tina–. Tienes fiebre, mejor será que te metas en la cama. Yo lavaré los platos. Aunque hoy no me toca a mí... –Tina se tocó la frente y cerró los ojos. Su madre añadió–: Vete a la cama y verás cómo mañana estás mejor. Anda, ve, y mientras te preparo un vaso de leche bien caliente.

Puso un bote con leche en el hornillo y enchufó. Después empezó a lavar los platos. Tina caminó por el pasillo hasta llegar a su cuarto, tanteó en la pared el interruptor y dio la luz. Se quitó el jersey por encima de la cabeza, luego la falda, se sentó en la cama y arrojó los zapatos al rincón. Cuidadosamente, se quitó las medias y las extendió sobre la otra cama. Encendió la luz de la lámpara, fue hasta la puerta y apagó la del techo, cogió unas revistas del velador y saltó a la cama, donde se tumbó de espaldas sin cubrirse, canturreando entre dientes. Cuando encendía la radio entró su madre.

–De ningún modo. ¿Crees que yo me estoy en la cocina sólo para que tú puedas leer y escuchar la radio cómodamente? Tápate bien o levántate a lavar los platos.

Tina se metió entre las sábanas. Su madre desconectó la radio y le quitó las revistas de las manos.

–¡Pero mamá!

–¿Te encuentras mal sí o no?

–Sí...

–Pues ya está.

Y dejó las revistas en el velador. Tina suspiró. La combinación se le había subido hasta la cintura y sentía el frío de las sábanas limpias. Su madre se detuvo en la puerta y la miró por encima del hombro con expresión desconfiada.

–Espera –murmuró acercándose a la cama. Y de un tirón apartó la sábana y la colcha–. Levántate.

–¿Estás loca? –dijo Tina. Pero ella la hizo ponerse de pie en la cama y con manos temblorosas, rápidas, deslizó la combinación hasta sus pies–. Pero, ¿es que quieres que me muera de frío? Dame el pijama al menos.

–Te pondré otra manta. –Arrojó la combinación sobre el velador. Tina se dejó caer en la cama–. Estás un poco delgada... un poquito. –Con ojos fatigados recorría las largas piernas de su hija, sus flancos esbeltos, sus pechos temblorosos–. Así, cúbrete bien. Mañana estarás mejor.

Tina la miró arrugando el ceño:

–¿Qué te pasa, mamá? –dijo, viendo como pretendía ordenar un poco el dormitorio con aquellos movimientos nerviosos, extraños–. ¿Qué haces...? Deja todo como está, si es igual. Lo que quiero es el pijama.

La mujer no la oía. Quedó un momento inmóvil en medio del cuarto, extática, como si escuchara voces lejanas, la luz de la lámpara de la mesilla azuleando su rostro largo, descompuesto.

–Mamá... –murmuró Tina.

–Creo que esta habitación huele mal –dijo por fin su madre, y cogió del velador un frasco de colonia y empezó a rociar la cama de Tina, las paredes y los sillones.

–¡Pero mamá!, ¿qué haces?

–Lo que tú deberías hacer de vez en cuando. –Dejó el frasco y se encaminó hacia la puerta. Lanzó una mirada a la cama, a la cabeza de Tina asomando entre las sábanas–. Luego te traigo otra manta. –Le sonrió–: Sí, puedes quedarte con la radio, pero bajito, ¿eh?, muy bajito...

Tina la vio salir. «¿Qué estará tramando?» Pegó las piernas una contra otra y entre los muslos introdujo sus manos frías en busca de calor. Vio entrar a Ernesto con una expresión de sonámbulo, los brazos caídos a lo largo del cuerpo.

–¿Qué quieres, payaso? –dijo Tina–. Dame una revista.

–¿Dónde está mamá?

–Yo qué sé.

La mujer se deslizó tras él.

–¿Qué buscas tú aquí, qué quieres?

–Los diez duros que me debes, eso quiero.

–Ven, voy a dártelos para que te marches y me dejes en paz.

–Gracias, majestad.

Siguió a su madre por el pasillo. Pronto volvió al cuarto poniéndose la gabardina. Por detrás de sus altos hombros asomaba inquieta la cabeza de su madre.

–Vamos, date prisa, ganso. Tu hermana no se encuentra bien.

–Mamá, es curioso –dijo Ernesto–, siempre que me subo el cuello de la gabardina me siento gángster... –Se rió con voz de conejo y fue hasta la puerta del piso y la abrió.

–Anda, vete de una vez. ¡Pesado!

–... o policía. Pero es lo mismo–. Volvió a reír y se fue cerrando la puerta.

–¿Por qué le dejas marchar? –dijo Tina–. Luego te quejas si no estudia.

–De todos modos hace lo que quiere. Yo también salgo un momento. Volveré enseguida...

Tina la vio salir casi corriendo, luego sacó un brazo y encendió la radio. Apagó la luz de la lámpara y cerró los ojos. Si al menos viniera Andrés, pensó. Estuvo escuchando música un buen rato, sin moverse. Desde luego así se estaba mejor que lavando platos –estaba segura de no tener fiebre–, pero se notaba algo alterada de los nervios, intranquila. Tuvo un sobresalto al oír un ruido: su madre volvía de la calle, oyó sus pasos en el corredor.

–¿Dónde has ido, mamá? –le gritó.

La mujer no se paró al contestar:

–A comprar aspirinas.

Luego la oyó en la cocina. Deslizó una mano por su estómago, pensaba: sería horrible estar gruesa tan joven y levantó las rodillas, abriéndose, la mano bajo el elástico de las braguitas. Entró su madre con el vaso de leche y una manta. Llevaba el abrigo puesto y se había pintado los labios.

Oyeron chirriar la puerta del piso, rozando aquella baldosa levantada. Andrés, pensó Tina. Su madre se precipitó al umbral de la habitación, pero ya no pudo evitar que Martín entrara.

–Ahora mismo me iba, Martín. ¿Por qué no me acompañas?

Tina observó que su madre estaba contrariada y sin saber qué hacer.

–¿Quieres? –añadió la mujer–. Anda, sé un chico galante, acompáñame.

Tina se arropó volviéndose de lado, de espaldas a ellos:

–Eso –murmuró–. Que se largue.

Encogió las piernas bajo la sábana, con los párpados entornados y mordisqueando sus labios.

–¿Qué tienes, Tina? –dijo Martín. La miraba inmóvil desde la puerta, con fijeza, los labios tersos y prietos bajo la mancha tenue del bigote. Se frotó el cuello con la mano y volvió los ojos a la espalda de la mujer, que se alejaba hacia la puerta de la calle. Dio media vuelta y desapareció tras ella.

Con un suspiro de alivio, Tina estiró las piernas bajo las mantas que le pesaban como si tuvieran tierra encima. Volvió a quedar cara al techo. Aún les oyó hablar en voz baja antes de llegarle el ruido de la puerta cerrándose. Se hizo un silencio rumoroso, espeso, que poco a poco iba enmarañándose con la música que emitía la radio. Tina se abandonó a una modorra febril y empezó a sudar, sentía el sudor correr en hilillos delgados y fríos sobre la piel de los muslos e introdujo la cabeza bajo la sábana dejando a ésta un poco en alto para alumbrarse con la claridad del aparato de radio. Vio sus piernas juntas y estiradas, la palidez rosa de la braguita de nailon, sus hombros huesudos, los pechos algo separados. Se quedó mirando las piernas pensando ahora están un poco blancas –qué suerte tener las piernas bonitas, qué confianza en traje de baño al correr por la playa saliendo del mar, caminando entre la gente con los muslos bruñidos por el agua y el sol y al tumbarse en albornoz–... ahora están un poco blancas. Pensó en Andrés, en su pecho lampiño, fino y quemado. Y en el de Martín, el pecho altísimo e inhóspito de Martín... El recuerdo de sus besos en el pasillo, junto a la puerta, en las noches de verano, puso una mueca en sus labios lívidos e inflados bajo la sábana. Se cubrió por completo, respirando el aire caliente que envolvía su cuerpo sudoroso. Ladeándose quejumbrosa, de cara a la pared, escuchando ahora una música alegre de acordeones, esperó la llegada de Andrés. Confusamente pensó nunca están aquí cuando una quiere en el instante de oír algo en el corredor, un crujido de zapatos aplastando granitos de tierra sobre las baldosas. Sacó bruscamente la cabeza y miró la oscura boca de la puerta. Lo sabía, se gritó interiormente cerrando los ojos, pero siguió viéndole de pie en la puerta con las manos en los bolsillos y una cabeza de cabellos planchados y extrañamente diminuta, echada hacia atrás, reducida en la distancia o en un sueño, y estiró la sábana hasta la barbilla juntando los muslos con fuerza, sintió el flequillo arañando su frente sudorosa como un garfio de mil púas y el aire entrar y salir de la boca sin que pudiera controlarlo. Martín se acercaba a ella con los ojos fijos en su pelo, en su cabeza asomando entre las sábanas como la de una muñeca que retiene en su pecho hueco un grito humano. Lo sabía, por eso me ha desnudado, ha hecho marchar a todos, incluso ha perfumado... Veía a

Martín orientándose en la penumbra, adecuando sus movimientos a la calidad del sueño, un caminar al borde del abismo. Pues no tendrá la satisfacción de oírme gritar, no la tendrá..., sintiendo el temblor aferrarse a su vientre como una garra, hurgando en las ingles, ... debía suponerlo, ¿cómo he sido tan tonta?, no soporto que él me crea una tonta. Se defendió sin fuerzas, como debatiéndose dentro del agua, en medio de un sordo silencio. El cuerpo de él era pesado y amorfo como un cuerpo muerto. Notó como una brasa ardiendo penetrándola. Se resisitió, le arañó la cara. En la radio, la música de acordeones tan remota, ligera, vivaz, brillante como escamas de peces de colores cabrilleando al sol, como una enloquecida cometa asomando en el límite de la inconsciencia de la otra vida, y ella aún pensando: No me oirá gritar. Bien mirado, igual me iré un día con papá..., y sentía escalofríos en los hombros, en la piel tensa, el aire frío atornillándole los pezones y el vientre hundido, la cara vuelta hacia la pared, lejos de allí, de las acometidas de él.

No podía matar el tiempo ni los recuerdos, pero pasear era lo que más se le parecía. Un ir y volver a lo largo de la acera, un mediodía con brisa, no había nadie en la calle y el sol se filtraba entre el ramaje de los árboles para quedar en pálidas monedas amarillas sobre el asfalto. Aquí y allá ella se detenía junto al bordillo y entornaba los ojos pensativamente, ceñía a su pecho las solapas del abrigo y volvía a pasear lenta y cabizbaja junto a las verjas en forma de lanzas escalonadas y los viejos jardines descuidados. Ya está hecho, pensaba, dudando todavía en llamar a Andrés –todo estaba perdido o ganado, no podía ya volverse atrás, ni siquiera preguntarse por qué lo había hecho. «Tina, Tina querida...»

Más tarde se cruzó con algunos vecinos: visión fugaz de sonrisas sin encarnadura y sin dueño, de ojos de pájaro escrutando medrosamente signos atroces. Unos metros más allá paraba la casa de Andrés. Había llegado hasta aquella calle en un estado casi inconsciente, pero ahora comprendía que era el único sitio donde podía hallarse sin parecerle extraño. Fue lentamente hacia la ventana y acercó la cabeza a la reja. Vio a las dos mujeres y a Andrés en la mesa, comiendo, y un desconocido que hablaba con los carrillos llenos y gran despliegue de ademanes. De pronto vio que la madre de Andrés se levantaba y se dirigía de frente hacia ella, hacia la ventana.

Se apartó. Fue hasta la puerta y se dispuso a llamar, pero se quedó con la mano en alto, escuchando su propia indecisión golpeándole las sienes y el corazón débil. Finalmente desistió: «Ya está hecho.» De nuevo hundió la barbilla entre las solapas del abrigo y paseó arriba y abajo por la acera.

–Era un gran hombre –decía en aquel momento Esteban Guillén mirando a Andrés–. Tu padre valía mucho, te lo digo yo.

Comía deprisa. Matilde y su madre estaban atentas por si necesitaba pan o más vino. Andrés despachaba su comida desganadamente y sin levantar los ojos del plato, no quería mirarle siquiera. Sabía que Guillén no podía cambiar nunca, a pesar de los reveses y los desengaños sufridos desde que «todo» acabó, que diría las cosas de siempre y que era difícil contradecirle porque su madre gustaba de escucharle cuando lo tenía a comer en casa. Le oyó decir:

–Hacía tiempo que no venías, Esteban. ¿Qué te pasó? ¿Todavía no te has casado? Recuerdo que me dijiste...

–Ah, sí. Pero aquella mujer no era para mí, me di cuenta a tiempo. ¿Me imaginas viviendo con esa clase de personas? ¡Vamos! Si viviera tu marido pondría el grito en el cielo... No, decidí dejarlo correr. Y no me arrepiento. ¡Una familia fascista hasta la médula! Ya soy viejo para aguantar según qué cosas.

–Pero debes sentirte muy solo. Tienes que venir más a menudo, como antes. Tanto que me gustaba que vinieras a contarme cosas de cuando tú y...

–Mamá –interrumpió Andrés dejando caer ruidosamente el tenedor en el plato–, abre el postigo de esa ventana, ¿quieres?, aquí no se ve uno.

Su madre se levantó. Esteban Guillén dijo:

–La verdad es que ya tenía ganas de venir a veros. Pero estuve en Bilbao para arreglar algunos asuntos con alguien que no se portó bien del todo y al que había que meter en cintura. Fíjate ¡después de tantos años! Pero yo no olvido. ¿Recuerdas a uno que le llamábamos El albañil?

–No, no recuerdo.

–Sí, mujer. –Se volvió a Andrés, sonriendo–. Seguro que tu padre se acordaría. Aquel tipo que cuando la guerra trabajaba de albañil con sombrero de copa y guantes blancos, en unas obras de la Diagonal, y nos hacía partir de risa. Aunque era muy brutote, y según he podido comprobar después, un mal bicho. No tenía nada en la cabeza, no tenía ideas, no era como tu padre, muchacho. De verdad, como tu padre no hubo nadie.

–Sírvete más arroz, Esteban –dijo ella–. Si hubiese sabido que vendrías...

–¿Por la comida lo dices? Si está muy bien.

–Dime, ¿te van bien las cosas?

–De aquella manera. Regular... ¿Recuerdas bien a tu padre, Andrés? Tú eras un chiquillo entonces. ¿Le recuerdas?

–Algo.

Esteban Guillén meneó la cabeza, sonrió íntimamente y siguió comiendo. Se volvió a Matilde.

–¿Y tú, Matilde?

–Oh, sí.

–Ella sí –corroboró su madre–. Es que éste era muy chico.

–No es preciso que me disculpes, mamá –dijo Andrés, siempre con los ojos en el plato–. Yo sólo me acuerdo de lo que quiero.

Su madre cambió una sonrisa condescendiente con Esteban Guillén. Éste se quedó con una expresión nostálgica y resignada, con sus cincuenta años a cuestas y su soledad irremediable, meticulosamente vestido, ordenado y cortés en todo momento a fuerza de vivir en pensiones y de viajar vendiendo artículos de perfumería. Viviendo de recuerdos, todavía, tercamente, los recuerdos que sacaba a relucir siempre que iba a comer a casa de la viuda del bueno y tonto amigo Ferrán, muerto a balazos una noche del 38 al querer evitar la quema de una iglesia. El valeroso y tonto viejo amigo. ¿Quién le mandaría meterse en aquel lío?

–Pues deberías recordarle en todo, hijo –añadió Guillén–. No conocí a nadie como él. Tu madre puede decirlo.

Y otra vez –pensó Andrés–, otra vez, como si fuera el pago obligado por lo que le damos de comer, como si quisiera siempre dar las gracias con un recuerdo más de papá. Le oía decir:

–Un día estábamos sentados tomando unas copas en la terraza de un bar. Éramos cuatro, uno era El albañil, el otro no me acuerdo. Se hablaba de derribar una estatua que había en el centro de la calle. Se calentaron los ánimos, se fue a buscar una cuerda. Reconozco que yo también tenía ganas de jaleo, entonces era muy atolondrado. Tu padre, muchacho, era el único que permanecía mudo. Cuando se levantaron los otros dos para llevar a cabo la, digamos, salvajada política, él no se movió. Yo me levanté para ayudarles, lo confieso. Nunca olvidaré su mirada. Incluso nos enfadamos con él, le llamamos cobarde y otras cosas. Pero tu padre siguió sentado, mirándonos tristemente, lo recuerdo. Total, rompimos la estatua, que representaba a cierto negrero enriquecido en las Américas, y luego nos quedamos tan tranquilos. Estas cosas entonces se podían hacer, ¿comprendes? No pasaba nada. Pero nunca olvidaré la lección de tu padre aquel día. Nunca.

Andrés no miraba a nadie. ¿Y por qué diablos se dirige siempre a mí al hablar?, pensó. Un momento que levantó la cabeza vio a su madre con la expresión contraída, no se sabía si a punto de reír o de llorar. Indudablemente se sentía feliz.

La mujer frotaba con los dedos las solapas afelpadas de su abrigo. Se detuvo en la acera, irguió la cabeza, dejó que el sol le cegara los ojos: con el rostro levantado al sol la sonrisa llegaba fácilmente y sin forzar el ánimo ni el recuerdo: «...yo le traje un perrito de lana, un caniche suave como estas solapas, y Alfonso le regaló los tres cerditos vestidos de marinero, como en la película, uno con la flauta, otro con el violín y el tercero con el tambor, que se les daba cuerda por la espalda y bailaban sobre la mesa. Aquella mesa reluciente, en la que Luis me dejaba siempre los dedos marcados y pegajosos de caramelo... El perrito de lana, los tres cerditos, y la niña. Tina. Querida niña. Y una noche, al desnudarla para meterla en la cama, me di cuenta de que ya empezaba a ser mujer, y la besé, y estuve con ella hablando más que otras noches, hasta que se durmió».

De nuevo se hallaba ante la casa de Andrés. Estuvo un rato inmóvil y luego llamó. Dejó caer la cabeza sobre el pecho.

–Fue antes de morir mi hermano –decía Esteban Guillén, sentado en la butaca y con la taza de café en la mano–. Mi hermano era joven, la quinta del biberón, ¿recuerdas? En el Ebro. Al cruzar el río, cogió el tifus. Pero fue un tifus muy fuerte, se le metió en la cabeza. Estuvo enfermo varios días y se murió. Y mi sobrina, la pequeña, que se pasó la vida en las colas. ¿Te acuerdas de las colas?

La madre de Andrés seguía sentada a la mesa y sonreía levemente:

–¿Quién no se acuerda? Parece tan lejos todo, pero fue ayer mismo.

–Tienes razón. Es porque hemos perdido a familiares y amigos, eso ha hecho que estos años nos hayan parecido más largos... Pues bien, como te decía mi sobrina empezó lo que se dice a vivir, a respirar, en las colas. A los trece años, en la estación de Bilbao, vio a un hombre que se movía de manera sospechosa junto a un vagón de mercancías. La chiquilla le estuvo observando. Vio que sacaba unos saquitos de arena, los vaciaba golpeándolos en las tablas del vagón, los volvía del revés y luego los llenaba de arroz, que sacaba a puñados de unos grandes sacos. Cuando vio que el hombre se iba, ella hizo lo mismo. Se trajo catorce saquitos de arroz a casa. Allí empezó su carrera.

Se rió, todos se rieron. Andrés estaba de pie, la espalda contra la puerta del dormitorio de su madre. Matilde permanecía en la mesa, estirando el cuello y sacudiendo la cabeza de vez en cuando, una mano atusando sus cabellos y otra en la cintura.

–Yo no recuerdo nada, la verdad –mintió Matilde, sonriendo–. ¿No cree usted que es estupendo eso de no recordar nada? Todo lo que sé es por referencias, cosas oídas aquí y allá. Pero siempre me ha interesado...

–Sí –dijo Esteban Guillén, absorto: seguía pensando en su sobrina–. Luego empezó lo de las colas. Fue culpa mía, porque yo nunca me quise apropiar de lo que pertenecía a la comunidad. Y hubiese podido hacerlo, ya sabes el cargo que desempeñaba, pero en eso era como tu padre, Andrés.

–Sólo parecidos.

Su madre le lanzó una rápida mirada. Esteban Guillén sonreía. Miraba a Andrés atentamente, sin dejar de sonreír.

–Bien, el caso es que yo podía llevarme a casa cuanto hubiese querido. La chica hizo amistad con otra, de su misma edad más o menos, y todos los días se encontraban en las colas. Cuando ella llegaba tarde, la otra la dejaba colarse. Y al revés, cuando la amiga llegaba tarde, pues ella..., ¿eh? Así que, pobrecita, también ella supo lo que era la guerra. –Calló de pronto, Esteban Guillén, y, mirando el fondo de su taza de café, con una voz distinta, añadió–: Un día desapareció con la otra, con su amiga la de las colas, y nunca más hemos sabido de ella.

–Pues la última vez que estuvo usted en casa –dijo Andrés distraídamente, refregando la espalda en el canto de la puerta– dijo que acababa de enterarse que alguien había visto a la chica en el barrio chino haciendo chapas...

Su madre fue a levantarse de la silla, pero él, despegando la espalda de la puerta, puso las manos en sus hombros suavemente, pero con firmeza y evitó que se levantara. Esteban Guillén se quedó pensativo:

–¿Ah sí, eso dije? La verdad, no recuerdo...

Se hizo un pesado silencio. La madre de Andrés pugnó de nuevo por levantarse. Las patas de la silla de Matilde chirriaron sobre el piso.

–Conste que no lo digo porque me parezca mal que la chica acabara así –añadió Andrés con la misma indiferencia de antes–. Cada cual acaba como puede...

Interrumpiéndole con una alegría repentina, mirando a la madre de Andrés, Guillén dijo:

–Pero vosotros vivís felices, parece que todo marcha bien y me alegro mucho. Los malos ratos que se los lleve el diablo, qué caray, lo pasado pasado está. ¿Verdad, Andrés? ¡Pero este chico está hecho un hombre! ¡Si te viera tu padre! Siempre decía que quería un hijo inteligente que le ayudara a luchar por la libertad... Creo que era así como lo decía. Bueno, decía cosas admirables, siempre, y aunque yo nunca fui nada comparado con él, te advierto que comprendía y compartía todas sus ideas. Acaso fui uno de los pocos que le comprendieron, ya ves... A veces hasta me parece imposible que ya no esté aquí –añadió mirando ahora a la madre de Andrés–, con nosotros, como en tantas ocasiones felices. ¿Te acuerdas...? Pero, vamos, no te pongas así, mujer, que no hay para tanto...

Andrés, de pie tras la silla de su madre, se inclinó sobre ella para mirarla. Luego clavó los ojos en Esteban Guillén, la palabra «imbécil» en la punta de la lengua. Ella había sacado el pañuelo.

–Mamá, por Dios –rogó Matilde.

–No, si la culpa es mía –dijo Esteban Guillén–. Siempre tengo que hablar de lo mismo. Pero esta casa me trae tantos recuerdos...

–Mamá –repitió Matilde con cierta dureza.

–Déjala en paz –dijo Andrés–. Déjala llorar.

–No es nada, no lloro. ¿No veis? –Sonreía–. No quiero que luego mi hijo tenga que reñirme.

–Sé que eres una mujer fuerte. Sí, me lo demostraste una vez y no podré olvidarlo nunca –Guillén levantó los ojos hacia Andrés–. No sabes todavía de lo que es capaz esta admirable mujer, muchacho. La he visto plantar cara a cuatro hombres armados de la fai.

–¡Está bien, está bien! –dijo Andrés haciéndose a un lado–. ¿Hay más café en la cocina?

–¿Qué te pasa, hijo? –dijo ella viéndole salir del comedor. Y mirando a su invitado añadió–: A ellos qué les cuentas. Son jóvenes...

En su cuarto, Andrés se tumbó en la cama, buscó en la negrura bajo los párpados aquella inercia ya casi perdida del todo, aquel volverle la espalda –¿cómo lo conseguía Tina?– a todo lo que un día creyó descubrir en el jardín de los Climent, paseando con Tina entre la alta hierba y las ruinas. Se incorporó. Notó el fuerte olor del cenicero lleno de colillas, y lo cogió, abrió la ventana y lo tiró al patio. Es mejor que acabemos de una vez, se dijo al salir del cuarto. Cerca del comedor pudo oír la voz de Esteban Guillén, su falso tono apagado, quejumbroso y cuidadosamente estudiado.

Se detuvo al entrar y recostó el hombro en la puerta.

–Oiga –dijo–. ¿Por qué no habla de otra cosa?

El hombre le miró entre sorprendido y risueño.

–¿Otra cosa?

–¡Sí, otra cosa, otra cosa!

–Andrés, ¿quieres hacer el favor? ¿Qué te pasa? –dijo su madre.

Oyeron llamar a la puerta. Matilde se levantó como el rayo y fue a abrir. Esteban Guillén sonreía débilmente con la cabeza inclinada, muy quieto en su butaca, con las piernas cruzadas. Fuera se oyó la voz de Matilde:

–Andrés, preguntan por ti.

Pero la mujer ya estaba en la puerta del comedor, entró apretando sobre el pecho hundido el cuello del abrigo, encogida. Sus ojos no dejaron de moverse inquietos hasta que tropezaron con la mirada de Andrés.

–Perdonen, les parecerá extraño que me presente así, de pronto, pero quería... Andrés, hijo, quisiera que...

Volvió a dirigir extraviadas miradas a los demás.

–Sí, diga –invitó Andrés adelantándose hacia ella–. No se preocupe, es mi familia, ya se conocen aunque sea de vista. ¿Ocurre algo?

–No, deseaba sólo que vinieras. Es... –De pronto sonrió, con la boca cerrada–. Pero no, ¡qué tontería! Pasaba por aquí y he pensado que tal vez...

–Venga conmigo –interrumpió él–, salgamos fuera. Vuelvo enseguida, mamá.

La mujer dirigió un leve saludo con la cabeza a todos y salió detrás de Andrés. Matilde se sentó cambiando una mirada con su madre:

–¿Estás viendo? –dijo en tono de reproche.

Estaban en la acera. Andrés mantenía la puerta abierta.

–¿Y bien...? –Al verla tan afligida añadió–: Verá, en casa son algo raros, ya me entiende. ¿Qué ocurre? ¿Se encuentra usted mal?

–¿Qué es lo que piensan de mí, Andrés?

–Oh, nada. Tonterías, lo de siempre. –Y sonriendo–: No me irá a decir que no sabe lo que la gente piensa de ustedes. Pero qué importa eso. De todos modos la gente habla y chafardea. Saben muy bien que el dinero le llega de su marido, pero les gusta inventar cosas.

–Yo nunca he dicho a nadie...

–Oh, sí, lo saben. Pero necesitan pensar algo más. Le repito que no tiene la menor importancia. Todo el mundo sabe que yo frecuento su casa, igual que Martín, y ¿cree que me preocupa?

Mi madre y mi hermana, en eso al menos, no son mejor ni peor que las demás personas. No hago caso y basta.

–Lo siento por ti, Andrés, de veras.

–Bueno. Dígame qué es lo que quiere.

Ella tenía los ojos clavados en la acera, dejaba resbalar su larga y blanca mano a lo largo de las solapas del abrigo. Apoyó la espalda en los hierros de la verja. Se oía el rumor del gran eucalipto en el jardín de enfrente.

–Nunca he podido acostumbrarme, parece mentira. Parece mentira. Cuando Alfonso estaba aquí ocurría lo mismo; pero, claro, era otro ambiente. Eran otras relaciones, gente con un poco de dinero, como nosotros. Eran nuestros propios amigos, parece mentira. Ellos me colmaban de atenciones, me rodeaban siempre. ¡Eran tan amables todos, tan agradables! A mí me gustaba... jugar con ellos, era algo que el mismo ambiente obligaba a hacer, era natural, a nadie le parecía extraño. Era aquella manera de vivir, ¿comprendes? Pero nunca cometí nada irreparable. Y sin embargo, ellos hablaban igualmente de mí, me criticaban. Murmuraban, siempre lo supe. Yo... yo fui una buena esposa, Andrés.

–Claro... –fue lo único que él acertó a decir.

–Es terrible no poder comprender a veces a tu propio marido. No saber el porqué de sus estados de ánimo, de la ilusión que pone en sus cosas, sus ideas, sus proyectos... yo qué sé. Si me dejé llevar algo por la simpatía de sus amigos, no fue porque con él me aburriese exactamente. Bueno, sí, me aburría a veces, me cansaba de no ser nadie, de no comprender. Pero él tampoco parecía interesado en hacerme comprender, no se explicaba, y yo siempre resultaba una entrometida...

Andrés la cogió suavemente por el brazo.

–No tengo mucho tiempo ahora... Luego iré a su casa, si lo que quiere es charlar un rato...

–No, no he venido para eso. –Abrió mucho sus ojos de nuevo asustados y sonrió tristemente–. Tú te estás haciendo un hombre, eres comprensivo... ¿De verdad crees que venía a darte la lata? Qué tonta soy... –Se llevó la mano temblorosa a la frente, tanteó la sien–. ¿Qué te estaba diciendo? Ah, que no vengo por nada de eso, es que se lo ha traído la conversación. No. Pasaba por aquí y...

–Sí.

–Yo no quería, pero da lo mismo. –Ahora pareció haber tomado una decisión–: Tina y Martín están en casa, solos.

–Solos –repitió él como en un eco, observando cómo la expresión de ella se iba suavizando–. Bien, ha ocurrido otras veces. No siempre la ha pegado.

–Así es que he venido –dijo la mujer, como concluyendo un pensamiento en voz alta–. Me he dicho: ya que estás aquí, podrías saludar a Andrés y decírselo.

–¿Y qué puedo hacer yo? ¿Quiere que vaya y hable con ellos? No me escucharán, usted lo sabe perfectamente. Es su manera de jugar, como suele decir usted...

–Esta vez es distinto –dijo ella casi sin voz. Andrés la miró fijamente y ella añadió–: Oh, por favor, ve allí, ¡corre!

–No –dijo Andrés meneando lentamente la cabeza, con la convicción a flor de piel. Y sonriendo–: Son las reglas del juego, que diría usted. Y no tema por Tina, sabe cuidarse.

La mujer cerró los ojos y se apoyó en el brazo de Andrés.

–¿Qué le pasa? –La miró alarmado–. ¿Se siente mal?

El rostro de ella adquirió una autoridad:

–Sí, soy una tonta. Basta. Es igual.

–¿Quiere que la acompañe a casa?

–Estoy muy bien, gracias.

Andrés había abierto la puerta del todo y miraba dentro.

–Compréndalo, yo no puedo evitarlo, otras veces lo he intentado y ya sabe cómo acabó la cosa.

–Sí, tienes razón... –Le miró fijamente a los ojos–. Hoy estás raro, hijo.

–Estoy como siempre. Mire... ¿De verdad quiere que vaya ahora mismo?

La vio volverle la espalda y mirar al fondo de la calle. El frondoso eucalipto se retorcía en el jardín, el viento despeinaba pesadamente sus ramas. Por la parte baja, al final de la pendiente donde moría la calle, pasaba algún coche de vez en cuando. Pasaba velozmente y todo volvía a quedar en silencio.

–No. Es igual. Es que tenía miedo. Seguramente él ya se habrá ido. –Levantó la cabeza–. Se ha hecho tarde. –Se volvió a él sonriendo–. Es que tenía un poco de miedo, creía que no podría soportar eso de estar pensando en ellos... Dirás que me he portado de una manera muy poco discreta al venir a tu casa, claro, y tu familia también...

–No piense en eso.

–Escucha, es mejor que hoy no vengas. En todo el día. Ahora que lo pienso, será lo mejor. Quiero salir con Tina esta tarde. No vengas.

–Como quiera. ¿Desea que la acompañe?

–No. No voy todavía a casa. Adiós. –Empezó a alejarse por la acera y se volvió–. Entra, entra. Adiós y gracias.

–Adiós.

Matilde se había echado la chaqueta azul sobre los hombros y ordenaba las cosas de su bolso, que vació sobre la mesa. Cuando hubo terminado volvió a meter todo dentro, estrujó unos papeles y los dejó en el plato sucio, cerró el bolso, se lo colgó del brazo y atusó sus cabellos sacudiendo la cabeza.

–Me voy. Ten en cuenta, mamá, que sólo tú tienes la culpa. ¡En nuestra casa, en nuestras propias narices!

–Andrés no es mal chico –dijo su madre mirando a Esteban Guillén.

–¿Está usted viendo? –exclamó Matilde–. Le defiende. No entiende nada de nada, no se imagina el lío...

–Vete, Matilde –dijo su madre en un tono de infinita paciencia–. Llegarás tarde.

Matilde se despidió del invitado. Andrés cerró la puerta de

la calle. Se paró antes de entrar en el comedor y se apretó la frente con las manos. Siguió hasta la percha, en un rincón del recibidor, buscó un cigarrillo en los bolsillos de la americana y lo encendió. Regresó al comedor, Matilde se cruzó con él camino de la puerta, la abrió violentamente y salió cerrando de igual forma.

–Yo en eso no quiero meterme –decía Esteban Guillén en su butaca–, pero si viviera tu marido no creo que le gustara. Ya sabes que no era amigo del juego sucio. Era intachable. Recuerdo aquellas pobres mujeres necesitadas cuyos maridos estaban en el frente luchando y muriendo ya sin saber para qué, y a las que sólo había que regalar unos botes de leche condensada para que a todo dijeran que sí... ¡Dios mío, Dios mío! –Vio cómo Andrés aplastaba el cigarrillo en el cenicero; le pareció algo nervioso: el cigarrillo estaba entero–. Ya sabes lo que decía al ver aquello: ellos allá, muriendo uno tras otro, y nosotros aquí, aprovechándonos de sus mujeres...

–Usted, seguramente, se tiró a más de una. A que sí.

Esteban Guillén le miró entre perplejo y divertido.

–¡Andrés! –exclamó su madre.

–¿No es así? –dijo Andrés–. Vamos, conteste. Usted mismo dice siempre que no es como mi padre.

–Muchacho, estás excitado. Me haces gracia. Como comprenderás, hay ciertas cosas que a ti no puedo contarte.

–Me lo imagino. ¿O será que ahora no puede recordar bien? Qué extraño, usted que siempre lo recuerda todo. Inténtelo. ¿Acaso no estamos hoy en plan de recordar todas las cosas buenas perdidas?

–¡Pero Andrés!

–Déjame, mamá.

–¿Qué te pasa, chico?

–Nada. Hace tiempo que quería decirle una cosa. Lo que fue y lo que es usted y todos los que rodeaban a mi padre. Una pandilla de ingenuos, unos republicanos llenos de buenas intenciones y nada más, y metidos en un desastre de guerra que para qué contarle... ¡De coña! Así que, ¿por qué no habla de otra cosa, por una vez?

–Es gracioso –decía Esteban Guillén–. Tiene gracia, este chico.

–¿Quieres hacer el favor de callar, Andrés? –rogó su madre. Se había levantado–. No le hagas caso, Esteban, por el amor de Dios. A veces se pone así.

–Eso es, a veces me pongo así. Por lo tanto este tío se marchará ahora y no volverá más.

–Ya está bien, hijo, ¿me oyes?

–Déjame. Se irá con sus malditas historias. Me es igual que sean verdad o mentira. Supongo que son verdad, pero ya nos han fastidiado bastante. Demasiados años lamentando lo que ya no tiene remedio, no quiero saber nada más, no deseo conocer más detalles, ni de un frente ni del otro. ¡Estoy harto! ¡Al diablo con su memoria de inválido! ¡Eso es, de inválido!

–¡Dios mío, Andrés, ¿qué dices?! –Su madre intentaba cogerle del brazo–. Es un amigo de tu padre...

–Déjale hablar si le place, mujer –sonreía Esteban Guillén, pálido–. A mí me es igual, y los jóvenes lo necesitan. Es joven...

–¡Es cierto! Soy joven. Usted en cambio es viejo y está acabado, ¿comprende? Acabado. Peor que muerto. Está de más.

–¡Andrés, basta! –exclamó su madre, sin saber qué hacer. Miró al hombre–: Dile algo, Esteban, no se lo permitas...

–¿No ves, mamá, que para poder comer necesita contarnos siempre las mismas historias? Ésas que a ti tanto te gustan. No sabe otras. Se quedó viviendo aquello, como pegado a un cromo antiguo. Yo le comprendo a usted, sé que tenían toda la razón, y le compadezco, pero tengo que sacudírmelo de encima. ¡Por eso, porque soy joven, porque me revientan los lloriqueos y porque me da la gana!

El hombre permanecía sentado. Tenía aún una pierna tercamente cruzada sobre la otra, la cabeza ladeada, bajos y sonrientes los ojos, las manos cruzadas sobre el vientre. Pero estaba pálido. Se incorporó lentamente. Andrés añadió:

–Muy bien, vaya ahora en busca de otros amigos, una casa donde se viva también para un muerto y unas cuantas cosas perdidas...

–¿Sólo unas cuantas, chico? –murmuró con ironía Guillén–. Algún día comprenderás...

–... y podrá usted seguir comiendo. Le darán de comer personas como mi madre a cambio sólo de unos recuerdos. –Calló un rato, mientras Esteban Guillén, cabizbajo, sacudía con la mano la ceniza pegada a las solapas de su americana. Andrés añadió con voz más apagada–: Aquí no le necesitamos más, de modo que ya lo sabe.

Su madre se acercó al hombre.

–Esteban, escucha...

Lentamente, con una tristeza animal en los ademanes, él seguía sacudiendo la ceniza con los dedos. Luego levantó las manos.

–Es igual, es igual. Ya se le pasará.

–Estoy aturdida. Yo... –Se volvió hacia Andrés– no sé qué hacer con este hijo mío...

–¡Déjale, mamá! ¡Quiero que se vaya, tiene que irse! ¿No comprendes que debe ser así?

–Me iré cuando ella me lo diga...

–¡Se irá usted ahora y porque lo digo yo! No me conoce usted, se cree que soy un buenazo como papá. ¡Pues sépalo, yo soy un vividor, un vivalavirgen, un puerco que sólo piensa en chingar, un indiferente, un vago como los que le engañaron a él! ¡Y hago lo que me place! Lárguese de una vez...

Esteban Guillén miró a la mujer y empezó a salir del comedor hablando con ella incongruentemente (otro día, más calmado, ya nos veremos, hay que hacer algo...). Andrés se adelantó casi corriendo, en plena excitación, al pasar junto a él le golpeó el hombro sin querer y él se tambaleó, dio un traspié. Se irguió, suspirando. Andrés le tendió el abrigo.

–Tenga.

–Bien... –Volvió a mirarla a ella, hizo un vago gesto con la mano. Andrés le abrió la puerta. Luego cerró de golpe, regresó al comedor y se dejó caer en la butaca. Su madre se había ido en pos de Esteban Guillén. Cuando volvió dijo:

–¿Te das cuenta de lo que has hecho?

–Así está mejor.

–¿Quién te ha enseñado...?

–Mamá, no me preguntes nada, por favor.

–¡Que no te pregunte! Has hecho siempre tu santa voluntad, lo que has querido. Confié demasiado en ti, ahora lo veo, no podía sospechar que pensaras todo eso... todas esas cosas tan horribles que le has dicho a este pobre hombre.

–Ya está bien.

–¡Tienes que oírme! Le has humillado, le has tratado como a un animal. Tiene dificultades, y está solo. ¿Qué buscas insultándole, qué pretendes?

–Es un embustero, un farsante. Si supiera de un sitio mejor para comer, no vendría a verte nunca más.

–Le gusta venir a charlar de vez en cuando...

–Mentira. Y aunque fuese cierto; precisamente debemos acabar con eso, mamá. Y no hablemos más del asunto, te lo pido por lo que más quieras...

La voz de Andrés, hundido en la butaca, se quebró, llorosa y avergonzada. Se cubrió los ojos con la mano. Su madre se acercó hasta quedar frente a él. A su lado, en la mesita cubierta con el blanco tapete de punto, estaba la taza que había usado Esteban Guillén, con la cucharilla cruzada sobre los bordes. En la mesa, ya sin mantel, no quedaba más que la botella de coñac y un pequeño recipiente de cristal con terrones de azúcar. El sol daba en los cristales de una ventana de la casa de enfrente y su reflejo entraba aquí por encima de la cabeza de Andrés, inundaba el comedor de una luz macilenta y extraña. Era una hora conocida, puntual y breve, familiar, una vieja y querida hora llena de nostalgia y de soledad.

–Por favor, mamá... –y bajando la voz–: Ya sé que he sido injusto, ya lo sé.

–Van a dar las cinco, hijo. –Tocó sus cabellos con la mano, cariñosamente. Él seguía escondiendo el rostro y disimulando las ganas de llorar–. Van a dar las cinco.

Martín se incorporó, con la mano echó sus cabellos hacia atrás y luego sacó un peine del bolsillo interior de su americana. Mientras se peinaba, de pie, observó a Tina. Y ella, de bruces sobre la cama, sentía clavada en su espalda desnuda esa mirada. Su brazo pendía inerte a un lado de la cama.

–Ha sido ella –murmuró sin despegar la mejilla de la almohada, mirando el vacío–. No quiero volver a verla en la vida, dile que no quiero verla. ¡Díselo!

Con gesto hábil Martín introdujo el peine en su bolsillo, y allí de pie miró un instante a Tina, se sentó en el borde de la cama, y dulcemente –en el corto trayecto hasta la piel, sus dedos parecieron contraerse, dudar– puso la mano en la espalda de Tina agitada por los sollozos. Así permaneció un rato, en silencio, mirando sus propios zapatos, sin expresión en el rostro, y luego se levantó para irse.

Ella, aplastando la mejilla en la almohada, seguía musitando:

–¡Maldita, maldita...!

[illegible]

[illegible]

[illegible]

[illegible]

XIII

Mucho antes de oscurecer, deambulando todavía por las calles, la mujer se sintió repentinamente enferma y regresó a casa. Habían pasado tres horas por lo menos. Entró sin ser vista: oyó que Luis y Ernesto discutían violentamente en el comedor o en la galería, pero ella no llegó hasta allí, se deslizó silenciosamente en el dormitorio. Tina no estaba. Se desnudó, se metió en la cama y cerró los ojos apretándose el pecho con las manos, pálida y asustada.

Más tarde supo que ellos ya estaban cerca, al pie del lecho. «Toda la tarde por ahí...», oyó que decía Ernesto en tono despectivo. Se puso boca arriba y abrió los ojos. Dejó de pensar en dormir. Le habían echado mantas y su cuerpo estaba bañado en sudor. Les veía a los dos, inmóviles al pie de la cama, mirándola con ojos interrogadores y contrariados. Sus ojos buscaban los de Tina. Pero yo no estoy enferma pensaba. Le fastidiaban sus miradas. Y sus ojos buscaban a su hija. La vio situarse despacio detrás de ellos, ya en el límite de la penumbra que no alcanzaba a desvelar la lámpara de la mesilla, la vio recostando la espalda en la pared, despeinada, los brazos cruzados y arqueando una cadera con indolencia: la observaba con una leve sonrisa en los labios lívidos y chafados de pintura, enrojecidos los ojos, aquellos ojos que sin duda habían estado acusándola desde primeras horas de la tarde. Volvió a dejar caer los párpados y él no ha vuelto, pensó, no volverá nunca más... Luis levantó la colchoneta de la cama de Tina y extrajo la bolsa de agua sin dejar de mirar a su madre con una expresión ceñuda. Todos la miraban enojados y como esperando algo. El médico, pensó. Y aquella espera, aquel silencio –que parecía emanar de Tina, de su misma inmovilidad cruel– era lo que agobiaba su corazón.

–Ernesto, hijo, lléname la bolsa de agua caliente –dijo sin voz, y vio cómo Ernesto acentuaba su mirada de contrariedad al responder:

–¿También eso, mamá? No me digas que aún tienes frío con tanta ropa encima...

–Sí, tengo frío.

–Ahora vendrá el médico y te dirá lo que tienes que hacer. Procura descansar.

–Eso –dijo Luis, apretando la bolsa de agua contra su pecho–. Está fría. Luego te la traigo, ¿eh, mamá?

Luis salió del cuarto frotándose las manos, dándoles aliento pegadas a la boca. Ernesto, mirando a su madre postrada, se afirmaba a sí mismo alguna cosa con imperceptibles movimientos de cabeza. Con los brazos cruzados sobre el jersey amarillo, Tina seguía sonriéndose maliciosamente, apoyando la espalda en la pared. Ernesto, sin ocultar su nerviosismo, paseó por el cuarto chasqueando la lengua, luego se paró ante su hermana.

–Bueno, avisa cuando venga –dijo, y salió.

Tina no había apartado los ojos de la cama. Fue hasta la mesilla de noche, cogió una barra de carmín y regresó a la pared, en la penumbra. Estuvo allí pintándose los labios meticulosamente, una y otra vez restregaba la barra sobre una mueca de asco, que humedecía, corregía con el dedo meñique –los ojos clavados en su madre.

A ella le molestaban las arrugas del camisón en la espalda y se removió en el lecho. Tenía las manos cruzadas sobre el vientre y las piernas estiradas y juntas. No, así no, debo parecer una muerta y como en sueños cambió de postura dejando los brazos rectos junto a las caderas y levantando las rodillas. De este modo interponía algo entre su rostro y la mirada de Tina, que partía rectamente y sin roturas, sin un parpadeo, hacia sus ojos. Ya no vendrá, volvió a decirse, ya no vendrá nunca más, pero ¿acaso yo no lo sabía? ¿Llegué a creer en él alguna vez, es posible? Ni él mismo se conoce... Es arisco, indómito, vulgar, es como un gato callejero que pudo haber sido hermoso, elegante... De pronto una risa, como un eco –¿soñaba?– y la luz que se apaga, las manos de nuevo agarrotadas en el vientre; en el vientre sentía ahora escalofríos igual que si lo tuviera lleno de pedazos de fruta helada: Alfonso, querido, nos va a faltar ponche, estoy nerviosa... Entonces sintió en la mejilla el aliento de Tina, su sombra junto a la cama, notaba su respiración en toda la parte derecha de la cara. No se volvió. A pesar de hallarse la habitación a oscuras temía encontrarse con sus ojos encarnados de rabia y llanto, con su furiosa boca derramada de carmín, ultrajada.

–¿Qué haces, por qué has apagado la luz?

–Debes dormir.

–Estoy enferma –musitó abriendo los ojos todo lo que pudo bajo las sombras, arrimándose a la pared–. Estoy enferma, déjame.

Tina acomodaba las rodillas en el suelo y acercaba más el rostro a ella, envolviéndola con su aliento. La mujer resoplaba ahuyentándolo.

–Levántate de ahí, vete, quiero dormir...

–¿Qué te pasa, estás muy mala? –dijo Tina pegando la boca a su oreja, hablando bajito, casi en un susurro–. ¿Qué te duele, mamá? ¿Te sientes muy débil? A lo mejor prefieres acostarte en mi cama, aún debe estar caliente... Así estaba yo hace sólo unas horas, pero no tenía a nadie cerca, no había nadie en casa.

Si no hubiese cambiado las sábanas aún podrías reconocer su olor...

–¡Cállate! Déjame, estoy enferma, ¿no lo ves?

–No tienes nada, se te pasará, es sólo cansancio, nervios. Nervios por la espera, ¿verdad? –Tina estaba a punto de llorar. Su madre oía sus rodillas golpeando el baldosado al cambiar de posición. Su aliento era como una pelota caliente que rebotaba en su mejilla–. Pero ya no vendrá más. ¿No habías pensado en eso? No vendrá más porque ya logró lo que quería. Te has dejado engañar, como hace años te engañó papá. Yo tragaré mi rabia durante algunos días, pero tú ya estás definitivamente sola. Me revienta pensar que hayas podido salirte con la tuya, ¡me saca de quicio!, pero lo otro no creas que me importa, porque papá me mandará llamar y volveré a ser la misma de antes lejos de aquí... ¿Entiendes? No me importa lo demás, y me importará menos cuando esté con papá. ¡Seré otra mujer, y nunca más me acordaré de esta casa!

–Ah, si eso fuera posible...

–Escucha...

–Basta, déjame sola, va a venir el médico.

–Escucha. Tengo una carta de papá que desdice cuanto te prometió a ti. Todo lo que te decía era mentira, sólo a mí me llevará a su lado, ¿comprendes? Así que hoy has creído hacerme mucho daño, pero apenas si me lo has hecho...

–Tina, por favor...

–Oye, ¿quieres o no meterte en mi cama? Tal vez encuentres todavía algo de su calor en la almohada, o algún cabello, o sus babas, porque es un sucio baboso, ¿no lo sabías? Sí, claro que lo sabes...

Llamaban en la puerta de la calle. Tina se incorporó despacio y salió a abrir. Su madre cerró los ojos cuando Tina encendió la luz: entró con el médico, que sonreía; al sonreír se le hinchaban los carrillos y éstos elevaban un poco sus gafas de gruesos cristales. Tras ellos apenas se veían los ojillos quietos, semicerrados. Dejó la cartera de cuero sobre la otra cama y se inclinó con su cuerpo redondo sobre la mujer. La destapó hasta la cintura, sacó algo de la cartera y la auscultó.

–Bueno –decía sin dejar de sonreír–, vamos a ver... –Empezó a mirar por el cuarto, su mano sobre el pecho izquierdo de la mujer, la brillante V de metal colgando de sus orejas, miraba las paredes y los muebles con verdadera curiosidad mientras el corazón de ella le transmitía algo a través del aparato, hasta que sus pequeños ojos se detuvieron en el jersey de Tina –eso le pareció a ella al menos. Tina había vuelto a apoyarse en la pared, pero ahora con las manos cruzadas en la espalda. Luego volvió la pesada cabeza hacia la mujer–: ¿Tanto frío tiene usted? ¿Cuándo se ha acostado?

–Esta misma tarde. Volví a sentir aquellos mareos, y creo que los pies se me han hinchado...

–¿Ya toma usted lo que le receté? –Miró a Tina–. Su madre es muy descuidada con su salud, de nada sirve que venga a verme tan a menudo si no hace lo que le digo. Bien, ya que ahora está en cama y hemos tenido la suerte de pillarla, habrá que prohibirle que se levante hasta nueva orden. Hablo muy en serio. –Miró a la mujer–. Todo depende de usted. Descanso absoluto, completo. Tiene usted una hija sana y fuerte que puede hacer todas las faenas de la casa...

–Usted no conoce a mis hijos, doctor.

El médico seguía con su fácil sonrisa –una sonrisa que no estaba en su boca, sino más bien en sus mofletes, en alguna parte alrededor de los relucientes pómulos.

–Y una cosa más –dijo–. Debe usted abandonar toda preocupación. ¿Sigue sin noticias de su marido...? Pues no se preocupe, no se impaciente, de lo contrario no ganaremos nada. Usted está enferma desde hace tiempo y sabe muy bien –ahora la amenazó severamente con el dedo– que hay cosas que no le convienen... Nada de sobresaltos.

Vio que Tina bostezaba como de aburrimiento, y sacando un bloc del bolsillo añadió:

–Eso es todo. Lo dicho: reposo absoluto. –Se levantó acercándose a Tina mientras garabateaba algo en el bloc–. Usted me irá a la farmacia y comprará esto. Y esto también. Y lo usará en la forma que le indico, ¿de acuerdo?

Arrancó la hoja y se la dio. Tina asintió sin mirarle. «Sí, doctor Goday.» Creía o se empeñaba en sentir en los pechos el peso de su mirada de cristal, blanca, cabrilleante, pero en realidad el médico ni se había fijado, y en la penumbra del pasillo, cuando la voz del hombre adquirió una repentina y severa autoridad –una intimidad ridícula, hubiese jurado ella–, Tina sonrió abierta y fastidiosamente. «Sí, doctor Goday.» Tenía una mano en la cerradura de la puerta, pensaba abrir antes de que él terminara de hablar:

–... ¿Comprende? Está realmente enferma. Hace mucho tiempo que la trato, pero nunca me habló de usted ni de que tuviera más hijos, de lo contrario yo hubiese venido a hablarles mucho antes... Ella sólo se refería a su marido, al papá de usted... Una vez vino con un joven, pero comprendí que no era su hijo... Estas cosas del corazón siempre, tarde o temprano, traen disgustos...

–¿Quiere usted lavarse las manos, doctor?

–Bueno, sí.

Tina le condujo hasta la galería. En la nuca creía sentir la presión de su mirada, entre círculos blancos de cristal, como por un cilindro estriado. En el comedor estaba Ernesto volcado sobre los libros, en la mesa. El hombre emitió un ruido gutural a modo de saludo y sonrió. Ernesto levantó la cabeza y miraba con ojos estúpidos: en aquel momento se reventaba un grano del mentón. El médico se lavó y secó las manos, siempre con la cartera bajo el brazo, y luego se dejó conducir de nuevo por Tina.

–Vaya, vaya.

Al volver a cruzar el comedor vio una gotita de sangre en el mentón de Ernesto. Levantó un dedo gordo y blanco.

–No haga eso, joven. No vuelva a hacerlo.

En el pasillo dijo a Tina, que se contoneaba ante él con los brazos cruzados sobre el pecho:

–Uno de sus hermanos, ¿verdad? Guapo muchacho.

Estuvo un rato en el umbral, ya fuera, sin decidirse a marchar. «Cuídela mucho...», decía. Ella tenía la puerta entornada y apoyaba todo el peso del cuerpo en una pierna, la curva de una de sus caderas se acentuó y la otra casi desapareció –dejándose mirar con fastidio, ausente, diciéndose que ya no le importaba nada.

–Ahora vaya a la farmacia. Yo volveré mañana o pasado, pero si hay alguna dificultad no deje usted de avisarme, ¿de acuerdo?

–Sí, doctor. Adiós.

Cerró la puerta y regresó al comedor, cogió la receta de manos de Ernesto, que ya había pintado unos monigotes con tinta en el reverso, y echó a correr hacia el dormitorio. Su madre tenía los ojos cerrados.

–Voy a la farmacia... ¿Oyes? ¿Duermes o qué?

–No... Ve adonde quieras.

Oyó la puerta al cerrarse y luego el silencio. Ahora Luis ya debe estar en cama, pensó, con su bolsa de agua caliente y sus novelas... Y Ernesto estudiando. Se incorporó trabajosamente procurando captar cualquier ruido. Saltó de la cama y buscó con los ojos la ropa, quedó allí de pie con una joroba de sombras y de miedo en la espalda, apoyándose en la silla y sin decidirse. Sintiendo que su mente flotaba avanzó hasta el sillón para coger el abrigo. No veía su vestido por ninguna parte y volvió a mirar el abrigo, inquieta, sus pies alzándose alternos para evitar el frío de las baldosas. No había tiempo: se calzó los zapatos, sobre la combinación se puso un jersey que encontró a mano y luego el abrigo. En la puerta del dormitorio se paró y volvió atrás, se pintó los labios con el lápiz de Tina, luego salió caminando de puntillas. En el pasillo oyó chirriar las patas de la silla de Ernesto en el comedor, sonó el piano, ella ya cerraba la puerta de la calle sin hacer ruido, sintiendo el aire frío en su nuca como un trapo mojado.

Eran más de las ocho y en la calle caminaba pegada a las paredes, encorvada, con pasitos cortos, como si tuviera los tobillos atados, sin mirar a nadie, pensando en el viento húmedo que se apretaba a su nuca a intervalos, igual que si le estuvieran poniendo y quitando paños mojados.

Todavía la luz, replegándose, había sorprendido aquella rigidez acuchillada en el rostro de la vieja, que había querido volver al sillón y ahora dormía con la cabeza sobre el pecho. De pie a su lado, frente a la ventana, Martín tenía una mano en su hombro y miraba a través de los cristales.

–Madre, ¿duermes?

Veía a Mauricio más allá, de espaldas, hablando con ella. Crujió el sillón de su madre y sobre la alfombra donde descansaban sus pies se tendió el gato silenciosamente. El runrún de su cuerpo hecho una pelota empezó a inflar furtivamente el silencio, hasta que se oyeron los gritos de dos mujeres en la escalera y un taconeo lento e inseguro que iba acercándose a la puerta. Sonó el timbre. Martín volvió la cabeza y vio a Antonia quitándose el delantal con sus dedos rugosos, ya había cogido el abrigo y se disponía a abrir.

–Hazla pasar aquí, Antonia. Y si has terminado puedes irte. Yo acostaré a madre.

–Está bien. Buenas noches.

Hizo pasar a la mujer y salió cerrando la puerta. Ella se cogió las solapas del abrigo con una mano pálida, de pie junto a la puerta, mirándole. Martín se le acercó:

–¡Ya está bien! Para hacerme una escenita, como si lo viera. ¿Qué quiere ahora? Vamos, despache usted rápido y sin chillar. Mi madre está durmiendo...

–Me alegra que no vuelvas a tutearme –cortó ella con voz ronca, sin autoridad. Y en un susurro añadió–: Venía a decirte que no te esperamos, que no vengas más. No queremos nada de ti.

Martín la miraba ahora sorprendido.

–Está loca. ¿De veras esperaba usted que yo...?

–¿Lo oyes bien? Que no vuelvas por casa, que no intentes verme.

–Esto es gracioso. Le aseguro que nunca pensé en volver. Todo acabó, es mejor así.

Volvió un momento la cabeza y miró por la ventana.

–¡Ya estoy harta de todo! –dijo ella–. ¡Nadie más entrará en casa, atrancaré la puerta...!

–Vas a despertarla –y señaló con la cabeza a su madre. Luego miró a la mujer fijamente–: Oye, ¿te encuentras mal, estás enferma?

Ella giró, dio unos pasos con la cabeza sobre el pecho:

–Yo no quería. ¡Y no vuelvas a tutearme! Sufrí lo mío, pensaba en ella, sola en casa y... Porque es tan joven. ¡Yo no quería! Es lo último que se le puede hacer a una hija, me ha dicho con los ojos. Pero no pienses que Tina será una perdida, no te hagas ilusiones. Todavía será como yo quiera, mi hija.

Martín sonrió.

–Pero, ¿qué crees que tienes por hija? ¿Una María Goretti? Si es una buscona, una golfa.

–¡Cállate!

–Tenías que haber visto lo deprisa que me ha comprendido. Siempre vivirás en la luna... ¡Aparta! –Sintió sus trémulas manos en la cara, las uñas en la piel, pero pudo sujetarla por la cintura y rechazarla, y sólo cuando ella insistió la cogió por el cuello. Notaba las venas golpeándole los dedos como si tuviera cogido un pájaro vivo.

Le dio un empujón y ella retrocedió tambaleándose, girando, ahogando un grito, antes de dar con la mesa, el abrigo abierto y las piernas asomando desnudas y frágiles.

–¿Cómo has venido así, desnuda? –Miró a su madre, que

movía la cabeza–. Vete tranquila, mujer, no volverás a verme. Es tarde para arrepentirse de nada... Eso tenías que sentirlo antes, de poco sirve llorar ahora.

Por su actitud entendió que se iba y le volvió la espalda, apoyó el hombro en los visillos recogidos junto a la ventana, mirando cómo Mauricio Balart se acercaba a ella con la mano metida en el bolsillo de la americana. «Será hoy», decidió otra vez. Tenía a la madre de Tina –de pronto era la madre de Tina, lo comprendió– a su espalda y se volvió bruscamente.

–He dicho que se vaya. Tengo que hacer...

La veía sonreír entre las lágrimas, con las facciones doloridas pero serenas, una expresión nueva en su rostro.

–Eres un crío –dijo ella–. Da igual que te haya creído inteligente, o que te lo hayas creído tú. Siempre serás un infeliz, porque eres cobarde e incapaz de cariño, cobarde, sí, no te atreves a ser otra cosa.

–Andrés os debe hablar de mí, claro. Como si lo viera, con su dichoso rollo... ¡Pobre chico! No le dejéis hablar mucho, te lo aconsejo. No he conocido nada tan deprimente. Llegaréis a sentiros una mierda, asqueados de todo. –Vio que ella le miraba fijamente con sus ojos febriles, y añadió–: Bueno, las cosas han ido así, qué quiere usted. Lárguese de una vez. He de salir en busca de Andrés.

Volvió a mirar afuera. La oyó abrir la puerta, con su llanto ahogado, nasal, debatiéndose en la vergüenza, en la humillación. Luego intentó no pensar más en ella, su taconeo en la escalera golpeándole aún los oídos y haciendo más lejanas, como si fuesen de otro mundo, las borrosas siluetas de ellos dos muy juntas ahora allá en la otra ventana. Sí, había que decidirse.

Bajando la escalera, ella cruzó con fuerza el abrigo sobre su pecho. Y en la calle volvió a pegarse a las casas y a sentir en la nuca el frío de paños mojados.

Tina había decidido escribir a su padre. Sentada en la cama y envuelta en el albornoz, las rodillas levantadas y sobre ellas la carpeta y los papeles, la radio encendida, muy baja de tono. En el suelo, cuartillas estrujadas. Su madre dormía dándole la espalda y arropada hasta el cuello. No la había visto llegar ni meterse en la cama: ella estaba en el comedor entonces, leyendo los folletos de las medicinas, y pudo oír la puerta y sus pasos cortos. Al entrar en el dormitorio ya la encontró acostada, el abrigo en el suelo y los zapatos tirados detrás del velador. La vio llorando y no quiso preguntarle nada.

Estrujó otra cuartilla, abrió el cajón de la mesita, sacó un cigarrillo y lo encendió. Dio unas largas caladas y volvió a empezar la carta con su letra pequeña, apretada y echada hacia atrás, como si un viento la azotara. Ernesto apareció en la puerta, en pijama y con la gabardina sobre los hombros.

–¿Qué haces?

Tina no levantó la cabeza del papel. Ernesto se sentó en la cama de su madre y empezó a moverla a sacudidas.

–La vas a despertar –dijo Tina–. ¿Qué te pasa, no tienes nada que hacer? Pues vete a dormir, no soporto que nadie me esté mirando mientras escribo.

–¿Carta a papá? Dile de mi parte que es un caradura y que algún día le ajustaré las cuentas. Díselo.

–Cállate ya. Y déjame terminar esto. –Levantó la cabeza–. Vete por ahí, ¿me oyes?

–Sigue escribiendo, no pienso irme. No, señor. Aquí hay gato encerrado. –Tina ponía la fecha en el borde superior del papel–. ¿Tú sabes dónde ha estado mamá hace un rato?

–No.

–¿Por qué ha salido?

–No lo sé ni me importa. –Volvió a mirarle enojada–. ¿Quieres dejarme sola?

–Oye, estoy...

–Más bajo, que la vas a despertar.

–Estoy pensando que yo también debería escribir a papá. También yo tengo algo que contarle. A fin de cuentas, él es la salvación de la familia, no hay que olvidar eso. Y son cosas que siempre se olvidan, chavala. Las más importantes. La gente es así. La gente siempre olvida cosas.

–¡Cállate ya, eres un plomo!

–No quiero, hermana. ¿Y qué va a pasar ahora? Pues que tú le dirás a papá que yo soy el más animal e insoportable de sus hijos, lo cual me tiene completamente sin cuidado. El cerdo de nuestro padre es muy listo. Se jugó mi futuro sin pedirme permiso y se largó dejándonos esa reliquia –señaló con la cabeza el bulto que yacía encogido a su lado–. ¡Pobre mamá, también, qué jodida está! Pero a mí todo eso me la trae floja. Organizaré mi vida caiga quien caiga. A ti lo único que te interesa es quedar bien a sus ojos, lo sé, asegurarte de que te lleve con él, quieres ir en su bonito coche largo. Vivir a su costa. Dejarnos. A mí no me la pegas. Pero hay una cosa que no sabes, hermana, y sin ella no irás a ninguna parte. ¿Sabes algo de purgaciones brasileras?

Tina le tiró el cepillo que su mano halló en la mesita.

–¡Payaso! ¡Carcamal! ¡Vete de una vez!

–Está bien, está bien, me voy. –Se levantó–. Siempre hay que ir a alguna parte o hacer algo. Eso ya lo sabemos todos. ¿Dónde está el inservible de nuestro hermano?

Apoyó una mano en la puerta, doblándose. Tina esperaba verle salir.

–No lo sé.

–Oye, dime: ¿tú sabes algo, hija? Lo que sea, pero algo. ¿Qué sabes de esta misteriosa salida de mamá?

–Nada.

–Ya decía yo. Te dejo con tus líos. Debo buscar un libro que me prestó uno de la academia. No lo encuentro por ninguna parte. Es de miedo. –Se había internado ya en el pasillo, su voz se perdía–: La gente jamás encuentra lo que busca, siempre ha sido así, de toda la vida...

Tina miró a su madre. Ahora respiraba ruidosamente, como

si fuera a despertar, pero seguía encogida y arrinconada en el lecho, junto a la pared. Extrajo otro papel de la carpeta. De nuevo se oyó el rasgueo discontinuo de la estilográfica:

Querido papá: Te escribo desde la cama. Mamá duerme cerca de mí, la estoy viendo. Mamá está preocupada, ya sabes que nunca anduvo bien de salud y tus giros que no llegan y ella con la idea de que tú no piensas volver nunca más. Creo que te comprendo, mejor de lo que te imaginas. ¿Por qué no le dices de una vez que no es a ella a quien vendrás a buscar? Está enferma, el médico ha dicho que no se mueva de la cama, pero ella esta tarde ha salido a la calle. Yo sé muy bien dónde ha ido, pero no te lo diré aquí. Es largo de contar. También está preocupada por lo del dinero y en eso lleva razón. ¿Por qué no llegan tus giros? Me pregunto si estarás enfadado por algo o si te habrás cansado de mantenernos.

Papá, yo te escribo sobre todo para que no te olvides de mí. Ahora te necesito más que nunca. ¡Si supiera contarte aquí!, pero no quiero, es mejor esperar a verte. He intentado hace un rato explicártelo todo, pero he tenido miedo de que no me comprendieras y he roto lo que llevaba escrito. Papá, ya no me conocerás, ¡soy tan distinta a como tú debes imaginarme! No me parezco en nada a mamá, ni físicamente ni en el carácter, he cambiado mucho en poco tiempo. Te gustaré, estoy segura. Ya soy una mujer, y no te rías, por favor. Parece que fue ayer que esperaba cumplir los catorce años para sentirme mujer, ¡lo deseaba tanto!, y ya ves, he cumplido los dieciocho.

Papá, estoy llorando. Tengo que contarte muchas cosas cuando esté a tu lado. ¡En Brasil la vida debe ser tan distinta! Tú no podrás enfadarte conmigo, donde vives las cosas son distintas. Mamá ha cometido muchas tonterías últimamente, unos líos que no me atrevo a escribirlos ahora, yo misma me he visto metida en ellos, si supieras, pero sé que tú no harás caso de estas miserias porque eres inteligente y has corrido mucho mundo y de España ya ni te debes acordar. La gente que ha vivido en otros países tiene ideas más modernas y liberales de las cosas, ¿verdad? Además, sé que estás casado y con hijos, pero no quiero que pienses que eso podría ser obstáculo para que me lleves contigo. Yo te comprendo. ¿Qué iba a hacer un hombre solo y todavía joven en un país extraño? No creas, pues, que me escandalizo, yo no soy como mamá. Procuraré ganarme el cariño de tu mujer. ¿Es guapa?

Yo tengo un amigo que dice mamá que se parece a ti cuando eras joven, pero más triste y gandul. Me gustaría que este amigo pudiera venir conmigo, él también está harto de esto, tendrías que oírle. Me gusta porque es guapo y tiene cierta distinción, a pesar de que siempre va sucio. Te lo digo solamente para que sepas que me gustaría tenerle conmigo, es inteligente y creo que le quiero. ¿No puedo yo escoger como tú? Pero tampoco creas que no podría pasar sin él.

Te juro que si no me reclamas contigo dejaré a mamá, iré a vivir sola. Ya no puedo vivir con mamá. Ya te contaré, ahora no sabría.

Papá, aquí me aburro. Necesito vivir otras cosas, sé que lo necesito. Los chicos son calcados: o golfos, o malhumorados o puercos. Quiero estar contigo y tratar a tus amigos. ¡Han de ser tan diferentes a los que tengo aquí! ¿De verdad fue la guerra lo que te hizo abandonar el país? A mí no puedes engañarme, fue que sentías lo mismo que yo, necesitabas vivir. La vida, papá, no es esto de aquí (aunque mi amigo Andrés dice a veces que sí, que lo es y que hay que enfrentarse con todo antes de huir. Por eso Andrés no te quiere mucho, a ti. Andrés no quiere casi a nadie). ¿Qué te parece? ¿De verdad tú pensabas igual que él cuando estabas aquí, según dice mamá? No, a mí no puedes engañarme, tú y yo somos demasiado listos, ¿no crees?

Pero Andrés no tiene ni cinco. Es bueno, aunque es aburrido y golfo como todos los chicos de hoy. Somos casi novios, es una cosa como en privado, él me dio el primer beso (eso sí puedo contártelo sin que te enfades, ¿verdad?). Pero yo sólo le quiero con muchas precauciones, me hace gracia su seriedad, su enfado continuo. Aunque a veces parece tan amargado que es una lata, siempre he creído que hombres así pueden llegar lejos. Se enfada por todo, a veces no quiere saber nada conmigo, dice que soy cabezaloca y hasta una... vaya, ya me entiendes. Pero me gusta, me hace gracia, le quiero como se debe querer a un niño travieso.

Pero yo te escribo para hablarte de cierta cosa, papá, y ahora no me atrevo. Lo que más me interesaba que supieras. Estoy llorando. Tú me dirás, cuando te lo cuente, que no tenía tanta importancia, pero qué quieres, a pesar de todo soy muy joven. Y no es por eso, en el fondo, sino por el papel que mamá ha tenido en este juego tan sucio... Lloro de rabia por haber sido engañada más que por el mal que me han hecho. Yo soy fuerte, no le temo a la vida fuera de aquí. Pero aquí sí. Y no te cuento nada más de eso. Quiero esperar a hacerlo en tus brazos, papá, tú me comprenderás. ¡Has vivido mucho, has conocido a tanta gente!

Me ha salido una carta muy larga. Luis y Ernesto igual. Ernesto está hecho un ganso que se ríe de todo. Ahora mismo ha estado dándome la lata porque sí. Como es el único que estudia, se figura que es algo y habla siempre en ese tono tan estúpido de los estudiantes. Este invierno no se acaba, ha llovido mucho y hace frío. No sé qué puedo contarte más. Luis ha salido y todavía no ha vuelto, no nos dice adónde va. ¡Tengo tantas ganas de dejar todo esto! Vivimos todavía en este barrio tan aburrido. Unas calles más abajo ya es distinto, los chicos y las chicas se conocen y se ven a menudo, se divierten más, pero aquí, tan arriba de Barcelona, tan silencioso, y con tan poca gente y a medio conocer. No hacen más que hablar mal de nosotros. Pero todo eso a mí me es igual. Duermo tranquila.

Y voy a terminar. Esta vez espero que me escribirás enseguida. Dime qué es lo que pasa con los giros, vamos muy mal de dinero y mamá está preocupada con tu silencio. Sobre todo escríbeme, cuéntame cosas de tu mujer y de tus hijos, si quieres. ¿No echas de menos Barcelona? Lo único que conservamos del otro piso es tu piano. ¿Te acuerdas de él? Luis estudió piano tres meses y luego lo dejó. No sirve para nada el pobre.

Nada más, papá. Un abrazo y un beso muy fuerte. Quiero verte pronto, por favor, no te olvides de mí ahora que tanto te necesito.

Tu hija que te quiere,

TINA.

Después que se hubo marchado la mujer, Martín salió en busca de Andrés. No le encontró en su casa ni en el bar. Segovia dijo haberle visto vagando por las calles hacía cosa de media hora. «A propósito, ¿cómo andas de dinero?», le preguntó Martín. «Mal. ¿Para qué lo quieres?», respondió Segovia. Martín le miró un instante sin decir nada y salió del bar.

Empezaba a deslizarse una ligera neblina hacia las calles bajas y el asfalto relucía de humedad.

Con los puños prietos al calor de los bolsillos del pantalón, Andrés apoyó la espalda en las tablas del quiosco de periódicos del centro de la plaza. Vio a Martín acercándose, iba con la vista en el suelo y las manos cruzadas a la espalda, caminaba con cierta ingravidez en medio del asfalto cristalino y reluciente de la plaza. Sorteó hábilmente dos coches que pasaron como rasgando una seda y se plantó ante él.

–¿Te molesta que hablemos?

–No –dijo Andrés.

–Hace días que ando buscándote.

–Ah.

Estuvieron un rato callados, mirándose a los ojos.

–Bueno –dijo Martín–. Creo que siempre se le puede hablar a un viejo amigo. ¿No me preguntas por qué te andaba buscando?

–Lo sé. Dinero. Lo que no sé es para qué lo quieres.

Martín le envolvió un instante con sus ojos duros y especulativos:

–Un momento: ¿has estado en casa de Tina esta tarde?

–No.

–Mejor –dijo Martín–. Verás: quiero colocar a mi madre en algún sitio decente y luego largarme. Está decidido, es mejor incluso para ella, mejor cuidada. Iré a Londres, me pondré de camarero o de lo que salga. Habíamos hablado de ello hace tiempo, ¿recuerdas?

–Sí.

–¿Y qué?

–Pues nada, no cuentes conmigo. Ni para el dinero ni para acompañarte.

–Para mí no necesito mucho, lo del viaje. Es para ella, ¿comprendes?, quiero dejarla bien atendida.

–Ya sabes que yo no tengo ni un céntimo –dijo Andrés.

–Pero quizá algún amigo tuyo... Por ejemplo ése, Balart... Con cinco mil me arreglo, con cuatro. ¿Por qué no le hablas?

–Me mandaría a paseo, como hizo contigo una vez.

–Entonces peor para él. Yo habría preferido que fuese por las buenas. La otra vez me dieron lástima, él y esa desgraciada, pero ahora... Estoy seguro que tienen algo ahorrado. Y tanto miedo...

Andrés le miró burlonamente. La gente empezaba a acudir al quiosco a comprar los periódicos de la tarde. Los tranvías chirriaban al girar en lo alto de la plaza, bajo la maraña de cables meciéndose entre las chispas y el trole.

–Si estás pensando lo que imagino –dijo Andrés–, olvídalo. Balart tiene mala leche. Acabarás con su paciencia. Y tú acabarás mal, Martín.

–¡Bah! Ése es un infeliz y un embustero. ¿Te ha contado alguna vez lo del accidente? Eso que tuvo en el brazo. Es mentira. Fue en la guerra. Ése es un puñetero rojo sin entrañas, uno de esos que lo echaron todo a perder con la coña de las pistolas, el mono azul y la manía de ser unos tíos con riñones...

–Lo eran. Y oye una cosa: el asunto no me interesa.

–... Nada, un infeliz y un gallina, vive medio escondido. Inventó una mentira sobre el brazo y a fuerza de contarla a los demás llegó a creerla él mismo.

–Bueno. Y qué –dijo Andrés.

–Un tipo así es fácil de manejar, ¿comprendes?

–Tú verás lo que haces.

–Yo contaba contigo. A ti te hará un préstamo. Necesito irme, aquí me ahogo...

–No necesitas irte para nada, nunca has creído en nada.

–Ahora sí –murmuró Martín–. Ahora sí, te digo.

–¿Y cómo piensas irte? –dijo Andrés con indiferencia.

Martín se sonrió, golpeó amistosamente el hombro de su amigo con el puño:

–Con nocturnidad y alevosía, claro.

Andrés también sonrió a pesar suyo: ese espíritu de burla era lo que antes les unía. Se miraban sonriéndose ligeramente, muy juntos, penetrados el uno del otro con una antigua conciencia juvenil que reptó entre ruinas, el brazo en alto en cines de barrio, el diario hablado en la radio y Blenocal protege al hombre... Luego dejaron de mirarse y quedó en sus rostros una mezcla de hastío y de temor, apartaron despacio la cabeza para dejar resbalar los ojos sobre la gente que llegaba al quiosco empujándose, hombres y mujeres salidos del trabajo, comprando el periódico y corriendo luego hacia la parada del tranvía, una clase silenciosa, hermética, incomunicada, que Martín intentaba penetrar inútilmente con su mirada desconfiada y dura, semicerrados los párpados como frente a un ácido cuyos efectos nocivos se desconocen aún –era como si la gente se hubiese puesto de acuerdo, como si se hubiese dicho: vamos a no pensar en ello, a seguir trabajando como si aquí no pasara nada–, hasta que, vencido una vez más, desaparecía de su rostro aquella gravedad justo cuando nacía en su boca el arco irónico:

–Bueno, a ti nunca te han gustado las decisiones repentinas, ya sé...

–Adiós, que tengas suerte –cortó Andrés despegando la espalda del quiosco–. Lamento no poder ayudarte.

–Adiós, hombre. Oye, pienso escribirte.

–Bueno.

Martín se alejó despacio sin volver la cabeza. Un poco más tarde, en el momento que subía las escaleras de la casa de Balart, y cuando ella, como la otra vez, retrocedía asustada al verle, Andrés pasaba ante la ventana del despacho donde Ernesto estudiaba; salía luz por entre la persiana echada y él se cogió a los hierros de la reja, miró dentro y vio a Ernesto sentado en la mesa y llenando la estilográfica en el tintero. Él mismo le abrió la puerta y desapareció de nuevo en el despacho. Andrés fue hasta el dormitorio.

En la cama, la mujer parecía dormir dolorosamente, con el rostro alargado, torcida la cabeza como si la hiriera la luz de la lámpara. En la misma cama, dándole la espalda, se sentaba Luis, y en la otra, Tina. La radio sonaba muy baja. Volvieron la cabeza hacia él al mismo tiempo, con sus facciones y miradas sin fuerza, melosas por la música.

–¿Qué hay? –musitó Luis–. ¿Vienes del cine? ¿Qué has visto?

–No –dijo él–. Hemos tenido visita en casa.

Tina, embutida en el albornoz y con las rodillas cruzadas, extendía las manos con los dedos cuidadosamente separados, centelleando la laca de las uñas recién pintadas.

Miró un rato fijamente a Andrés y luego su atención se centró de nuevo en sus uñas.

–¿Qué tiene? –preguntó Andrés señalando a la mujer.

–No es nada –dijo Luis.

Sin levantar la cabeza, soplando la laca aún fresca, Tina dijo:

–Lo de siempre. Ahora duerme.

Luis salió del cuarto y enseguida se le oyó hablando con su hermano en el despacho. Tina apagó la radio y sin mirar a Andrés ni hacer caso de su albornoz abierto, salió en dirección al comedor. Luis volvió a cruzar frente al cuarto y asomó la cabeza:

–Buenas noches, Andrés –dijo gentilmente, y se alejó hacia su habitación.

Andrés, solo, observó a la mujer, su semblante dolorido, las cejas formando un vértice tenso sobre la nariz y la boca cerrada, apretada obstinadamente a pesar de la visible distensión de las mandíbulas. El estrecho borde de la sábana girado sobre la manta era como una cinta blanca que la tuviese a ella atada al lecho por el cuello. Andrés se quitó la gabardina y salió a colgarla en la percha del pasillo. Iba a entrar de nuevo en el dormitorio cuando oyó tras él los pasos de Tina. Al volverse la vio inmóvil en la penumbra, rogándole silencio con el dedo en los labios, el albornoz abriéndose, liberando un fulgor opaco.

–Tengo que hablarte –musitó Tina.

Se apretaba a él en la pared del pasillo, bañados levemente por la claridad que salía del dormitorio. Tina ponía sus manos en el pecho de él, cuidadosamente, sus uñas laqueadas relucían.

–Hueles a tabaco del malo –añadió, alzando un rostro extrañamente confiado–. ¿Éstas son horas de venir, eh? Tenía que hablarte...

Se besaron, varias veces, ella transpirando una dulce combustión interna. Luego empezó a contárselo en voz baja y en aquel tono tan personal, improvisando y desde muy dentro de sí misma:

–... y lo tenían planeado desde hace tiempo, y siempre lo sospeché. Y mira, siento unos escalofríos cuando imagino sus conversaciones a solas, hablando de mí. Ah, pero ahora espero noticias de papá. Acabo de escribirle. Naturalmente no le he contado nada, aunque tengo pensado hacerlo algún día. Me sentaré en sus rodillas, pondré la cabeza en su pecho y se lo contaré todo, sí. Y él me comprenderá, me querrá más todavía. Lejos de aquí, ¿comprendes? Hace ya demasiado tiempo que no sabemos de él. ¿Tú crees que me contestará enseguida? Oye, cuando pienso en Martín aguardando aquí en lo oscuro, pegado a la pared, siento un miedo... distinto, ¿sabes?, miedo por el miedo que no he sentido entonces al ignorar que estaba aquí, escondido, esperando, conteniendo la respiración para que no le oyera... Quizá prefería tenerme dormida, es un depravado... ¡Oh, ha sido horrible, horrible! Algo que, te lo juro, habría acabado conmigo de no ser por esa certeza que tengo de que pronto voy a dejar todo eso...

Una imperceptible transición en la mirada de él, un cambio de intensidad, como un parpadeo de anuncio luminoso que pierde energía y se queda más apagado:

–No me digas.

–Tenía que ocurrir –siguió ella en un susurro–. Lo tenían dispuesto así. Mamá ha procurado que no fallara nada...

–¿Y ahora qué piensas hacer?

–... ni siquiera se ha arriesgado a telefonearle desde aquí, lo ha hecho en la calle, engañándome con lo de comprar aspirinas. Y él ha venido enseguida, claro. Se pusieron a hablar en la puerta y después yo creí que habían salido juntos y empecé a pensar en ti, esperándote. Ella me había dejado casi desnuda y hasta había perfumado el cuarto, ¡la cursi!, la conozco, hace años imaginé que haría una estupidez semejante cuando me casara... Pero esta vez no pensaba en nada... Y oye: al comprender que el ruido era él, el sudor se me ha enfriado en el cuerpo y he visto que estaba de pie en la puerta, y mientras se me acercaba lo he visto todo claro, en un segundo, incluso he comprendido por qué ella le había dado aquellos diez duros a mi hermano. Y me acuerdo que he empezado a desear cosas extrañas: que la pared donde me apretaba se hundiera de pronto y apareciese una habitación al otro lado llena de luz y de gente, gente conocida y buena, o que la música le tuviese a él distraído hasta que yo viera el modo de salir, de escapar... Aquellos acordeones estuvieron todo el rato sobre nosotros dos, sobre sus asquerosas palabras, y yo tenía los ojos abiertos de rabia... Y luego, Andrés, fíjate, lo primero que ha hecho ha sido peinarse. ¡Peinarse! Ha querido hablarme creyendo que yo lloraba. Pero yo no lloraba todavía, porque no podía, no te creas, y hasta llegué a asustarme de no poder llorar. Pero él debió creerlo así porque sólo me veía de espaldas, todo el rato le di la espalda y notaba sus ojos por todo mi cuerpo de arriba a abajo. Finalmente he llorado, y entonces me ha parecido que él intentaba hablarme. No me he levantado cuando se ha ido, he pensado: me quedaré así, quiero que ella me vea así cuando vuelva. Pero el primero en llegar ha sido Luis y he tenido que ponerme el albornoz y luego ir a abrir y mientras ha estado Luis en la habitación, ¡fíjate qué mala suerte!, me he ido serenando poco a poco, la sangre se me ha enfriado y ya las cosas no iban a ser como pensaba al llegar Mamá. Luego he seguido esperándote a ti. Mamá no ha vuelto hasta muy tarde.

–¿Y qué piensas hacer ahora? –volvió a decir Andrés.

–Esperar.

–¿El qué?

Andrés la miraba con una luz irónica en los ojos.

–No me mires así –dijo ella–. ¿Cómo puedes pensar...?

–¿No pudiste evitarlo?

–Estaba sola, me habría matado... ¿Qué te pasa, no me crees?

–Claro –dijo él cogiéndole la cara con las manos–. Creo que deberías decirle a tu padre que ella está muy enferma.

–Ya lo he hecho, pero estoy segura que no hará caso. ¿No ves que la conoce demasiado? –De pronto sonrió ilusionada–: Tú eres el mejor amigo que he tenido, el único, yo pronto me iré... Te lo he contado todo porque quiero que tú también tengas confianza en un futuro mejor para mí, ¿entiendes? Necesito que tú también lo creas y lo desees.

Se restregó contra él, ronroneando, despidiendo un olor a jabón por el albornoz abierto. Las manos de él, subiendo por su cuerpo, la hicieron cerrar los ojos, echar la cabeza atrás y sonreír al sol ígneo y furioso que navegaba con su visión, acercándose.

–Tina... –llamó débilmente su madre desde el dormitorio–. Tina.

Ella se irguió bruscamente, su boca húmeda e inflada era un borrón bajo el flequillo y las dos agujas de luz en los ojos.

–Te está llamando –dijo él.

Estuvo dos días sin ir por casa de los Climent ni por el bar. No volvió a saber de Martín, de Mauricio Balart ni de nadie en el barrio. Pero su hermana Matilde persistía en sus reproches:

–Eres el amigo de ésa.

–No la llames ésa.

–De un modo u otro hay que llamarla.

–Se llama Tina.

–Para mí siempre será ésa. Estáis todos con la porquería hasta el cuello; todo el barrio habla de vosotros. ¿Cómo has dicho que se llama ésa?

–Tina.

Su madre apareció en el comedor cerrando la puerta del cuarto. Sonreía con los ojos hinchados de sueño, llevaba la bata blanca. Sentado en el sillón, Andrés veía a su hermana paseando alrededor de la mesa y dando furiosas puntadas de aguja al sostén con los ojos bajos, manteniendo una mirada despectiva y forzada, como si pretendiera verse por dentro.

–Mezclarse con gamberros, con... ésa y con las de allá abajo –decía–. No es difícil adivinar tus amistades, nada difícil. ¿Verdad, mamá?

–Te gusta hacerle rabiar –dijo su madre, risueña.

Él permanecía en el sillón con las piernas estiradas y las manos bajo la nuca. El humo del cigarrillo subía recto en dos fibras trenzándose hasta el techo. Su madre sacó una taza del aparador y la dejó en la mesa con aquel gesto de todos los días, casi sonoro. Matilde miró largamente a su madre meneando la cabeza.

–A ti, mientras no te quiten el café –dijo con simpatía–. Anda, date prisa, te acompañaré.

–Si supieras. Gracias al café aguanto lo mío, hija.

Después de beber entró en el cuarto a buscar el abrigo. Matilde ya había terminado de coser y la esperaba junto a la puerta. Se cruzó de brazos, se apoyó en una pierna y movía la otra nerviosamente, la cabeza altiva y la mirada puesta sin interés sobre su hermano. Andrés cerró los ojos. Su madre tardaba en salir del cuarto. Dijo:

–¿Qué haces, mamá?

Debía haberse sentado en la cama era fácil suponerlo: debía estar otra vez ante la mesilla de noche y su frágil cargamento de imágenes de yeso sin pintura y velitas helicoidales y cortas, sostenidas en su misma cera derretida, rojas, azules, amarillas velitas de un pastel de cumpleaños para algún niño enfermo y cuyos restos fueron a parar a la cocina de la clínica, con su pequeña llama reflejándose ahora en el esmalte amarillento de la fotografía de él –una foto carnet correcta, impersonal– apoyada al pie de la estatuilla de la Virgen. Andrés se decía ahora que era justamente el más frío y extraño retrato de su padre, el último que ella podía haber escogido para tenerle aún de pie en medio de las velitas con su mirada fija que no rozaba nada, cortada, colgando en el aire detenido e impenetrable de los recuerdos. Debía estar rezando, sí, y tuvo que gritar una vez más:

–¿Qué diablos estás haciendo, mamá?

–Déjala –dijo su hermana.

Ella salió del dormitorio con el abrigo puesto.

–Nada. No hago nada. Vamos, Matilde.

Llevaba la blanca bata doblada en el brazo y la bolsa de cuero en la mano. Al quedarse solo, Andrés recordó aquella luz marina temblando en las paredes y la música en la radio, la altura irremediable, tan infantil aún, de las cejas de Tina, sus jerséis y medias y polveras y pañuelos con manchas de carmín en medio de revistas ilustradas deshaciéndose sobre la cama mientras ella arropaba a su madre con ademanes demasiado bruscos: todo ello, ahora, como una visión fugaz o un sabor de mal sueño, recordado de pronto después de algún tiempo y se levantó bruscamente del sillón, dio unos pasos junto a la mesa, rozó remotos objetos con la punta de los dedos, al pasar, sin decidirse a nada. Ni siquiera después, cuando ya había salido y viajaba arrinconado en la chirriante y desencajada plataforma del tranvía que le llevaba hacia las Ramblas, estaba seguro de haberse movido por decisión. No recordaba haber decidido nada pero se dejaba llevar y una hora después se tumbaba en el diván con los pies en un extremo, boca arriba y las manos cruzadas sobre el vientre con la inmovilidad forzada del que se empeña en que su postura es cómoda y razonable pero al mismo tiempo –sospecha– intempestiva. Detrás estaba la ventana y la noche. Una suciedad incontrolable, viejísima y olvidada se agazapaba en los rincones y sombreaba los objetos dejándoles estériles de refugio y de generosidad.

Julita hablaba con su hermana en el cuarto de baño, cuya puerta estaba entornada. La esperaba, la besaría sin deseo en la cadera cuando pasara a la altura de su cabeza junto al diván, deteniéndose ella lo justo para encender un cigarrillo: era la pantomima de siempre, residuos de una voluntad de querencia y seducción, rescoldos del fuego que un día envolvió sus cuerpos y que ahora él aceptaba sólo en razón del hastío o porque aún no había ocurrido nada, del mismo modo que un poco antes había estado esperando sin interés alguno durante veinte minutos en el bar de Magda, casi olvidándola en medio de las putas con su olor de lecho subiendo de sus escotes como de un estuche viejo, metiendo en la boca del crío de Magda, sentado en el mostrador junto al escandaloso tocadiscos, pedazos de galleta mojada en coñac o llenándole de cerveza con el pequeño porrón, que él manoseaba y golpeaba contra el mostrador entre sus rojizas piernecitas abiertas hasta que acertaba a introducir en la boca el largo pitón de vidrio y chupaba sosegadamente, absorto, durante un buen rato, mientras ellas reían y pellizcaban sus blancos muslos de ángel de Murillo con sus manos de rojas uñas.

Volvió ahora la cabeza y vio las piernas de ella lanzando los zapatos y chapoteando en la luminosidad blanca y fría del cuarto de baño. Oyó su voz: «A ése sí que ya no le entiendo... Mira que llega a ser buen chico, ya lo ves tú, pero tampoco parece normal eso de estarse horas y horas tumbado ahí. Una nunca sabe. ¡Si no fuera porque ya se me empieza a ir lo mejor del cuerpo...! A veces se larga sin ponerme siquiera la mano encima y otras me dejaría hecha polvo si no le frenara las ganas. Y menos mal que no usa brillantina, que si no ya me habría echado a perder el diván. ¿Te has fijado en sus ojos?» Y la voz de su hermana, con su altivo perfil de andaluza fea: «Una hermosura. No te quejes, que los ganas bien descansadamente. ¿Qué más quieres? Por un rato de charla no está mal.» «Es que a veces ha sido una noche entera. Él no se cansa de hablar, por lo visto. Hablar y pensar, fíjate. Pero hoy ajustaremos cuentas, si quiere que me quede.» «Haces bien en quedarte, estás cansada...»

Luego las vio salir. La hermana de Julita, con su falda estrecha y demasiado larga, sus piernas torcidas, se dirigió lentamente hacia la puerta del piso con pasitos cortos y animosos. Al pasar junto a él recogió el bolso. «Adiós, chico.» Él oyó cerrar la puerta. Julita se ceñía sobre el pecho el viejo salto de cama con solapas de piel de conejo, acercándose a él con su revuelo de perfumes mezclados, sonriendo rígidamente al dar la vuelta al diván y arrastrando sus zapatos verdes con enorme suela de corcho sin ningún encanto.

–¿Por qué estás tan callado?

La sonrisa parecía crujir bajo la presión del carmín, pero ella la estiraba voluntariosamente, distendía los labios como si fueran dos tiritas de goma rojas y mojadas mientras en las mejillas se iban juntando grumos de polvos y cremas.

–¿De verdad no te importa quedarte? –dijo él.

–No. Estoy que no me aguanto.

Se sentó en el extremo, donde él tenía puestos los pies.

–¿Quieres quitarlos, Andrés, cariño? Estás como en tu casa.

–No, allí no estoy así exactamente.

–Embustero. ¿Pues cómo estás en tu casa?

–Y yo qué sé.

–Bueno, ¿qué te pasa?

Le vio incorporarse, plantar los pies en el suelo y apoyar los codos en las rodillas. Ella pensaba en su familia sin poder precisar nada, nunca supo si realmente se habían conocido antes, como él decía. Decía que era del mismo barrio donde ella había crecido, y que la recordaba de jovencita –cuando empezó a ganar los primeros duros en las últimas filas del inmenso cine Roxy, poco después de la guerra, haciendo pajas... ¿Por qué no será como los demás y me deja ir a dormir pronto y tranquilamente?

–Anda –dijo Andrés–, tu hermana no puede vernos ahora, trae una copita de ese anís tan infecto.

Ella torció el cuello, mirándole, y elevó las cejas aplastadas en su frente por el lápiz, como dos pinceladas de brea.

–¿Así estamos? ¿Cuánto llevas bebido ya en el Magda?

Andrés insistió:

–No seas mala, Julita. Necesito que seas amiga mía durante toda la vida.

–¿Me das un cigarrillo?

–Durante toda la vida, coño.

–¡Huy, eso no va bien! ¡Nada bien!

Le miraba inquieta. Él se había quedado pensativo. Le tiró la cajetilla sobre el regazo y ella pellizcó un cigarrillo. Se lo colgó en los labios sin dejar de mirar a Andrés con recelo, que ahora escondía el rostro en las manos como si fuera a llorar. Julita se levantó:

–¡Pero que nada bien, chico! –añadió.

Andrés la vio en el cuarto de baño, inclinada sobre la bañera con una pierna en alto, el zapato despegado de la planta arrugada y blancuzca del pie. Tendía la mano con esfuerzo para coger la botella, escondida allí para que su hermana no la liquidara con el legionario. Se me va a emborrachar ese crío..., pensaba ella, de pie tras la puerta del lavabo con la botella en la mano y sin decidirse a llevársela.

–... ¿Comprendes, mujer? Y él, que lo único que quiere es marcharse de una puñetera vez, porque me lo ha dicho, me lo está diciendo desde que nos conocemos, pero que no lo conseguirá, y que ha estado viviendo una vida idiota, justamente la que odia, como yo, aunque yo no puedo decir ni hacer nada..., ¿me oyes, Julita...?

Creo que ya lo está, se decía ella, inmóvil ante el espejo con la botella en la mano, el cigarrillo colgando pesadamente de sus labios. Vaya, que lo mando a paseo –mascullő–, vaya.

–... Y a Tina que tengo que verla –decía él–, tengo que verla enseguida.

Ella se encogió de hombros y salió. Puso la botella frente a él, en el suelo, y fue a la cocina en busca de otro vaso. Había uno sobre el caño de la botella, como un caparazón.

–Siéntate –dijo él. Llenó tres dedos de su vaso y le pasó la botella–. Sólo un poquito, no puedes negármelo. Sé que estás muy cansada y que deseas acostarte, pero yo me encuentro bastante bien aquí, y no tengo sueño ni ganas de nada. Necesito pensar.

–Dime, ¿haces otra cosa en todo el día? ¡Eh, oye, que ya has bebido bastante, que no me queda más que ése! El otro día por la noche casi me la vació mi hermana. Es para las solemnidades, y la tenía escondida en la cama, entre las piernas, la muy lista... ¡Quieto! ¿Crees que voy a mantener tus vicios? Cuéntame más cosas del tal Martín, anda...

–Un amigo.

–Un amigo. Sigue... ¿Y por qué te ríes ahora? ¿Qué te hace gracia? –Se arrimó a él–. Bueno, venga, aquí me tienes, ladrón.

–Dentro de poco me moriré de risa. Dentro de poco.

–¿Qué dices? Mira, a mí no me vengas con historias. –Julita parecía estar saturada–. Qué me importan a mí tus amigos. –Le miró de reojo–: Me parece que tú no eres un chico muy normal. –Y de pronto descubrió una cosa–. No llevas dinero, ¿verdad? ¡Lo sabía! ¡Encima esto! ¡Con que por la cara! –Se levantó de un salto–. ¡Ya empezamos! Mira, pues es la última vez, rico, si no tienes donde meterte por la noche búscate un banco en el parque, pero a mí no me hagas perder el tiempo con tus historias de locos. –Estaba de pie ante él, que dejó caer el vaso y se cruzó de brazos; el vaso rebotó en sus rodillas y le manchó el pantalón de anís–. ¿Qué haces, niño? –Julita se revolvió, los blandos y rugosos puños cerrados, blandiéndolos, la bata abierta y las amplias mangas en un vaivén frenético entre las cuatro paredes con rosas azules, masticando palabrotas acuñadas en diez años (justos, gustaba de pensar él, entre divertido y obsesionado: diez años de victoria, diez años de prostitución), diez años de profesión y oyendo aún en el aire el tintineo vibrante del vaso golpeando el suelo, viéndole llorar con un llanto sin ruido, concentrado, íntimo, tan íntimo y suyo que no parecía estar allí ni escucharla siquiera–. ¿Me oyes? ¡Venir simplemente a llorar en mi diván! ¡Sólo para eso! ¡No sé cómo no te hostio! ¡A mí qué me importa lo que le pasa a tu gente! ¡Borrachos y neurasténicos! No quiero líos, ¿sabes...? Eso es, lárgate y no vuelvas más... Debí suponer que no tenías ni un céntimo, ni siquiera sé lo que son tus padres... Ladrones quizá. ¡Eso es, vete...! –Le seguía hacia la puerta, mirando su espalda, su paso vacilante, pesado, la amplia americana formando unas arrugas largas y balanceantes en su espalda–. ¡Venir aquí sólo para llorar, el mierdoso...! ¡Así, lárgate y que no te vea!

Escalones abajo, sintiendo una negra humedad en la piel y en los ojos arrasados, todavía la oyó en lo alto de la escalera, medio cuerpo volcado por encima de la barandilla:

–¡Venir a mi casa a llorar, el mocoso este...! Habráse visto, venir a llorar en mi diván...

Tina abrió la puerta despacio. El triángulo de luz que salió de dentro se amplió suavemente sobre el rostro de él.

–¿A estas horas? –dijo Tina. Le caía el flequillo, deshecho, sin forma, sobre la frente. Llevaba el jersey negro–. ¿De dónde vienes...? Bueno, ¿pasas o no?

Cayó un pañuelo de su mano, un pañuelito rosa completamente mojado y hecho una bola, que chocó en el piso como una pasta. Se inclinó a recogerlo: veía las piernas de Andrés, rígidas y algo separadas, oliendo a anís.

–¿Has bebido? –dijo al incorporarse–. ¿Entras o qué?

Andrés pasó dentro y se paró ante el dormitorio. Después de cerrar, Tina echó a correr por el pasillo hacia el comedor. Andrés la estuvo mirando hasta verla desaparecer. Luis apareció en el umbral del dormitorio.

–¿Qué le pasa a tu hermana, por qué corre? –dijo Andrés.

Luis le miraba asustado, por vez primera parecía desconcertado pero intentaba sonreír, penosamente:

–Aquí pasa algo raro, chico: se ha encerrado en la cocina. Ahora ha venido a ver a mamá, pero ha vuelto a la cocina. Se ha pasado la tarde encerrada allí. Ha estado allí desde que llegó la carta de papá... Si vienes por la gabardina, pues lo siento. Ya no podré prestártela más. Me va a hacer falta...

–No vengo por eso, Luis. ¿Cómo está...?

Le apartó suavemente con el brazo y entró en el cuarto. Olía ligeramente a cloruro de etilo. La luz que esparcía la lámpara de la mesilla era azul y sedosa. Ernesto se sentaba al borde de la cama desocupada y miraba a su madre fijamente. Ella parecía dormida, larga bajo las mantas, con un brazo fuera y apretando en la mano un papel. Andrés vio el sobre en el suelo.

–Ha sido muy duro para ella –dijo Luis.

–¿No está mejor?

–No.

–¡Qué cosas...!

Ernesto carraspeó con un registro grave, impropio de su edad. «Qué cosas», volvió a decir, y suspiró. Levantó los ojos a Andrés como si esperara de él alguna pregunta. Pero Andrés nada dijo, y él volvió la mirada hacia su madre:

–No había que dejarla leer esta carta. Tina debe estar loca, no lo entiendo, parecía tener un especial interés en que mamá leyera la carta. Incluso sonreía contenta cuando se la dio. ¿Te fijaste, Luis...? –Se volvió hacia Andrés–. Papá nos dice que ya no enviará más giros, oye. Esto es lo que pasa. Yo lo predije hace tiempo, pero nadie me hizo caso...

–Claro –dijo de pronto Luis acercándose a la cama y posando la mano en la frente de su madre–. Claro... Y eso no me gusta nada, ¿eh? Nada. Andrés, ¿por qué no vas y le dices a Tina que venga aquí, con nosotros? Así estaremos todos juntos...

La puerta de la cocina estaba cerrada por dentro. De pie ante ella, con los brazos abiertos y presionando en la madera, Andrés oyó todavía la voz de Ernesto calmando a su hermano, ahuyentando un miedo infantil y vasto como la noche que ya se había apoderado también de él, que ya se había instalado en la casa.

–¡Tina! ¿Qué pasa? –gritó él. Pegaba el oído a la puerta, los brazos en cruz (se preguntaba si estaba aún mareado, si era el miedo o sólo estaba mareado) como un monigote de papel clavado en la madera–. ¡Tina, abre...!

Oyó el cerrojo descorrerse por dentro y el interruptor de la luz dando vuelta. Empujó la puerta. Había platos sucios de días apilados dentro del fregadero, vasos y tazas de café por lavar, con sus cucharillas pegajosas de azúcar. Llegaba a las narices el ramalazo de aire pestilente a mondaduras podridas.

–¿Qué ocurre, Tina...? ¿Cuántos días hace que no habéis limpiado eso? Vamos al cuarto de tu madre. Creo que habría que avisar al médico...

–No tengas tanto miedo, entra, no muerdo.

Tina estaba al fondo de la cocina con los brazos cruzados, apoyando la cadera en el mosaico del fogón. Tenía los ojos irritados por el llanto, el pañuelito rosa en sus manos como una bola.

–Está así desde hace unas horas –añadió Tina–. ¡Tiene más cuento!

–¿Por qué te has encerrado? Eres tú la que tiene miedo, ¿no es eso?

–Estás borracho. ¿De qué iba a tener yo miedo? No soporto que la gente haga teatro, eso es todo. –Permanecía con los brazos cruzados, chafándose con violencia los pechos y rodeando nerviosamente con los dedos de una mano el amasijo color rosa–. ¿Has visto la cara que pone cuando se da cuenta que la miran? Y no suelta la carta. ¿La has visto? No la soltará. Así está desde que se la di a leer.

–Bueno, explícate, pero salgamos de aquí...

Ella no se movió.

–Al fin ha visto claro, la pobre. ¡Tanto esperar, tanto esperar! Ya se lo había dicho yo: no sueñes con eso, papá te ha olvidado... Al fin ha comprendido. –Se llevó el pañuelo a la nariz, sorbiendo lágrimas y mocos–. Y he sido yo quien le ha dado a leer la carta, ¡he sido yo! Alguien tenía que hacerlo. Ernesto dice que podía haberla matado. Seguro que ellos ya te han contado, ¿no? Y te han enviado para sacarme de aquí. ¿Te han dicho también que es la última carta de papá? Pues sí, la carta es suya. ¡Ojalá no hubiese llegado nunca! Porque yo he perdido mucho más que ella... ¿Tienes un cigarrillo...? Vamos, hombre, espabila.

–Sí, espera...

Había olvidado el paquete en casa de Julita. Se palpó los bolsillos y en el superior encontró uno, arrugado y medio vacío. Se lo dio. Tina acercó su rostro exangüe y febril a la cerilla.

–¿Y? –dijo Andrés.

–Y papá dice que no nos puede mandar nada más, ¿comprendes? Se acabó el recibir dinero. Que no puede, que las cosas le van mal, no sé... No creas que me ha sorprendido, lo esperaba desde hace tiempo. Esto no podía terminar de otro modo, seguro. Lo que no esperaba es lo que me ha hecho a mí. A mamá le dice que por ahora del viaje nada, que es imposible. Le dice además que el clima es muy malo para ella... Pero a mí no me engaña, todo es cuento, lo que pasa es que está más que harto de mantenernos. ¡Sé que está casado y que tiene hijos! ¿Entiendes? Mamá va lista, ya nunca se moverá de aquí, suponiendo que salga de ésta...

–Tina...

–Pero hay una posdata dirigida a mí, a mí personalmente. Dice sólo esto: de lo que hablamos tú y yo, hija, no puede ser, compréndelo, no puede ser. ¿Te das cuenta? Cuatro años esperando, aburriéndome como una mona, soportándolo todo, casi puede decirse que me he dejado... y ahora me echa a la calle, como quien dice. Nos ha olvidado, ¡quiere olvidarse de nosotros!

–Cálmate.

Tina tiró el cigarrillo. Andrés dejó de apoyar la mano en la pared y quiso cogerla por el brazo. Ella soltó la última bocanada de humo entre un suspiro:

–¿Qué vamos a hacer ahora? ¿Qué hago, Andrés...?

–Piensa en tu madre... Yo qué sé... Todo eso para ella es mucho peor que para vosotros.

–Ella se lo ha buscado. No es hora de lamentaciones, podía habernos metido a trabajar hace tiempo, a Ernesto y a mí por lo menos, y ahora no estaríamos así... –Se encaró con él de pronto, con los ojos entornados por la ira–. ¿Y yo? ¡Ésta sí que es buena! ¿Es que lo que a mí me ha pasado no es nada? ¿Lo que han hecho conmigo?

–¿Ahora te das cuenta? Ya pasó, qué importa... ¿Por qué quieres engañarte?

–No sabes lo que dices –exclamó Tina.

–Está bien. No lo pienses más. –Andrés la cogió por el brazo, se sentía aún inseguro, sus propios gestos le parecían ligeros, innecesarios–. Salgamos de aquí.

En el comedor ella volvió a pararse ante el piano, desorientada, se dio la vuelta y apoyó las nalgas en el teclado. Andrés le puso las manos en los hombros y ella lo interpretó mal.

–¿Qué quieres? –se lamentó.

Andrés miraba el retrato colgado en la pared, el rostro risueño, abierto, confiado, altas las cejas en la frente.

–Tendrás que ponerte a trabajar.

Ella estuvo a punto de echarse a reír. Luego dijo:

–Mamá está muy mala...

–Te digo que lo siento.

–¿Tú, precisamente?

–Lo mío es distinto. No es que tenga menos culpa, pero es distinto. Yo no estoy solo todavía.

–¿Culpa de qué? –dijo Tina–. Oye, no enredes las cosas. Tú eres tan marrano como yo.

–No es eso, no es sólo eso...

–Déjate de monsergas. Te diré una cosa: ¿por qué no probamos de irnos tú y yo? Marchar de España, probar fuera de aquí... Otros han demostrado que no es ninguna locura. ¿Me oyes?

Andrés le acariciaba los cabellos.

–¿Para qué?

–Hay más... facilidades –gimió Tina como si fuera a llorar–, se puede vivir mejor.

–Seguramente. Pero...

–Pero tú siempre serás igual. Lo cierto es que mamá puede morirse, ¿te das cuenta? ¡¿Te das cuenta?!

–No exageres. Siempre ha estado enferma, es débil, ya lo sabes, y no esperaba estas noticias de tu padre... Vamos, no llores... Lo que hay que hacer es llamar al médico.

–Ya lo hice.

Andrés levantó la cabeza de Tina con las manos y miraba su frente encendida, sus ojos asustados.

–Dime qué puedo hacer, Andrés.

–Tu tío os ayudaría de momento, si fuera necesario, y tu madre seguro que querrá trabajar en algo... Y tal vez yo, yo también...

–¡Y pensar que todo fue por culpa de papá y la asquerosa, la mil veces maldita guerra!

–Olvida eso. No hagas como yo. Eso está muerto y enterrado para todo el mundo. ¿Por qué para nosotros no puede ser también así? Anda, vamos con ellos...

La mujer, en la cama, tenía las amarillentas pupilas vueltas hacia Ernesto. Movió los labios como si tuviese la boca llena de algo:

–¿Qué haces ahí parado? ¿Eh? ¿Por qué no aprovechas el tiempo?

Ernesto la miraba adelantando tercamente su mentón grasiento, salpicado de granitos reventados y con la fina pelambre traslúcida junto a la lámpara de la mesilla.

–¡Y dale!

–¿No me oyes, hijo? –insistió su madre, mirándole como si no le viera–. ¿Quieres irte a estudiar o tendré que levantarme?

Y tenía aún las pupilas arrinconadas en los extremos de los ojos cuando levantó violentamente el brazo. Ernesto se hizo a un lado con cierta desgana, sin levantarse, esquivó la mano tranquilamente y luego miró cómo se tambaleaba la lámpara por el manotazo y esparcía por las paredes un juego de luces y sombras marinas, mientras ella, mordiéndose los labios y dejando caer de nuevo la cabeza en la almohada, acercaba la carta a sus ojos haciendo que la luz diera en ella. Ernesto sonrió penosamente. Luis se decía a sí mismo, pero en voz alta:

–Otra vez. Hasta que se vuelva loca de tanto leerla... hasta que yo la rompa.

–Cállate, animal –dijo Ernesto–, no escandalices más.

Ella estuvo leyendo medio incorporada en la cama, con un respirar hueco chupándole alternativamente el pecho y dejando aislados, como en el aire, los huesos de la clavícula apenas cubiertos por la fina piel, como objetos bajo un toldo derruido, mientras Andrés y Tina entraban despacio y callados, dándose la mano. Tina arrimó la espalda a la pared, se cruzó de brazos y estuvo un rato inmóvil, mirándola. Luego, a una seña de Andrés, se acercó a la cama de su madre. Su voz era dura:

–¿Estás mejor? ¿Quieres algo...? No leas más eso, te cansas.

Se sentó junto a ella.

–¿Me oyes? ¡Mamá, basta!

Luis trajo la bolsa de agua caliente. Ernesto salió del dormitorio y enseguida se le oyó moviendo sillas en el comedor. Al pie de la cama, Andrés no apartaba los ojos de la mujer, que seguía con la cara pegada a la carta pero sin leer ya nada. Había terminado, una vez más, y, blandamente, su mirada caía sobre la alfombra en una curva lánguida y desmedida. En los huecos de sus sienes descarnadas se apretujaban las sombras achicando la frente y afilando la nariz, y sus ojos eran dos bolsas pulposas, sin color, medio cubiertas por los párpados en forma oblicua, como nostálgicos gorritos ladeados. Cabeceaba. Tenía la certeza absoluta de haber leído tiempo atrás esa carta, en alguna otra ocasión –era como si la increíble noticia la supiera ya de tiempo pero ahora se la hubiesen gritado brutalmente al oído. Sintió una presión en el pecho y se dejó caer de espaldas.

Tina se inclinó sobre ella.

–Mamá –dijo cerrando los ojos fervorosamente, como si quisiera contener una ira, un justificado reproche. Y de pronto le arrebató la carta de las manos.

–¡Ya está bien, ¿no crees?, ya está bien!

–Déjame sola...

Andrés se acercó, puso una mano mitigadora en la cabeza de Tina y se sentó en la otra cama. Tina estrujaba la carta. Miró a Luis y dijo:

–¿Qué demonios haces con la bolsa de agua? Termina pronto.

–Es para mamá –gimió Luis.

–¡Pues dásela!

–No grites, Tina –dijo Andrés.

No podía dejar de mirar aquel rostro yacente. Tina se levantó, le cogió de la mano y tiró de él.

–Salgamos de aquí. No puedo más.

–No, mujer. Ahora no.

–Te digo que no puedo más.

Pero quedaron allí de pie. Andrés se deshizo de los dedos de ella y miraba a un lado y a otro del cuarto, sin querer salir, hasta que descubrió la expresión de la mujer y dejó los ojos clavados en ella. Era una expresión que estaba partida en dos: a un lado de la cara era serena, larga, con el ojo cerrado sin violencia, y la otra contraída, doliente, congestionada, el amarillo ojo abierto y con un destello velado; un resto de sonrisa o mueca en un extremo de la boca; respiraba ruidosamente por ese lado, a bocanadas, inflando una sola mejilla y soltando el aire por las comisuras de los labios igual que si hiciera pompas de jabón.

Entonces notó el extraño silencio de todos. Luis apretaba la bolsa de agua al pecho con las manos. El débil grito de Tina se lanzó al pasillo; estuvo un rato hiriendo los oídos de todos y luego huyó por el pasillo, serpenteando lejano como un finísimo silbido. Luis le golpeó el costado con el codo, apretando fuertemente la bolsa a su pecho, y Tina, con los ojos desorbitados, se colgó de su brazo inclinándose sobre la cama. Ernesto apareció en la puerta.

Del lecho no les llegaba ninguna señal. Instintivamente se juntaron. Estaban allí de pie, inmóviles, con el rostro congestionado por la retención del aire en sus pulmones. Todavía Luis intentó:

–Se ha dormido con los ojos abiertos... Hay mucha gente que se duerme con los ojos abiertos...

Se acercó a la cama, levantó las ropas con sumo cuidado y puso la bolsa de agua caliente bajo los pies de su madre. En la habitación se había hecho un silencio cuadrado, sólido, como un bloque de hielo que la ocupara toda y les tuviera inmovilizados los gestos y las expresiones sólo iniciadas, sin concluir, de ellos cuatro, hasta que Tina se arrojó finalmente a los brazos de Andrés ocultando el rostro.

XIV

Caminó toda la tarde por los paseos bordeados de palmeras y de piedras esféricas del parque Güell, bajo un sol tibio y amarillento. Eran los finales de marzo y empezaban a verse niños jugando en la plazoleta, abuelos sentados en los bancos policromados y algunas parejas paseando, ellas con la chaqueta o el jersey colgado del brazo, lentas y melosas bajo el sol, el suave viento pegándoles las faldas a un costado y alzándolas ligeramente por el otro, como sostenidas de un hilo.

Dejó los paseos y se internó hacia arriba por un sendero medio borrado, entre la maleza y el trinar de los pájaros y el verde todavía tierno de los árboles: «De ahora en adelante...». Desde lo alto de una escarpada, en la vuelta de un camino de tierra roja, miró abajo. La plazoleta era como una herradura abollada, los niños corrían y chillaban, el sol arrancaba destellos en los bancos tachonados con pedazos de loza que bordeaban la plaza, y en cuyas revueltas se sentaban los primeros viejos de marzo. Levantó los ojos al sol: sentía deseos de sonreír, de burlarse de algo al saber la inhóspita ciudad a sus pies igual que cinco, diez años atrás, manteniendo el rostro levantado al sol y viéndole brillar en lo alto inofensivamente con sus rayos, aún sin poder cegar, como un sol ingenuo e invernal de dibujo infantil: De ahora en adelante, sí... El viento le llegaba sin desligaduras, largo e insistente. Captó el sordo rumor de una quietud forzada, un vasto silencio no sólo geográfico que se elevaba por encima del paisaje y la ciudad, y los arduos caminos de las afueras, discurriendo sin ganas entre casitas diseminadas y con la fachada vuelta hacia la ciudad, como si quisieran huir de un olvido o una soledad.

Se tumbó en la hierba y con ojos soñolientos recuperó aquella piedra familiar al pie del árbol, aquella vieja rama quebrada, el aire veloz y crujiente alrededor de las hojitas que crecían, que ya empezaban a ocupar pedazos de cielo azul. Había también allí cerca, acaso en la rigidez despectiva de los troncos más viejos, algo que le recordaba vagamente los fríos ojos de luto de ellos tres, de repente vestidos de negro y alineados en la pared del dormitorio inundado ya del penetrante olor a nardos, frente al féretro y mirando con dureza el cadáver de su madre, mirándola sin perdonarle todavía nada, ni una sola hora de su vida. Ni siquiera había comprensión para su boca rígida y como pillada en frase inoportuna, morada y ligeramente abierta, su boca de comisuras caídas como si de ella aún colgaran la amargura, la soledad y el frío que la habían roído por dentro, lacios crespones negros que ya llevaba consigo desde hacía años, aquella boca un poco abierta que Tina fue a cerrar con mano demasiado brutal y sin expresión alguna en su rostro de muñeca, regresando enseguida a su sitio entre los dos hermanos y Andrés alineados en la pared, mientras en el pasillo el tío Anselmo estrechaba la mano a cuatro vecinos desconocidos. No hubo comprensión tampoco cuando preguntó aquel empleado de la funeraria: «¿La taponamos?», a lo que Tina respondió: «Ya lo han hecho.» Y el hombre, buscando sin duda la propina aunque simulando un aire de respeto por la muerta, con naturalidad profesional: «No, quiero decir por abajo.» Y ella, al quedar un rato pensativa y después decir: «Hágalo», con decisión y rudeza, su rostro no era sino una dura máscara en el vacío, un celuloide intacto en medio de una llama impotente. No la justificarían jamás, ni a ella ni al mundo frustrado que definitivamente se llevaba consigo entre la rigidez geométrica de la caja, un pasado de uñas y dientes, de palabrería y esperanza, de amores sombríos, de mala sangre y contaminadas ternuras ahora quietas en sus venas igual que agua estancada pudriéndose en cañerías horizontales y aisladas, por fin desconectadas. Y Tina aún había añadido aquellas secas y atropelladas palabras: «Tapónela, sí, tapónela por todas partes...», clavando sus ojos en el rostro de facciones ya no dispersas al fin, en el total relajamiento de músculos y coyunturas bajo el vestido y el fino pañuelo sin color, de polvo, anudado al cuello.

Sobre ella flotaba aún el recuerdo mudo y felino de Martín, un gato negro y elástico en el umbral de la conciencia.

Ahora Andrés iba a esperarla todas las tardes a las siete –ella había encontrado empleo en unos almacenes, después que tío Anselmo se llevó a Luis, y Ernesto decidió, como ella, quedarse y buscar el modo de seguir estudiando– y la acompañaba hasta casa. Iban cogidos de la mano, cruzaban la plaza, veían los tranvías y a la gente corriendo hacia la parada y el puesto de periódicos. En casa ella abría un ventanal de la galería y se quedaba un rato allí mirando el jardín con los brazos cruzados, con su falda negra, su negro jersey de lana echado sobre los hombros y sus medias negras.

–Hoy he ido a buscar trabajo –le dijo Andrés.

Tina se volvió a mirarle con ojos cariñosos y tristes, sin descruzar los brazos. Andrés se acercó a ella cabizbajo. Se miraron a los ojos un momento y luego se abrazaron, ella apoyando la cabeza en su pecho.

–¿Qué piensas hacer, Andrés? No me dejes...

–Te quiero, Tina. Y te necesito. Nunca he sabido querer a nadie ni a nada...

–Creo que yo tampoco. Ayúdame, amor, ayúdame. ¡Por Dios, ayúdame! –Aplastó el rostro en el pecho de él–. Quédate conmigo, por favor... ¡Quédate a mi lado, no puedes dejarme ahora! ¡Por lo que más quieras, Andrés, no me dejes ahora!

Se encogía en los brazos de él, dejándose llorar débil y asustada.

–No te dejaré.

–No quiero quedarme sola en esta casa. ¿Qué haría yo, qué podría yo hacer, Andrés, para querernos como las demás personas...?

–Nada. No necesitamos nada de nadie. Veremos de arreglarnos como sea. No llores, Tina.

Abrazados aún, volvieron los rostros al jardín, al frágil pavimento y a los tres escalones de ladrillo rojo quebrándose día tras día junto con la barandilla y los tiestos abiertos en un costado, soltando tierra como de una herida. El aire se había detenido. De la luz, aquella luz de última hora de la tarde, cárdena, mustia de color como una rosa blanca aplastada ayer, ya no quedaba ahora más que su fino rastro replegándose en el pálido cielo.

ÍNDICE